JULES VERNE

Ausgewählte Werke in Einzelausgaben
Band 8

JULES VERNE

Die Abenteuer des Kapitäns Hatteras

Mit Illustrationen von
Karl Fischer

Verlag Neues Leben

Titel der französischen Originalausgabe:
»Aventures du capitaine Hatteras«

Nach einer alten Übersetzung bearbeitet
von Manfred Hoffmann

ISBN 3-355-01343-9

2. Auflage 1992
Schutzumschlag und Einband: Uwe Häntsch
Schutzumschlagmotiv: Karl Fischer
Lichtsatzherstellung und Lithographie:
Graphischer Großbetrieb Pößneck GmbH – Ein Mohndruck-Betrieb
Druck und buchbinderische Weiterverarbeitung:
Chemnitzer Verlag und Druck GmbH, Werk Zwickau

Erstes Kapitel

Die Brigg »Vorwärts«

Am 5. April 1860 war im Liverpooler »Herald« folgende unscheinbare Notiz zu lesen: *Morgen wird die Brigg »Vorwärts« unter dem Kommando von Kapitän K. C., Erster Leutnant Richard Shandon, mit sinkender Flut von den New Princess Docks in See gehen. Der Bestimmungsort ist unbekannt.*

Wenn eine Brigg in See sticht, ist das für den größten Handelshafen Englands kein besonderes Ereignis. Wer sollte sich wohl auch für eine einzelne Brigg interessieren in einem Hafen, in dem es von Schiffen aller Größen und aller Nationalitäten nur so wimmelt?

Dennoch war am 6. April vom frühen Morgen an mehr als nur reges Leben und Treiben auf den Kais der New Princess Docks festzustellen. Alles, was in der Stadt mit der Seefahrt zu tun hatte, war im Hafen versammelt. Die Arbeiter der benachbarten Werften hatten ihre Arbeit im Stich gelassen, die Kaufleute ihre finsteren Kontore, die Handelsherren ihre leeren Magazine. Die bunten Omnibusse, die zum Hafen fuhren, brachten ständig weitere Neugierige, die ganze Stadt schien nur eins zu wollen: die Abfahrt der »Vorwärts« nicht zu versäumen.

Die »Vorwärts« war eine Brigg von 190 Tonnen, die zusätzlich mit einer Schraube ausgerüstet war, angetrieben von einer Dampfmaschine mit 120 PS. Oberflächlich betrachtet, bot die »Vorwärts« nichts Besonderes, doch Kenner machten sich auf Einzelheiten aufmerksam, die zu mancherlei Gerüchten Anlaß boten. An

Bord der »Nautilus« zum Beispiel, die nicht weit von der »Vorwärts« entfernt vor Anker lag, versuchte sich eine Gruppe Matrosen in allerlei Mutmaßungen über die Bestimmung der »Vorwärts«.

»Was soll man«, meinte der eine, »von ihrer Takelage halten? Ist es denn üblich, Dampfschiffe mit solchem Segelwerk auszurüsten?«

»Es wird wohl seinen Grund haben«, erwiderte ein Quartiermeister mit großem rotem Gesicht, »daß sich das Fahrzeug mehr auf seine Masten als auf seine Maschine verlassen will. Da soviel Wert auf das obere Segelwerk gelegt wird, nehme ich fast an, daß das Schiff für die Arktis oder die Antarktis bestimmt ist, für Gegenden also, wo der Wind ständig durch Eisberge gehemmt wird.«

»Wahrscheinlich habt Ihr recht, Meister Cornhill«, versetzte ein dritter Matrose. »Der senkrechte Vordersteven ist Euch doch auch nicht entgangen – he?«

»Auch die Tatsache nicht«, setzte Meister Cornhill hinzu, »daß er eine stählerne Schneide hat, scharf wie ein Rasiermesser, die glatt durch einen Dreidecker mittenhindurchgeht, wenn die ›Vorwärts‹ ihm in voller Fahrt in die Quere kommen sollte.«

»Ganz gewiß«, warf ein Lotse vom Merseykai ein, »die Brigg da macht mit ihrer Schraube sicher ihre vierzehn Knoten in der Stunde. Eine wahre Pracht war's, mit anzusehen, wie sie bei den Probefahrten durchs Wasser flog. Glaubt's mir, das Ding da ist ein vorzüglicher Renner.«

»Und was das Segelwerk betrifft«, sagte Meister Cornhill, »das ist alles vorzüglich berechnet – sie läuft gut im Wind und pariert jedem Steuerdruck! Paßt mal auf, die Brigg geht in die Polarmeere, oder ich will nicht mehr Cornhill heißen! Und noch etwas: Habt ihr das breite Gatt bemerkt, durch das das Ruderhaupt läuft?«

»In der Tat!« antworteten die Seeleute, die sich mit Meister Cornhill unterhielten. »Aber was beweist das?«

»Nichts weiter, Jungens«, erwiderte Cornhill mit einem Ton der Befriedigung, aus dem nicht wenig Stolz herauszuhören war, »als daß ihr weder zu sehen noch zu überlegen versteht. Das breite Gatt beweist, daß man das Ruderhaupt leicht ein- oder ausrücken will. Wißt ihr denn nicht, daß solche Manöver im Eis häufig und vor allem auch schnell ausgeführt werden müssen?«

»Ein gescheiter Kerl, unser Cornhill! Das darf man wohl sagen!« riefen die Männer der »Nautilus«.

»Zudem bestätigt«, fügte einer der Matrosen hinzu, »die Ladung der Brigg die Meinung des Meisters. Ich hab's von Clifton, der auch an Bord der ›Vorwärts‹ gegangen ist. Die ›Vorwärts‹ hat Proviant für fünf bis sechs Jahre und Kohlenvorrat für die gleiche Zeit. Kohlen und Proviant, Wollsachen und Robbenfelle — aus was anderem besteht ihre Ladung nicht.«

»Na, dann gibt's keinen Zweifel mehr«, äußerte Meister Cornhill; »schließlich aber, Freund, sollte man doch meinen, daß dir Clifton was von dem Ziel der Brigg gesagt hat, wenn du so gut mit ihm bekannt bist!«

»Er hat nichts sagen können, weil er nichts davon weiß — sie sind angeheuert worden, ohne daß man ihnen gesagt hat, wohin es geht. Sie erfahren's erst, wenn sie dort sind.«

»Und auch erst«, warf jemand skeptisch ein, »wenn sie zur Hölle fahren; es hat fast den Anschein, als hätten sie das vor!«

»Aber Leute«, nahm Cliftons Freund wieder das Wort, und er geriet in Feuer dabei, »was gibt's auch für eine Heuer! Donnerwetter! Fünfmal soviel wie sonst. Na, sonst hätte Richard Shandon auch nicht einen Mann gefunden, der da mitgemacht hätte. Ein Schiff von sonderbarer Bauart, das Gott weiß wohin fährt — und verdammt wenig nach glücklicher Wiederkunft aussieht! Muß wohl sagen, mir hätte die Geschichte nicht gepaßt!«

»Ob dir's paßt oder nicht, Freund«, meinte Meister Cornhill, »hat bei dir nichts zu sagen; denn dich hätten sie doch nie auf die ›Vorwärts‹ genommen.«

»Und warum nicht?«

»Weil dir alle Voraussetzungen dazu fehlen! Ich habe mir sagen lassen, daß verheiratete Leute unter allen Umständen ausgeschlossen seien. Und zu dieser Kategorie gehörst doch auch du!«

Der so abgewiesene Matrose stimmte in das Gelächter der Kameraden ein und bewies damit, wie recht Meister Cornhill hatte.

»Sogar der Name des Schiffes«, fügte Cornhill, mit dem Erfolg seiner Worte zufrieden, hinzu, »trägt den Stempel der Verwegenheit! ›Vorwärts‹ heißt die Brigg – vorwärts, wohin? Gar nicht zu reden davon, daß man nicht mal weiß, wer eigentlich Kapitän der Brigg ist.«

»O doch!« sagte ein junger Matrose von recht harmlosem Aussehen; »das weiß man schon!«

»Wieso? Das weiß man also?«

»Na, ohne Zweifel!«

»Junge, Junge!« meinte Cornhill, »glaubst wohl am Ende, Shandon sei Kapitän der ›Vorwärts‹!«

»Aber ...«, warf der junge Matrose ein.

»Na, dann merk's dir, Shandon ist der Erste Leutnant, weiter nichts. Shandon ist ein tüchtiger, verwegener Seemann, ein Walfänger, ein guter Kamerad, der es wert wäre, das Kommando zu führen; aber der Kapitän der Brigg ist er nicht, und nicht einmal er weiß, wer das Schiff eigentlich führt. Wenn der richtige Moment da ist, wird auch der richtige Kapitän zum Vorschein kommen, ohne daß jemand weiß, wie und woher.«

»Indessen sage ich Euch, Meister Cornhill«, antwortete der junge Matrose, »daß sich jemand an Bord vorgestellt hat, und zwar jemand, der in dem Schreiben gemeldet worden ist, durch das Mister Shandon die Leutnantsstelle angetragen worden ist.«

»Was!« rief Cornhill, die Stirn runzelnd, »du willst behaupten, die ›Vorwärts‹ habe einen Kapitän an Bord?«

»Aber natürlich, Meister Cornhill.«

»Und das sagst du mir? Du?«

»Ich weiß es von Johnson, dem Zeugmeister.«

»Von Zeugmeister Johnson?«

»Er hat mir's selber gesagt!«

»Dir hat er's gesagt? Johnson dir?«

»Nicht bloß gesagt hat er's mir, sondern sogar gezeigt hat er mir den Kapitän!«

»Gezeigt? Dir?« fragte Cornhill ungläubig.

»Jawohl, gezeigt! Mir!«

»Und wer ist's?«

»Ein Hund ist's!«

»Ein Hund?«

»Ein Hund mit vier Beinen!«

»Mit vier ...«

»Jawohl!«

Die Verblüffung, die sich auf den Gesichtern der »Nautilus«-Matrosen malte, war nicht zu übersehen. In jedem andern Fall hätten sie laut aufgelacht. Ein Hund Kapitän einer Brigg von 190 Tonnen! Das war doch nun wirklich zum Lachen! Aber die »Vorwärts« war ein so außergewöhnliches Fahrzeug, daß man sich zweimal umdrehen mußte, ehe man lachte und ehe man – leugnete. Dem Meister Cornhill fiel's jedoch durchaus nicht ein, zu lachen.

»Johnson, sagst du, hat dir diesen Kapitän gezeigt? Diesen Hund? He?« fragte er den jungen Matrosen noch einmal. »Und gesehen hast du ihn?«

»Gradso wie jetzt Euch!«

»Und was haltet Ihr von dieser Angelegenheit?« fragten nun die Matrosen den Meister.

»Gar nichts halte ich davon«, antwortete Cornhill grob, »gar nichts – außer daß die ›Vorwärts‹ ein Teufelsschiff ist und jeder, der mit ihr zu tun hat, ins Narrenhaus gehört.«

Die Matrosen wandten den Blick nicht von dem Schiffe, dessen Vorbereitungen zur Abfahrt so gut wie abgeschlossen waren. Niemandem von ihnen kam es in den Sinn, behaupten zu wollen, daß sich Zeugmeister Johnson über den jungen Matrosen lustig gemacht hätte.

Diese Hundgeschichte hatte bereits ihren Weg zur Stadt und zu den Neugierigen gefunden, und nicht wenige von ihnen suchten diesen »Hundekapitän« irgendwo zu entdecken – man hielt ihn für so etwas wie ein übernatürliches Wesen.

Die »Vorwärts« hatte übrigens schon seit mehreren Monaten die Aufmerksamkeit ganz Liverpools auf sich gezogen. Der Umstand, daß die Konstruktion des Schiffes mancherlei Sonderbarkeiten zeigte, das Geheimnis, in das es eingehüllt war, das Inkognito, an dem sein Kapitän festhielt, die Art und Weise, wie Richard Shandon die Leutnantsstelle angeboten und die Mannschaft angeheuert worden war, das unbestimmte, nur zu mutmaßende Ziel der Reise – das alles trug dazu bei, die Brigg in ein höchst eigenartiges Licht zu rücken.

Die Brigg war in Birkenhead, einem am linken Ufer des Merseykanals gelegenen Vorort von Liverpool, auf einer der dortigen Werften gebaut worden.

Die Firma, die sie gebaut hatte, Scott und Co., eine der besten von ganz England, hatte ihre Pläne von Richard Shandon bekommen. Diese Pläne und Bauanweisungen enthielten alle Einzelheiten, wie sie der Eigner haben wollte, bis in den letzten Winkel hinein. Aus diesen Plänen ging hervor, daß sie von einem ausgezeichneten Kenner der Materie verfaßt worden waren. Und da Shandon über beträchtliche Gelder verfügen durfte, wurden die Arbeiten rasch und ungesäumt gefördert.

Die Brigg wurde mit einer geradezu beispiellosen Solidität gebaut; für jeden, der mit ihr zu tun hatte, war es augenscheinlich, daß sie ungeheurem Druck widerstehen sollte, denn ihre Spanten aus Teakholz wurden zusätzlich mit Eisen versehen. Man fragte sich zwar, wieso der Rumpf nicht aus Stahlplatten bestände, wie das bei Dampfschiffen sonst der Fall sei, aber man mußte sich damit begnügen, zu sagen, der geheimnisvolle Baumeister werde wohl seine guten Gründe dafür haben.

Allmählich gewann die Brigg auf der Werft Gestalt, und ihre robuste und dennoch elegante Bauart begeisterte die Kenner. Die »Nautilus«-Matrosen hatten richtig bemerkt: Ihr senkrechter Vordersteven war nicht mit einem Sporn versehen, sondern mit einer stählernen Schneide, die aus den Hawthornschen Werkstätten in Newcastle stammte. Dieser in der Sonne blinkende Metallsteven gab der Brigg ein merkwürdiges Aussehen, obwohl sie nicht für kriegerische Zwecke bestimmt schien. Immerhin wurde ein kleines Geschütz auf das Vorderkastell aufgesetzt, das sich bequem nach allen Richtungen drehen ließ – hinzugefügt sei, daß es sich mit dem Geschütz genauso verhielt wie mit dem Steven; sie mochten noch so martialisch aussehen, mit kriegerischen Dingen hatten sie nicht im entferntesten zu tun.

Wenn aber die Brigg kein Kriegsschiff war, weder ein Kauffahrteischiff noch eine Vergnügungsjacht – denn mit Proviant für sechs Jahre unternimmt man doch keine Spazierfahrten –, was war sie dann?

Ein Schiff, das die »Erebus« und die »Terror« des Sir John Franklin suchen sollte? Auch nicht! Denn im Jahre 1859, also dem Jahr zuvor, war Kapitän MacClintock mit der sicheren Kunde aus den arktischen Meeren zurückgekehrt, daß Franklins Unternehmen gänzlich gescheitert sei.

Wollte die »Vorwärts« erneut die berühmte Nordwestliche Durchfahrt riskieren? Wozu wohl? Hatte sie doch Kapitän MacClure 1853 gefunden, und gehörte doch seinem Leutnant Creswell die Ehre, zum erstenmal den amerikanischen Kontinent von der Bering- bis zur Davisstraße umsegelt zu haben.

Indessen stand es unzweifelhaft für die maßgebenden Leute fest, daß sich die »Vorwärts« zu einer Expedition in die Regionen des ewigen Eises rüstete. War etwa der Südpol das Ziel? Wollte man weiter vordringen als der Walfänger Weddell, weiter noch als Kapitän James Ross? Aber wozu das?

Obwohl der Bereich für die Mußmaßungen äußerst beschränkt war, fand die Phantasie doch immer noch Wege, auf denen sie sich verirren konnte.

Am Vormittag des für den Stapellauf festgesetzten Tages war aus den Hawthornschen Werkstätten in Newcastle die für die Brigg bestimmte Maschine eingetroffen.

Für ein Schiff von 190 Tonnen, das noch dazu ein stattliches Segelwerk trug, war ihre Kraft beträchtlich und verlieh der »Vorwärts« eine beachtliche Geschwindigkeit.

Sobald die Maschine eingebaut war, ging es an die Verstauung des Proviants. Pökelfleisch, getrocknetes Fleisch, geräucherter Fisch, Schiffszwieback und Mehl, ganze Berge von Kaffee und Tee wurden in Riesenlawinen in die Luken hinabgelassen. Richard Shandon leitete diese Arbeiten als ein Mann, der sein Handwerk verstand. Alles wurde aufs genaueste gestapelt, beschriftet, numeriert.

Die Menge des Proviants ließ keinen Zweifel an der Länge der geplanten Kreuzfahrt aufkommen; aber jeder,

der Augen hatte zu sehen, begriff sofort, daß die »Vorwärts« Polargegenden aufsuchen wollte, sobald er die Fässer voll Zitronensaft, die Kalkpräparate und Senfpäckchen, den Sauerampfer und Cochleariasamen sah, mit einem Wort, all diese Dinge, die man braucht, wenn man dem Skorbut begegnen will. Shandon hatte ohne Zweifel die Weisung erhalten, sein besonderes Augenmerk gerade darauf zu richten.

Wenn Waffen in größerer Zahl nicht an Bord genommen wurden — ein Umstand, der auf ängstliche Gemüter beruhigend zu wirken vermochte —, so barg die Pulverkammer einen Vorrat, daß einem himmelangst werden konnte. Die eine Kanone auf dem Vorschiff würde das nie und nimmer verbrauchen! Das gab zu denken! Ebenso wurden wahre Ungetüme von Sägen und mächtige Kräne, Werkzeuge von vielfältiger Gestalt, Mengen von Blei, Handsägen, Beile und vieles andere an Bord gebracht, von einer reichlichen Anzahl von Blasting cylinders, einer neuen Art von Sprenggeschossen, gar nicht zu reden, deren Explosionskraft ausgereicht hätte, das ganze Zollamt von Liverpool in die Luft zu sprengen. Das alles war mehr als seltsam, wenn nicht gar erschreckend. Und von den zahllosen Raketen, Signalstangen, Feuerwerkskörpern und Flaggen und Zeichen aller Arten zu reden, wollen wir uns wahrlich schenken.

Die vieltausendköpfige Zuschauermenge, die auf den Kais der New Princess Docks versammelt stand, gaffte bewundernd auf ein langes Walboot und auf mehrere aufblasbare Gummiboote, die von der »Vorwärts« übernommen wurden. Die Unruhe wuchs, und sie steigerte sich bei vielen bis zur höchsten Erregung, denn mit der sinkenden Flut nahte der Augenblick, daß die »Vorwärts« in See stechen sollte, einem geheimnisvollen Ziel entgegen.

Zweites Kapitel

Ein merkwürdiger Brief

Vor etwa acht Monaten hatte Richard Shandon einen Brief erhalten, der ihm nicht wenig Kopfzerbrechen bereitete. Der Brief lautete:

Aberdeen, 2. August 1859

Mister Richard Shandon, Liverpool!

Zweck dieses Schreibens ist, Euch davon zu unterrichten, daß 16 000 Pfund Sterling bei der Bankfirma Marquart u. Co. hinterlegt worden sind. Beigefügt eine Anzahl Blankoschecks, die es Euch ermöglichen, bei genannter Firma Gelder bis in Höhe von 16 000 Pfund zu erheben.

Ich bin Euch nicht bekannt, doch das hat nichts zu bedeuten. Jedenfalls seid Ihr mir bekannt, und das genügt.

Ich trage Euch die Stelle eines Ersten Leutnants an Bord der Brigg »Vorwärts« an, und das für eine Expedition, die lange dauern kann und von Gefahren begleitet sein wird.

Zerschlagen sich meine Pläne, läßt sich nichts ändern. Gelingen sie, bekommt Ihr 500 Pfund Sold, und dieser Sold wird mit Ablauf jeden Jahres, solange die Expedition dauert, um den zehnten Teil von 500 Pfund gesteigert werden.

Die Brigg »Vorwärts« gibt es noch nicht. Ihr sollt sie bauen lassen, und zwar so, daß sie spätestens in den ersten Apriltagen des Jahres 1860 in See stechen kann. Beigefügt alle nötigen Pläne dazu. Gebaut wird das Schiff auf der Werft von Scott u. Co., die sich mit Euch in Verbindung setzen werden.

Vor allem ans Herz lege ich Euch die Besatzung der »Vorwärts«. Sie wird bestehen aus einem Kapitän, näm-

lich mir, aus einem Ersten Leutnant, nämlich Euch, aus einem Zweiten Leutnant, einem Zeugmeister, aus zwei Technikern, aus einem Eislotsen, acht Matrosen und zwei Heizern, im ganzen aus achtzehn Mann, Dr. Clawbonny eingerechnet, der sich Euch zur gegebenen Zeit vorstellen wird.

Bedingung ist, daß die für die »Vorwärts« geworbene Mannschaft durchweg freie Engländer ohne Familienanhang, Junggesellen und nüchterne Leute sind, denn Genuß von Spirituosen, auch von Bier, wird an Bord der »Vorwärts« nicht gestattet sein. Die Leute müssen bereit sein, jedes Unternehmen zu wagen und alles zu ertragen, was auch geschieht. Wählt nur Leute aus, die kerngesund sind.

Bietet den Leuten das Fünffache des sonst üblichen Soldes und sichert ihnen eine Aufbesserung um ein Zehntel nach Ablauf eines jeden Dienstjahres zu. Am Ende der Expedition sollen jedem 500 Pfund bar ausgezahlt werden, 2 000 Pfund für Euch persönlich. Diese Beträge sind bei der schon genannten Bankfirma Marquart u. Co. hinterlegt worden.

Die Expedition, für die die Brigg »Vorwärts« gebaut wird, wird lange Zeit in Anspruch nehmen, sie wird mühevoll und gefahrvoll, aber mit Ehren verbunden sein. Ihr braucht also nicht zu zaudern, Mister Shandon! Antwort wird postlagernd Göteborg (Schweden) unter Chiffre K. C. erwartet.

Nachschrift: Am nächsten 15. Februar wird eine große dänische Dogge bei Euch eintreffen; sie hat hängende Lefzen, ein schwarzgelbes Fell, quergestreift mit schwarzen Bändern. Quartiert die Dogge an Bord ein, füttert sie mit Gerstenbrot, aufgeweicht in Talgbrühe. Meldet deren Ankunft nach Livorno unter der gleichen Chiffre wie oben angegeben.

Sobald es nötig ist, wird sich der Kapitän der »Vorwärts« einfinden und vorstellen. Im Moment seiner Abreise werden Euch neue Weisungen zugehen.

Der Kapitän der »Vorwärts«
K. C.

Dritte Kapitel

Doktor Clawbonny

Richard Shandon war ein erfahrener Seemann; lange Zeit hatte er in den arktischen Meeren Wale gejagt und bei Walfangexpeditionen das Kommando geführt, in ganz Lancaster erfreute er sich eines guten Rufes. Er war ein Mann von kaltem Blut, und wenn ihn auch der Brief verwunderte – die Ruhe nahm er ihm nicht, dazu hatte er schon zuviel gesehen.

Seine Lebensumstände entsprachen dem, was hier verlangt wurde: Er hatte weder Weib noch Kind, noch Verwandte, er war frei in jeder Beziehung. Deshalb brauchte er auf niemanden Rücksicht zu nehmen, niemanden zu fragen, sondern begab sich sofort ins Kontor der Bankfirma Marquart u. Co.

Wenn das Geld zur Stelle ist, sagte er sich, wird alles andere wie von selbst gehen.

Im Bankkontor wurde er mit all den Rücksichten empfangen, die ein Mann erwarten darf, der über 16 000 Pfund zu verfügen hat. Nachdem er sich darüber Klarheit verschafft hatte, ließ er sich ein Blatt Papier geben und sandte mit seiner groben Seemannsschrift die nötige Nachricht an die angegebene Adresse.

Noch am selben Tag setzte er sich mit der Werft in Birkenhead in Verbindung, und als weitere vierundzwanzig Stunden vergangen waren, reckte sich schon der Kiel der »Vorwärts« auf den Stapeln der Werft.

Richard Shandon war ein Mann in den Vierzigern, kräftig, energisch und tapfer. Freilich war der Umgang mit ihm nicht leicht, und deshalb war er bei den Matrosen nie beliebt gewesen, sondern immer mehr gefürchtet. Da er jedoch von strenger Rechtlichkeit war, da er sich mit Geschick aus der schwierigsten Situation zu befreien wußte, bereitete ihm sein Ruf keine Schwierigkeiten, eine Mannschaft zusammenzubringen, wie sie den Wünschen des geheimnisvollen Kapitäns entsprach.

Shandon fürchtete, daß die mysteriöse Seite des Unternehmens ihm hinderlich werden könnte. Deshalb ist es besser, sagte er sich, gar nichts davon verlauten zu lassen; der eine oder andere möchte die Angelegenheit durchschauen, und da ich selbst nichts Genaues weiß, wie soll ich da auf Fragen antworten. Dieser K. C. ist ganz ohne Zweifel ein seltsamer Herr. Doch er kennt mich, baut auf mich — und das genügt! Bei seinem Schiff soll's an nichts fehlen; ich will nicht mehr Richard Shandon heißen, wenn es nicht dazu ausersehen ist, sich im Eismeer herumzutreiben. Aber behalten wir das für uns! Ich meine, für mich und meine Offiziere!

Und nun befaßte sich Shandon voller Eifer damit, seine Mannschaft zu werben, wobei er sich streng an die von dem Kapitän geforderten Bedingungen hielt.

Zu seinen Bekannten gehörte ein tapferer und tüchtiger Seemann namens James Wall. Er war etwa dreißig Jahre alt und machte nicht zum erstenmal die Fahrt zu den Polarmeeren mit; Shandon bot ihm an, sich als Zweiter Leutnant einschreiben zu lassen, und James Wall nahm mit geschlossenen Augen an. Ihm wie auch einem gewissen Johnson, den er als Zeugmeister warb, erzählte er die ganze Geschichte von A bis Z.

Shandon, Wall und Johnson sahen sich nun in den folgenden Tagen gemeinsam nach Matrosen um, und Anfang Dezember war die Besatzung vollzählig.

Sogar der Doktor, ein kleiner, dicker, aber sehr beweglicher und wißbegieriger Mann, hatte sich eines Tages bei Shandon eingefunden mit einem Brief von dem geheimnisvollen Kapitän, in dem er auf ähnlich mysteriöse Weise wie Shandon von dem Vorhaben des Kapitäns und der Möglichkeit informiert wurde, die Reise mitzumachen.

Und das war also die Liste der Besatzung, bis auf den Kapitän selbst war sie vollzählig:

1. K. C., Kapitän
2. Richard Shandon, Erster Leutnant
3. James Wall, Zweiter Leutnant
4. Dr. Clawbonny, Schiffsarzt
5. Johnson, Zeugmeister
6. Simpson, Harpunier
7. Bell, Schiffszimmermann
8. Brunton, Erster Ingenieur
9. Plover, Zweiter Ingenieur
10. Strong (Neger), Schiffskoch
11. Foker, Eismeister
12. Wolsten, Geschützmeister

13.–17. Bolton, Garry, Clifton, Gripper, Pen, Matrosen

18. Waren, Heizer.

Viertes Kapitel

Der Hundskapitän

Es war der 5. April, der Tag vor der Abreise. Daß dieser Dr. Clawbonny an Bord war, beruhigte die Gemüter einigermaßen. Wo der würdige Gelehrte hinging, dorthin konnte man ihm folgen. Dennoch zeigte sich bei der Mehrzahl der Matrosen eine gewisse Unruhe, und Shandon sehnte sich danach, aus Furcht, daß der eine oder der andere Matrose doch noch desertieren könnte, die Anker zu lichten und das offene Meer zu erreichen.

Die Kabine des Doktors lag hinten am Hüttendeck; die des Kapitäns und des Ersten Leutnants, die sich weiter vorn befanden, gewährten freien Blick über das gesamte Deck. Die Kapitänskabine blieb verschlossen, nachdem sie mit allerhand Instrumenten, Mobiliar, Reisegarderobe, Büchern und allerhand Werkzeug, das in einem besonderen Verzeichnis aufgezählt war, ausgestattet worden war. Der Weisung des unbekannten Kapitäns gemäß wurde der Kabinenschlüssel an ihn nach Lübeck gesandt; er konnte also seine Kabine aufsuchen, ohne vorher jemanden zu fragen, ohne sich bei jemandem zu melden.

Die Kabine des Zweiten Leutnants befand sich im vorderen Zwischendeck, wo auch die Mannschaft untergebracht worden war. Ein großer Ofen stand in der Mitte der Mannschaftsunterkunft.

Um die Beschreibung der »Vorwärts« zu vervollständigen, muß noch gesagt werden, daß die Koje für die dänische Dogge direkt unter dem Fenster der geheimnisvollen Kabine des Kapitäns errichtet worden war. Der Hund jedoch schweifte lieber im Zwischendeck und im Laderaum der Brigg umher, als still in seiner Hütte zu liegen; ihn mit einem guten Bissen zu ködern, schien ausgeschlossen, und keinem von der Schiffsbesatzung gelang es, sein absonderliches Temperament zu zügeln, vor allem nachts hörte man ihn jämmerlich heulen und winseln, was im Inneren des Schiffs unheimlich widerhallte.

Winselte er aus Kummer über die Abwesenheit seines Herrn? Hatte er Angst vor der vielleicht gefahrvollen Fahrt? Die Matrosen tippten auf das letztere, und manch einer von ihnen machte seine Witze über das Tier, das sie im Grunde für eine Art Satanshund hielten.

Pen, ein vielleicht etwas brutaler Mensch, hatte sich eines Tages hinreißen lassen, nach dem Tier zu schlagen, aber er stürzte dabei so unglücklich auf die Ecke der Schiffswinde, daß er sich den Schädel aufschlug. Daß dieser Zufall dem gespenstischen Tier angerechnet wurde, läßt sich denken; die Matrosen der »Vorwärts« waren nicht weniger abergläubisch als andere Matrosen auch.

Dr. Clawbonny, der imstande gewesen wäre, selbst einen Tiger zu ködern, bemühte sich umsonst um den Hund.

Das Vieh hörte auf keinen der vielen Namen, die ihm gegeben wurden. Deshalb kam die Mannschaft schließlich darauf, ihn »Kapitän« zu rufen. Und manch einer sagte unter Lachen, aber mit einem heimlichen Seitenblick nach dem Hund, daß er sich darauf gefaßt mache, eines schönen Tages den Hund wieder menschliche Gestalt annehmen zu sehen und mit weitschallender Stimme das Schiff kommandieren zu hören.

Wenn auch Richard Shandon in dieser Richtung nichts befürchtete, so fühlte er sich doch nicht frei von Unruhe, und am Abend vor dem Abfahrtstag, am 5. April, führte er mit dem Doktor, Wall und Meister Johnson hinten auf dem Hüttendeck eine Unterredung über diesen Gegenstand.

Die vier Männer saßen bei ihrem zehnten Glas Grog, wahrscheinlich dem letzten, denn nach den Vorschriften in dem Brief aus Aberdeen sollten ja alle Mann an Bord der Brigg, vom Kapitän bis zum Heizer, auf Alkohol verzichten.

Seit einer Stunde bereits drehte sich das Gespräch um die Abfahrt. Für den kommenden Morgen erwartete Shandon die letzten Anordnungen des Kapitäns.

»Meldet mir«, sagte Shandon, »dieses Schreiben den Namen des Kapitäns nicht, so muß es uns wenigstens Klarheit über das Ziel der Reise bringen. Irgendeinen Kurs müssen wir ja segeln.«

»Ich zweifle keinen Augenblick daran«, entgegnete der Doktor, »daß wir die nötigen Anweisungen zur rechten Zeit erhalten werden.«

Alle vier stießen an und tranken ein letztes Glas.

»Und nun, Mister Shandon«, nahm Zeugmeister Johnson das Wort, »wenn ich Euch einen Rat geben darf, dann meine ich, wir machen alles fertig zur Abfahrt! Die Mannschaft muß spüren, daß Ihr Eurer Sache sicher seid.«

»Machen wir's so, wie Johnson sagt«, pflichtete Shandon bei.

Am anderen Morgen war die erste Post schon ausgegeben, für Richard Shandon jedoch war nichts dabei gewesen. Dennoch traf dieser alle Vorbereitungen zur Abreise, die von Tausenden von Neugierigen verfolgt wurden, wie wir schon erzählt haben.

Es schlug zehn. Es schlug elf. Gegen ein Uhr nachmittags mußte die Flut sinken; von der Höhe des Hüttendecks aus warf Shandon einen unruhigen Blick über die Menge, bemüht, irgend etwas zu entdecken, was ihm weiterhelfen konnte.

Alles umsonst! Stillschweigend führten die Matrosen der »Vorwärts« seine Befehle aus.

Meister Johnson traf die letzten Vorbereitungen. Der Himmel war bedeckt; draußen vor dem Hafen ging die See hoch; der Wind blies heftig aus Südwest, aber den Merseykanal zu passieren, das bot keine Schwierigkeiten.

Um zwölf Uhr: immer noch nichts. Dr. Clawbonny lief erregt hin und her, setzte sein Glas vors Auge, gestikulierte. Er mochte tun, was er wollte, er wurde seine Aufregung nicht los, und Shandon biß sich vor Ärger auf die Lippen.

In diesem Moment trat Johnson zu ihm und sagte: »Kommandant, wenn wir die Flut nutzen wollen, dürfen wir keine Zeit verlieren; eine Stunde brauchen wir mindestens, um von den Docks freizukommen.«

Shandon warf einen letzten Blick um sich und zog die Uhr. Die Zeit der Mittagspost war vorüber.

»Vorwärts!« befahl er seinem Schiffszeugmeister.

»Marsch, weg, ihr da!« rief Johnson, um alles, was nicht auf das Schiff gehörte, zu bewegen, an Land zu gehen.

Die Matrosen der Brigg lösten die letzten Taue. Der Wirrwarr an Bord wurde noch verstärkt durch das Geheul und Gebell des Hundes, der plötzlich vom Vorderdeck weg mitten in die dichteste Menge des Publikums hineinsprang.

Alles wich vor ihm zur Seite: Er sprang auf das Hüttendeck, und zwischen den Zähnen – unglaublich, aber von Tausenden beobachtet! – hielt dieser »Hundskapitän« ein Schreiben.

»Ein Brief!« schrie Shandon. »Aber, Schockschwerenot, ist denn der Kapitän an Bord?«

»Ohne Zweifel ist er dagewesen, aber jetzt ist er wieder weg!« sagte Johnson und zeigte auf das inzwischen leer gewordene Deck.

»Kapitän! Kapitän! Hierher!« rief der Doktor und versuchte, den Brief zu fassen, den ihm der Hund immer wieder aus der Hand riß. Es sah ganz so aus, als wolle er das Schriftstück Shandon und keinem andern lassen.

»Hierher, Kapitän!« rief nun auch Shandon.

Der Hund kam heran. Shandon nahm ihm den Brief aus der Schnauze, und der »Kapitän« bellte noch einmal, als wolle er Shandon auf die Wichtigkeit des Briefes hinweisen.

Shandon nahm den Brief, öffnete ihn aber noch nicht.

»Na, so lest doch!« schrie der Doktor.

Shandon blickte auf den Brief. Kein Datum darauf, nur die Adresse: An den Ersten Leutnant Richard Shandon — an Bord der Brigg »Vorwärts«.

Shandon erbrach den Brief und las:

Kurs nehmen auf Kap Farewell. Am 20. April trefft Ihr dort ein. Kommt der Kapitän nicht an Bord – passiert Ihr die Davis-Straße und fahrt die Baffinbai hinauf bis zur Melvillebucht!

Der Kapitän der »Vorwärts«
K. C.

Sorgsam faltete Shandon dieses lakonische Schreiben zusammen, schob es in die Tasche und erteilte den Befehl zur Abfahrt. Seine Stimme übertönte den pfeifenden Oststurm.

Bald hatte die »Vorwärts« den Hafen verlassen und lief, von einem Liverpooler Lotsen gesteuert, dessen Kutter in kurzem Abstand folgte, durch den Merseykanal. Die Zuschauer rannten so lange nebenher, wie es ihnen möglich war. Die beiden Klüver wurden gesetzt, das Besan- und die Briggsegel, und bald hatte die »Vorwärts« die Irische See erreicht.

Fünftes Kapitel

Auf hoher See

Der Wind war unbeständig, aber günstig. Die »Vorwärts« schoß wie ein Pfeil durch die Wellen; Schraube und Segel verliehen ihr eine ansehnliche Geschwindigkeit. Gegen drei Uhr kreuzte die Brigg das Dampfschiff, das zwischen Liverpool und der Insel Man verkehrt. Der Kapitän rief die Brigg an: das letzte Lebewohl, das ihrer Mannschaft zu Ohren kam.

Um fünf Uhr übergab der Lotse das Kommando wieder an Richard Shandon und bestieg seinen Kutter, der bald im Südosten verschwunden war.

Gegen Abend umschiffte die Brigg das »Kalb von Man«, wie die äußerste Südspitze dieser Insel bei den Seeleuten heißt. Die Nacht über ging die See hohl, aber der »Vorwärts« machte das überhaupt nichts aus.

Johnson hatte recht: Auf dem Meer gewinnt der Seemannsinstinkt beim Matrosen die Oberhand. Das solid gebaute Schiff ließ alle Absonderlichkeiten der Situation vergessen. Das Leben an Bord nahm seinen alltäglichen Verlauf.

Mit wechselndem Wind erreichte das Schiff nach mehreren Tagen den Ozean, ohne daß etwas Nennenswertes geschehen wäre. Das Wetter allerdings gab Shandon Gelegenheit, seine Mannschaft zu beobachten. Und bald stand sein Urteil über die ihm Untergebenen fest.

James Wall, der Shandon blindlings ergebene Zweite Leutnant, faßte gut auf und führte gut aus, ließ es aber zuweilen an Initiative fehlen.

Johnson, eine mit allen Fährnissen der See vertraute Wasserratte, ein alter Bekannter der arktischen Gewässer, hatte, was Kaltblütigkeit und Kühnheit anbetrifft, seit langem ausgelernt.

Simpson, der Harpunier, und Bell, der Schiffszimmermann, waren verläßliche Leute; der Eismeister Foker war ein erfahrener Seebär, in Johnsons Schule aufgewachsen, von dem man sich treffliche Dienste erhoffen durfte.

Von den anderen Matrosen schienen Garry und Bolton die besten zu sein: Bolton eine Art Bruder Lustig, witzig und geschwätzig; Garry ein junger Mann von 35 Jahren mit energischem, aber etwas blassem und traurigem Gesichtsausdruck.

Die drei weiteren Matrosen, Clifton, Gripper und Pen, schienen minder tüchtig zu sein, wenigstens nicht von dem gleichen Pflichteifer erfüllt und von der gleichen Tatkraft beseelt. Sie standen gern zusammen und murrten bald einmal. Gripper hatte sogar die Absicht gehabt, bei der Abfahrt kontraktbrüchig zu werden, und nur die Scham hatte ihn schließlich an Bord gehalten. Ging alles gut, kamen die Gefahren nicht allzu dick und gab es nicht gar zuviel Arbeit, so ließ sich auch auf diese drei Leute bauen; aber Bedingung vor allem war bei ihnen eine gute, kräftige Ernährung, denn von ihnen ließ sich mit Recht sagen: Der Mut kommt aus dem Magen. Obwohl es ihnen wie allen andern auch von Anfang an bekannt gewesen war, daß von Alkohol an Bord keine Rede sein durfte, fanden sie sich sehr schwer darein, und jedesmal, wenn es zu Tisch ging, stimmten sie Klagelieder an, daß es keinen Schnaps und keinen Wacholder gebe. Indessen hielten sie sich schadlos an Kaffee und Tee, die mit einer Freigebigkeit, die schon an Verschwendung grenzte, an Bord ausgeschenkt wurden.

Was die beiden Maschinisten Brunton und Plover und den Heizer Waren angeht, so war's ihnen bisher recht gewesen, daß sie die Arme hatten in den Schoß legen können.

Shandon wußte also nun, woran er mit jedem einzelnen war.

Am 14. April passierte die »Vorwärts« den Golfstrom. Der Doktor hatte noch nicht seinen Polarpelz angelegt, sondern trug wie auch die Matrosen und die Offiziere nach wie vor die Seemannskleidung; es machte Spaß, ihn mit den hohen Stiefeln zu sehen, in denen er förmlich versank, mit dem großen Hut und dem Öltuch auf dem Kopf, Beinkleidern und Jacke vom gleichen Stoff. Wenn es tüchtig goß und wenn die Wellen über die Brigg schlugen, sah der Doktor einem Meeresungetüm sehr ähnlich: ein Vergleich, der seinen Stolz nicht wenig reizte.

Zwei Tage lang war das Meer außerordentlich bewegt, der Wind schlug nach Nordwesten um und hinderte die Fahrt der »Vorwärts«. Vom 14. bis zum 16. April blieb schwerer Seegang; aber am Montag ging ein heftiger Regen nieder, und die See beruhigte sich wieder.

Der Eismeister, der vorn am Klüverbaum Ausguck hielt, signalisierte einen steuerbords in etwa einem Dutzend Meilen Entfernung unterm Wind treibenden Eisberg.

»Ein Eisberg in diesen Gewässern!« rief der Doktor.

Shandon blickte mit dem Fernrohr in die angegebene Richtung und bestätigte die Meldung des Eismeisters.

»Kurios!« rief der Doktor, »kurios!«

»Wundert Euch das?« rief Shandon lachend. »Sollten wir glücklich genug sein, auf etwas zu stoßen, was Eure Verwunderung hervorruft?«

Sechstes Kapitel

Die große Polarströmung

Bald wurden die Möwen, Sturm- und andere Seevögel zahlreicher, sie kündeten die Nähe von Grönland an. Die »Vorwärts«, die eine lange schwarze Rauchschleppe hinter sich herzog, bewegte sich in schneller Fahrt nach Norden.

Am Dienstag, dem 17. April, gegen elf Uhr vormittags, signalisierte der Eismeister die ersten Eisblinks. Die Blinks lagen aber mindestens noch an die zwanzig Meilen weit in nordnordwestlicher Richtung. Dieser blendendweiße Streifen hellte, obwohl dichtes Gewölk den Himmel bedeckte, den ganzen Horizont auf. Die Leute an Bord, die schon in der Arktis gewesen waren, wußten genau, was es damit auf sich hatte. An der Stärke der

Helligkeit erkannten sie, daß dieser Blink von einem großen Eisfeld ausgehen mußte.

Gegen Abend drehte der Wind nach Süden und wurde günstiger. Shandon konnte wieder Segel setzen und ließ die Feuer unter den Kesseln löschen. Die »Vorwärts« fuhr dem Kap Farewell entgegen.

Am 18., gegen drei Uhr, stießen sie auf Treibeis, es kam von der Ostküste Grönlands.

Am nächsten Tag, früh am Morgen, meldete der Ausguck ein Schiff. Es war die »Walküre«, eine dänische Korvette, die der »Vorwärts« entgegenlief und die Bank von Neufundland ansteuerte.

In der Nacht vom Mittwoch zum Donnerstag pfiff der Wind äußerst heftig; Treibholz geriet ins Blickfeld; die Nähe der Küste und die Jahreszeit boten Gefahren: Ein Zusammenstoß mit einem Eisberg mußte vermieden werden. Der Kommandant ließ deshalb mehrere Segel bergen, so daß die »Vorwärts« nur noch unter ihrem Besan- und ihrem Großsegel fuhr.

Das Thermometer sank unter den Gefrierpunkt. Shandon befahl, warme Kleidung zu verteilen; ebenso wurde an jeden ein Paar wasserdichter Stiefel ausgegeben.

Der Hund »Kapitän« begnügte sich mit seinem natürlichen Pelz; gegen Kälte schien er unempfindlich zu sein; er machte den Eindruck, als wäre er nicht das erstemal in diesen Gegenden. Dennoch sah man ihn nur selten, er hielt sich fast immer in den finstersten Teilen des Schiffes versteckt.

Gegen Abend sahen sie im Nebel die grönländische Küste. Mit seinem Fernrohr bewaffnet, war es dem Doktor einen Augenblick lang möglich, eine Reihe von Bergspitzen zu erkennen, die von breiten Gletschern durchfurcht waren. Aber der Nebel schloß sich rasch wieder über diesem Anblick.

Am 20. April früh passierte die »Vorwärts« einen Eisberg von 150 Fuß Höhe. Dr. Clawbonny zeichnete eine Skizze von ihm, um ihn besser für die Erinnerung bewahren zu können.

Endlich, bei einer Temperatur, die gegen Mittag nicht 11 Grad überstieg, unter einem von Schnee und Nebel verhüllten Himmel, tauchte Kap Farewell auf. Die »Vorwärts« hatte die ihr vorgegebene Zeit genau eingehalten. Wenn es dem unbekannten Kapitän nun gefiel, bei solchem Satanswetter die Fahrt zu kontrollieren, würde er keine Ursache zu Beschwerden oder Klagen haben.

Siebentes Kapitel

Die Einfahrt zur Davis-Straße

Die »Vorwärts« suchte sich ihren Weg durch die Eisschollen. Der Wind war günstig, aber die Temperatur war niedrig; der Wind wehte von den Eisfeldern her und brachte Kälte mit.

Besonders in der Nacht mußten sie auf dem Schiff sehr vorsichtig sein, ringsum waren sie von Eisbergen umgeben, und die Gefahr einer Kollision war groß. Auch auf lange Züge von Treibholz stieß man, mit denen man sorgsam jeden Zusammenstoß vermied. Im Fockmast wurde deshalb ein Krähennest errichtet, ein Faß, in dem der Eismeister stand, vor dem Wind geschützt, das Meer überblickte, Eisberge und andere Gefahren signalisierte und im Notfall sogar dem Steuermann den Kurs ansagte.

Am 21. April kam mitten im Nebel Kap Desolation in Sicht; die Schiffsmanöver ermüdeten die Mannschaft; seit die Brigg die Region des Treibeises und danach der Eisberge selbst erreicht hatte, gab es für die Mannschaft keinen Augenblick der Ruhe mehr. Shandon nahm die

Maschinenkraft zu Hilfe, um es dem Schiff zu erleichtern, seine Bahn zu finden.

Dr. Clawbonny und Meister Johnson standen an der Reling. Der Doktor war wißbegierig, er hatte schon manche Aufzeichnung gemacht. Was sie jetzt bewegte, das war der Kapitän, der immer noch nicht hatte von sich hören lassen.

»Glaubt Ihr denn noch an die Existenz dieses Kapitäns?« fragte Johnson.

»Es gibt ihn, da bin ich sicher.«

»Aber welche Gründe mögen ihn zu seiner absonderlichen Handlungsweise bewogen haben?«

»Wenn ich frei von der Leber weg reden soll, Johnson, so geht meine Meinung dahin, er wollte die Schiffsmannschaft so weit in Polnähe haben, daß von Heimkehr keine Rede mehr sein konnte. Wäre er schon bei der Abfahrt an Bord erschienen, hätte jeder zu wissen verlangt, wohin das Schiff fährt – und das hätte ihn womöglich in Verlegenheit gebracht.«

»Und warum das?«

»Weil er sich mit der Absicht trägt, irgendein übermenschliches Unternehmen zu wagen. Er will dorthin, wo bis heute noch niemand gewesen ist. Hätte er das von vornherein gesagt, glaubt Ihr, daß er dann Leute gefunden hätte, die da mitmachen? Jetzt jedoch sind wir so weit, daß an eine Umkehr nicht mehr zu denken ist.«

»Mag sein, Mister Clawbonny; kenne ich doch mehr als einen Abenteurer, dessen Name allein schon hinreicht, daß alle Seeleute einen großen Bogen um ihn schlagen.«

»Mich ausgenommen«, meinte der Doktor.

»Und mich nach Euch«, antwortete Johnson. »Ich denke mir also, daß unser Kapitän höchstwahrscheinlich vom Schlag dieser Abenteurer ist. Na, wir werden es schon noch erfahren, woran wir sind. Ich vermute, daß sich dieser tapfere Unbekannte von Upernawik oder von der Melvillebucht her in aller Ruhe bei uns an Bord einfinden und uns mitteilen wird, wohin seine Abenteuerlust das Schiff zu führen gedenkt.«

»Das glaube ich auch, Johnson; aber schwierig genug wird es werden, selbst die Melvillebucht zu erreichen. Seht doch nur die Eisberge, die ›Vorwärts‹ findet doch kaum noch Platz, sich da hindurchzuschlängeln.«

Achtes Kapitel

Gespräche der Mannschaft

Inzwischen gelang es der »Vorwärts«, die sich geschickt durch alle Engen hindurchbugsierte, weiter nach Norden vorzudringen. Das Eis wurde von Tag zu Tag kompakter, und um dem zu begegnen, wurden Eissägen an den Bordwänden des Schiffes angebracht.

Ein Teil der Mannschaft fügte sich mit stoischem Gleichmut in die schweren Arbeiten, die von ihr verlangt wurden; ein anderer Teil aber beschwerte sich, wenn er sich auch noch nicht weigerte. Während sie die Werkzeuge für die Arbeit herrichteten, tauschten Garry, Bolton, Pen und Gripper die Meinungen aus, die sie über ihre augenblickliche Lage hegten.

»Soll mich der Teufel schmoren«, meinte Bolton, »ich kann durchaus nicht sagen, wieso mir gerade jetzt einfällt, daß es in Waterstreet eine famose Kneipe gibt, wo man sich zwischen einem Glas Wacholder und einer Pulle Porter nicht die Rippen quetscht. Merkst du was, Gripper?«

»Soll ich die Wahrheit sagen«, entgegnete Gripper, der gern den Griesgram spielte, »mir mißfällt die ganze Angelegenheit sehr.«

»Ist ja bloß so eine Redensart, Gripper«, meinte der andere. »Soviel jedoch steht fest: In den Schneestädten, für die unser Monsieur Clawbonny so schwärmt, gibt es nicht die kleinste Kneipe, in der sich ein braver Matrose mit ein paar halben Pinten Brandy Gemüt und Kehle auffrischen könnte.«

»In dieser Hinsicht hast du nur allzu recht, Bolton, und könntest sogar noch hinzufügen, daß es hier oben nicht mal was gibt, sich zu stärken. Eine komische Idee, Leuten, die in die Polarmeere fahren, jeden Tropfen Spiritus zu entziehen!«

»Mag sein!« erwiderte Garry. »Hast du denn ganz vergessen, Gripper, was dir der Doktor gesagt hat? Nüchtern muß man sich halten, wenn man dem Skorbut widerstehen und so weit nach Norden gelangen will!«

»Aber darauf kommt's doch mir nicht an, Garry. Ich finde im Gegenteil, daß es schon sehr anständig ist, bis hierher gekommen zu sein. Und noch weiter – brr –, nein; nicht einmal der Teufel geht so weit.«

»Jesses, man hat wirklich schon verschwitzt, wie Wacholder schmeckt«, sagte Pen.

»So besinn dich doch«, meinte Bolton, »was der Doktor gesagt hat!«

»Oho!« entgegnete Pen mit seiner fetten groben Stimme, »gesagt ist bald mal was, oft auch bloß, um nur etwas zu sagen! Wer weiß denn, ob man die Gesundheit nicht vorschützt, um am Getränk zu sparen?«

»Dieser Pen hat am Ende recht«, warf Gripper ein.

»Ach, red doch nicht!« sagte Bolton, »dazu ist deine Nase viel zu rot!«

»Was hat dir denn meine Nase getan?« fragte der an seiner empfindlichen Stelle getroffene Matrose. »Meine Nase braucht deine Ratschläge nicht, sie schert sich den Teufel darum, misch dich nicht in Dinge, die dich nichts angehen.«

»Na, na, schon gut, Pen; für so empfindlich habe ich deine Nase nicht gehalten. Und gegen ein gutes Glas Whisky hab ich sowenig wie ein anderer, vor allem bei solcher Temperatur – aber wenn's einem schließlich mehr schadet als nützt, kann ich's gern missen.«

»Kannst's missen«, meinte der Heizer Waren, in die Unterhaltung eingreifend, »na, vielleicht mißt's doch nicht jeder an Bord!«

»Was soll das heißen, Waren?« fragte Garry und maß ihn mit scharfem Blick.

»Ich meine bloß, Schnaps gibt's doch an Bord, bald aus diesem, bald aus jenem Grund, und da denke ich mir, hinterschiffs spielt man am Ende nicht so streng den Mäßigkeitsapostel, wie man es uns zumutet.«

»Und woher weißt du das?« fragte Garry.

Waren wußte nicht, was er antworten sollte.

»Na, Garry, du siehst doch, daß Waren nichts weiß«, sagte Bolton.

»Was haltet ihr davon«, fragte Pen, »eine Ration Wacholder von Mister Shandon zu verlangen? Verdient haben wir sie reichlich; wir werden ja hören, was er antwortet.«

»Tut das nicht, wenn ich raten darf!« sagte Garry.

»Warum denn nicht?« riefen Pen und Gripper.

»Weil Mister Shandon es euch abschlagen wird! Wie es an Bord zugehen würde, habt ihr gewußt, als ihr euch anheuern ließt. Damals hättet ihr es euch überlegen sollen.«

»Na, übrigens«, warf Bolton ein, der gern Garrys Partei nahm, »ist Richard Shandon ja gar nicht Herr an Bord – er gehorcht bloß wie wir andern auch.«

»Und wem denn?« fragte Pen.

»Dem Kapitän.«

»Ha! Immer und ewig dieser geheimnisvolle Kapitän!« rief Pen. »Merkt ihr denn nicht, daß es auf diesen

Eisbänken hier sowenig einen Kapitän gibt wie eine Kneipe? Es ist doch nur eine Ausrede, uns auf manierliche Weise abzuschlagen, was uns zu fordern als Recht zusteht.«

»Unsinn, einen Kapitän gibt es!« rief Bolton, »und zwei Monate Sold möcht ich wetten, wenn er nicht plötzlich unter uns steht, ohne daß wir wissen, wie er an Bord gelangt ist.«

»Mag sein«, sagte Pen, »das ist auch so einer, dem ich gern ein paar Wahrheiten sagen würde.«

»Wer spricht vom Kapitän?« warf jetzt ein anderer Matrose ein, der sich bislang an der Unterhaltung nicht beteiligt hatte.

Clifton war es; so abergläubisch, wie er war, so neidisch war er zugleich.

»Weiß vielleicht jemand was Neues vom Kapitän?« fragte er.

»Nein«, lautete die einstimmige Antwort.

»Na, eines schönen Morgens wird er aus seiner Kabine herausspaziert kommen.«

»Schwatz doch nicht!« sagte Bolton, »du bildest dir wohl ein, der Kapitän sei so ein Kobold, wie sie in deinen schottischen Hochlanden herumlaufen?«

»Lache, soviel du willst, Bolton, meine Meinung ändere ich deshalb nicht. Tagtäglich, wenn ich an der Kabine vorbeigehe, werfe ich einen Blick durch das Schlüsselloch – und es wird der Tag kommen, an dem ich euch melde, mit wem dieser Spitzbube von Kapitän Ähnlichkeit hat und wie er beschaffen ist.«

»Ei, zum Geier«, rief Pen, »er wird beschaffen sein wie die andere Menschheit auch, dein Kapitän, und ist's ein Gauner, der uns in Gegenden führen will, die uns nicht passen, wird man ihm schon den Marsch blasen!«

»Meinetwegen«, sagte Bolton, »aber Pen kennt ihn nicht und will schon Händel mit ihm suchen.«

»Kennt ihn noch nicht«, entgegnete Clifton mit der Miene eines Menschen, der Bescheid weiß, »das heißt, wenn's an dem ist!«

»Schockschwerenot, was soll das heißen?« fragte Gripper.

»Hm, ich habe mir da so meine Gedanken gemacht.«

»Das will schon was bedeuten!«

»Hat denn Pen nicht schon Ärger mit ihm gehabt?«

»Mit dem Kapitän?«

»Ja, mit dem Hundskapitän, denn das läuft auf eins hinaus!«

Die Matrosen sahen einander an, ohne etwas zu sagen zu wagen.

»Mensch oder Hund«, brummte Pen, »ich sage euch, diese Bestie kriegt noch ihren Denkzettel.«

»Sag mal, Clifton«, fragte Bolton ernst, »meinst du im Ernst, dieser Hund ist der Kapitän?«

»Gewiß«, antwortete Clifton voller Überzeugung, »und wüßtet ihr so gut zu beobachten wie ich, dann hättet auch ihr Seltsames genug an diesem Tier bemerkt.«

»Was denn? So rede schon!«

»Habt ihr nicht gesehen, mit welcher Amtsmiene er auf dem Hinterdeck herumpromeniert? Wie er das Segelzeug inspiziert, ganz, als gehöre er mit zur Wache?«

»Stimmt, stimmt«, sagte Gripper, »eines Abends hab ich sogar gesehen, wie er mit den Pfoten das Ruderrad hielt.«

»Nicht möglich!« rief Bolton.

»Und nachts, wißt ihr«, fuhr Clifton fort, »verläßt er da nicht das Schiff, um allein über die Eisfelder zu streifen, unbekümmert um Bären und Kälte?«

»Stimmt auch«, sagte Bolton.

»Seht ihr wohl das Biest, wie sonst einen anständigen Hund, die Gesellschaft von Menschen suchen oder um die Küche streifen und Meister Strong mit den Augen verschlingen, wenn er Mister Shandon einen guten Bissen bringt? Hört ihr ihn nicht nachts, wenn er ein paar Meilen weit vom Schiff entfernt ist, heulen, daß es einem kalt den Rücken hinunterläuft! Endlich: Habt ihr den Hund jemals beim Fressen gesehen? Er nimmt von niemandem was; sein Fressen steht immer unberührt – und wenn ihn nicht insgeheim jemand füttert, so darf man wirklich mit vollem Recht sagen: Das Biest lebt, ohne zu fressen ... Ist das alles, zusammengenommen, nicht seltsam genug?«

»Donnerwetter«, sagte Bell, der Schiffszimmermann, »Donnerwetter, so könnte man es sich schon zusammenreimen.«

Die andern Matrosen verhielten sich still.

»Na, wie gesagt«, nahm Clifton wieder das Wort, »wenn ihr euch auch ungläubig gebt, es sind Leute an Bord, die sind klüger als ihr, wenn sie auch nicht so sicher und ruhig zu sein scheinen!«

»Willst du von Mister Shandon sprechen?« fragte Bolton.

»Jawohl, von Mister Shandon und vom Doktor.«

»Und sie sind, meinst du, deiner Ansicht?«

»Ich habe sie über den Fall reden hören und behaupte, sie begreifen nichts davon, hunderterlei Mutmaßungen haben sie angestellt, aber die haben sie auch keinen Schritt vorwärts gebracht!«

»Und von dem Hund sprachen sie wie du, Clifton?« fragte der Schiffszimmermann.

»Wenn sie auch nicht von dem Hunde sprachen«, antwortete Clifton, an die Wand gedrückt, »so sprachen sie doch vom Kapitän, was ganz auf eins herauskommt, und gaben zu, daß nicht alles mit rechten Dingen zugehe.«

»Na, Freunde!« rief Bell, »wollt ihr meine Ansicht hören?«

»So red schon!« riefen sie von allen Seiten.

»Ich meine: Einen anderen Kapitän als Richard Shandon gibt's nicht und wird's nicht geben!«

»Und der Brief?« fragte Clifton.

»Der Brief existiert tatsächlich«, antwortete Bell, »es steht fest, daß ein Unbekannter die ›Vorwärts‹ zu einer Fahrt ins Eismeer ausgerüstet hat, ist aber das Schiff einmal unterwegs, wird niemand mehr an Bord kommen.«

»Na, dann sagt doch mal endlich«, fragte Bolton, »wohin wird das Schiff dann fahren?«

»Darüber weiß ich nichts. Im richtigen Moment wird Richard Shandon schon seine Instruktionen erhalten.«

»Aber durch wen?«

»Durch wen?«

»Ja, auf welche Weise?« fragte Bolton, stürmisch werdend.

»Heraus mit der Sprache, Bell!« riefen die anderen Matrosen.

»Durch den Hundskapitän«, sagte Clifton. »Er hat schon einmal geschrieben, kann's also auch zum zweitenmal. Oh, wüßt ich bloß die Hälfte von dem, was dieses Biest weiß, so wär ich nicht in Verlegenheit, Erster Lord der Admiralität zu werden.«

»Also bleibst du dabei?« nahm Bolton, um abzuschließen, nochmals das Wort, »der Hund ist der Kapitän?«

»Jawohl, dabei bleibe ich!«

»Na, wenn das Biest«, brummte Pen dumpf vor sich hin, »nicht in seinem Hundefell platzen will, mag sich's dazuhalten, ein Mensch zu werden – denn, so wahr ich Pen heiße, ich mache ihm noch einmal den Garaus!«

»Und warum das?«

»Weil es mir so paßt«, gab Pen grob zur Antwort, »und Rechenschaft über mein Tun und Lassen brauche ich niemandem zu geben.«

»Geschwatzt habt ihr nun genug, Jungens«, rief Meister Johnson, der in dem Augenblick dazwischentrat, da sich die Unterhaltung zum Schlimmen zu wenden drohte. »Ans Werk! Und hurtig die Sägen gesetzt! Flinker als bisher! Das Packeis muß geschnitten werden.«

»Na, na, und an einem Freitag obendrein!« brummte schulterzuckend Clifton; »werdet schon sehen, daß sich mit dem Polarkreis so leicht nicht umspringen läßt!«

Wie dem auch war, den ganzen Tag über waren alle Anstrengungen der Mannschaft so gut wie vergeblich. Obwohl die »Vorwärts« mit Volldampf gegen die Eisfelder rannte, konnte sie sich keinen Weg bahnen. Bei Nacht sah man sich gezwungen, vor Anker zu gehen.

Am Sonnabend sank das Thermometer unter dem Einfluß des starken Ostwindes noch tiefer, aber die Bewölkung ließ nach. Weithin vermochte man über die weißen Eisfelder zu sehen. Um sieben Uhr morgens waren es minus 22 Grad.

Die Mannschaft wurde in zwei Wachen eingeteilt und zu beiden Seiten des Schiffes postiert. Mit langen Stangen, die mit eisernen Spitzen versehen waren, stießen sie die allzu gefährlichen Schollen beiseite. Bald geriet die »Vorwärts« jedoch in ein so enges Fahrwasser, wurde sie zwischen zwei hochragenden Blöcken eingeklemmt, daß die Rahenden gegen das Eis stießen, das hart war wie Fels. Und das schlimmste war: Sie mußten feststellen, daß diese Schlucht keinen Ausgang hatte. Ihnen entgegen trieb ein riesiger Eisblock.

Shandon stand mit Johnson und dem Doktor am Bug, sie erwogen die Lage.

»Wie wird das ausgehen?« fragte der Doktor.

Der Eisblock war keine Kabellänge mehr von der »Vorwärts« entfernt und drohte sie unter sich zu zermalmen.

»Tod und Teufel!« fluchte Pen.

»Ruhe!« rief eine Stimme, und niemand wußte, wem sie gehörte.

Der Block schien sich auf die Brigg zu stürzen. Ein unbeschreiblicher Augenblick folgte. Die Mannschaft ließ ihre Stangen im Stich und rannte, jedes Kommando mißachtend, nach hinten. Plötzlich erdröhnte die Luft von einem furchtbaren Getöse. Ein Wasserschwall brach über das Schiff nieder. Die »Vorwärts« wurde von einer ungeheuren Woge erfaßt. Die Mannschaft stieß einen Schrei des Entsetzens aus, aber Garry an seinem Ruder wankte nicht und hielt die »Vorwärts« im rechten Fahrwasser, obwohl sie gewaltig hin und her schlug. Und als sich die Blicke voller Angst wieder zu dem Eisberg wandten, war dieser verschwunden; die Durchfahrt war frei, ein Kanal öffnete sich, der der Brigg die Weiterfahrt ermöglichte.

Neuntes Kapitel

Ein neues Schreiben

Der Polarkreis war endlich überschritten. Am 30. April mittags passierte die »Vorwärts« Holsteinborg. Malerische Gebirge erhoben sich am östlichen Horizont. Der Wind sprang nach Südost um, und die Brigg fuhr unter ihrem Besan-, Brigg- und ihren Klüversegeln die Baffinbai hinauf. Der Tag war merkwürdig still, und die Mannschaft konnte sich eine Weile ausruhen. Ein Ereignis jedoch störte die Ruhe dieses Tages:

Gegen sechs Uhr morgens fand Richard Shandon, als er von der Wache in seine Kabine trat, auf seinem Tisch einen Brief mit der Anschrift:

An den Ersten Leutnant Richard Shandon, an Bord der »Vorwärts«, Baffinbai.

Shandon glaubte seinen Augen nicht trauen zu dürfen. Bevor er aber den Inhalt des Schreibens las, ließ er den Doktor, James Wall und den Schiffszeugmeister rufen und zeigte ihnen das Schreiben.

»Das ist merkwürdig«, meinte Johnson.

Allerliebst, reizend, dachte der Doktor.

»Endlich!« rief Shandon, »wird sich also das Geheimnis lüften.«

Flink riß er den Umschlag auf und las:

Mister Shandon! Der Kapitän der »Vorwärts« ist mit der Kaltblütigkeit, Geschicklichkeit und mit dem Mut zufrieden, den Eure Mannschaft sowie Ihr selbst bei den letzten Ereignissen an den Tag gelegt haben. Er bittet Euch, der Mannschaft seine Anerkennung auszusprechen.

Der weitere Kurs ist die Melvillebucht. Von dort aus versucht Ihr in den Smith-Sund vorzudringen.

Der Kapitän der »Vorwärts«
K. C.

Geschrieben am Montag, dem 30. April.
Gegenüber Kap Walsingham.

»Und das ist alles?« rief der Doktor.

»Das ist alles«, antwortete Shandon.

Der Brief entfiel seinen Händen.

»Nanu«, sagte Wall, »dieser schimärenhafte Kapitän redet gar nicht einmal mehr davon, daß er an Bord kommen will – daraus schließe ich, daß er überhaupt nicht an Bord erscheinen wird.«

»Aber dieser Brief«, rief Johnson, »wie ist er hierher gelangt?«

Shandon schwieg.

»Mister Wall hat recht«, sagte der Doktor, der den Brief aufgehoben hatte und nach allen Seiten hin drehte, »der Kapitän wird nicht an Bord kommen, und zwar aus dem einen Grunde . . .«

»Aus welchem?« fragte Shandon lebhaft.

»Weil er schon an Bord ist!« antwortete der Doktor einfach.

»Schon an Bord!« rief Shandon, »was soll das heißen?«

Johnson nickte zustimmend.

»Das ist nicht möglich!« rief Shandon energisch. »Ich kenne jeden Mann an Bord. Man müßte also annehmen, er befände sich seit der Abfahrt des Schiffes unter der Mannschaft? Das ist ausgeschlossen, sage ich. Seit mehr als zwei Jahren habe ich jeden Mann, der an Bord ist, an die hundertmal gesehen. Nein, Doktor! Eure Behauptung läßt sich nicht aufrechterhalten.«

»Und was würdet Ihr gelten lassen, Shandon?«

»Alles, nur das nicht! Ich will gelten lassen, daß dieser Kapitän oder jemand, der in seinen Diensten steht – was weiß ich, wie sich das verhält? –, die Finsternis, den Nebel oder auch sonstwas ausgenutzt haben kann, um sich an Bord zu schleichen. Wir sind nicht sonderlich weit ab vom festen Land, Eskimokajaks gibt's genug, die hier herumstreifen; es wäre also ganz gut möglich, bis zum Schiff zu gelangen, um diesen Brief hierherzubringen. Der Nebel ist dicht genug gewesen, um das zu tun.«

»Aber auch, um die Brigg im Nebel zu verbergen«, entgegnete der Doktor; »wie soll in diesem Nebel jemand die Brigg finden?«

»Das leuchtet mir ein«, meinte Johnson.

»Ich komme also auf meine Hypothese zurück«, sagte der Doktor, »wie denkt Ihr darüber, Shandon?«

»Mir soll alles recht sein«, sagte Shandon, »bis auf die Vermutung, dieser Mann sollte bei mir an Bord sein!«

»Vielleicht steckt unter der Besatzung jemand, der Instruktionen mitgenommen hat?«

»Vielleicht«, sagte der Doktor.

»Wer aber?« fragte Shandon, »ich kenne meine Mannschaft genau, und das nun seit langem.«

»Auf alle Fälle«, nahm Johnson wieder das Wort, »wird man den Kapitän, wenn er sich vorstellt, mag er nun Mensch sein oder Teufel, willkommen heißen; aber das Schreiben läßt noch eine andere Deutung zu.«

»Und welche?« fragte Shandon.

»Daß wir nicht nur bis zur Melvillebucht, sondern sogar bis in den Smith-Sund gelangen sollen.«

»Stimmt«, sagte der Doktor.

»In den Smith-Sund«, wiederholte Richard Shandon mechanisch.

»Daraus geht deutlich hervor«, fuhr Johnson fort, »daß die ›Vorwärts‹ nicht bestimmt ist, die Nordwestliche Durchfahrt zu suchen; denn wir sollen ja die einzige Fahrstraße, die dorthin führt, links liegenlassen, die Enge von Lancaster meine ich. Uns steht die Fahrt in unbekannte Gewässer bevor!«

»Und dann etwa bis zum Pol?«

Die Annahme dieses wahnwitzigen Versuches veranlaßte den Schiffszeugmeister, die Schultern zu zucken.

»Um schließlich«, nahm James Wall das Wort, »nochmals auf den Kapitän zurückzukommen – wenn er überhaupt existiert –, ich sehe keine Möglichkeit, daß er an der Küste von Grönland woanders als in den Niederlassungen von Disko oder Upernawik auf uns warten könnte. In ein paar Tagen werden wir also wissen, woran wir sind.«

»Aber«, fragte der Doktor den Kommandanten, »wollt Ihr nicht der Mannschaft Kenntnis von diesem Brief geben?«

»Mit Verlaub, Mister Shandon«, erwiderte Johnson, »das täte ich nicht!«

»Und warum nicht?« fragte Shandon.

»Weil all das Ungewöhnliche, all das Phantastische, das den Vorfall begleitet, nur dazu angetan ist, unsere Mannschaft zu entmutigen. Sie ist ohnehin reichlich beunruhigt über das Schicksal einer Expedition, die sich so anläßt wie die unsre. Wir wollen das nicht auf die Spitze treiben, womöglich können wir uns dann nicht mehr auf die Mannschaft verlassen, wenn es einmal darauf ankommen sollte. Was meint Ihr dazu, Mister Shandon?«

»Und Ihr, Doktor – was meint Ihr?« fragte Shandon.

»Meister Johnson«, antwortete der Doktor, »mir scheinen Eure Überlegungen ganz vernünftig.«

»Und Ihr, James?«

»Ich füge mich, wenn niemand besseren Rat weiß«, antwortete Wall, »der Meinung dieser Herren.«

Shandon überlegte ein paar Minuten, dann las er den Brief noch einmal aufmerksam durch.

»Meine Herren«, sagte er, »eure Ansicht ist gewiß sehr gut; aber ihr anschließen kann ich mich nicht.«

»Und warum nicht, Shandon?« fragte der Doktor.

»Weil mir dieses Schreiben befiehlt, der Mannschaft die Anerkennung des Kapitäns auszusprechen. Ich habe bisher den Befehlen des Kapitäns gehorcht, also vermag ich nicht ...«

»Indessen ...«, begann Johnson noch einmal, denn er fürchtete die Wirkung einer Mitteilung auf den Geist der Matrosen.

»Lieber Johnson«, sagte Shandon, »Eure Hartnäckigkeit verstehe ich, Eure Gründe sind ausgezeichnet – lest aber, bitte ...«

»Er bittet Euch, der Mannschaft seine Anerkennung auszusprechen.«

»Handelt also danach«, sagte Johnson, »soll ich die Mannschaft an Deck rufen?«

»Ich bitte darum!«

Im Nu hatte sich die Nachricht von dem Schreiben des Kapitäns an Bord verbreitet, und die Besatzung versammelte sich, wie ihr geheißen worden war. Shandon las mit lauter Stimme den geheimnisvollen Brief vor.

Eine dumpfe Stille breitete sich aus; die Mannschaft ging auseinander, und jeder stellte für sich tausenderlei Überlegungen an; Clifton unterließ es nicht, vor dem

Hundskapitän an den Hut zu fassen, als der zufällig an ihm vorbeilief.

»Hab ich's euch doch gesagt«, wiederholte er später den Matrosen gegenüber, »das Biest kann schreiben!«

Auf diese Bemerkung hin fiel keine Antwort, und sogar der Schiffszimmermann Bell ließ es sich nicht einfallen, etwas zu sagen.

Aber für jeden stand nun fest, daß, wenn nicht der Kapitän selbst an Bord Wache hielt, sein Geist oder sein Schatten anwesend sein mußte. Die Klügeren hüteten sich in Zukunft, ihre Meinungen offen auszusprechen.

Zehntes Kapitel

Gefahrvolle Schiffahrt

Am Tag darauf erreichten sie Upernawik. Shandon, Dr. Clawbonny, Johnson, Foker und Strong, der Schiffskoch, stiegen in das Walboot und begaben sich an Land.

Der Gouverneur, seine Frau und seine fünf Kinder, alle Eskimos, kamen den Gästen freundlich entgegen. Die ganze Stadt bestand aus drei Holzhäusern und einer größeren Anzahl Schneehütten.

Hier sollten sie sich mit Hunden und Schlitten versorgen, so wollten es die Instruktionen, die Shandon empfangen hatte. Vier Pfund mußte er für einen Schlitten mit einem Gespann von sechs Hunden bezahlen.

Die Hauptfrage jedoch war: Befand sich in Upernawik ein Europäer, der auf die Ankunft der »Vorwärts« wartete? War dem Gouverneur etwas bekannt davon, daß sich ein Fremder, wahrscheinlich ein Engländer, in diesen Breiten festgesetzt hatte?

Aber der Gouverneur wußte nichts davon; seit mehr

als zehn Monaten hatte sich hier kein Fremder blicken lassen.

»Das verstehe ich nicht, Doktor«, sagte Shandon zu seinem Kameraden. »Am Kap Farewell nichts. Auf der Insel Disko nichts! In Upernawik nichts!«

»In ein paar Tagen werdet Ihr noch mehr jammern können: auch in der Melvillebucht nichts; und dann werde ich Euch die Honneurs machen als dem Kapitän der ›Vorwärts‹!«

Gegen Abend kehrte das Walboot zur Brigg zurück. Strong hatte den Proviant um ein paar Dutzend Eiderenten-Eier vermehrt. Es war nicht viel, aber für eine Mannschaft, die sich nur an Pökelfleisch halten konnte, immerhin eine Abwechslung.

Am andern Tag kam günstiger Wind auf, aber Shandon gab noch nicht den Befehl zur Abfahrt. Er wollte noch einen Tag warten, um die Gewißheit zu haben, dem geheimnisvollen Kapitän alle Zeit gegeben zu haben, sich auf der »Vorwärts« einzufinden. Er ließ sogar wiederholt seinen Sechzehnpfünder abfeuern, dessen Knall sich dröhnend an den Eisbergen brach. Aber er erreichte nichts weiter, als daß er damit Wolken von Vögeln aufscheuchte. In der Nacht wurden Raketen abgeschossen, aber auch das war ohne Ergebnis. Es blieb nichts anderes, als die Reise fortzusetzen.

Am 8. Mai gegen sechs Uhr morgens verlor die »Vorwärts« die Niederlassung Upernawik außer Sicht.

Der Wind pfiff aus Südost. Die Temperatur stieg wieder ein wenig. Die Sonne brach durch den Nebel, und mehrere Leute wurden von Schneeblindheit befallen.

Die in Upernawik gekauften Hunde waren wild und temperamentvoll. Aber sie gewöhnten sich an das Leben an Bord, und »Kapitän« stellte sich mit seinen neuen Kameraden nicht gerade schlecht; ihre Gewohnheiten schienen ihm nicht fremd zu sein. Auch das ließ wiederum den Schluß zu, »Kapitän« müsse schon früher mit seinen vierbeinigen Grönländer Verwandten Bekanntschaft geschlossen haben, die sich übrigens, immerzu hungrig und an Land auf knappe Kost gesetzt, kaum mit was anderm als mit den Kostverhältnissen an Bord befaßten.

Am 9. Mai fuhr die »Vorwärts« nur wenige Kabellängen an der Baffininsel vorbei.

Aber das alles beruhigte die Mannschaft nicht. Sie wollte endlich wissen, woran sie war, und niemand vermochte ihr das zu sagen. Nur weiter nach Norden, immer weiter. War es ein Wunder, daß die Stimmung immer verzweifelter wurde, daß sie alle die Lust verloren und daß sie den Entschluß verfluchten, auf diesem Teufelsschiff angeheuert zu haben?

Zu dieser Belastung kam die tägliche Arbeit. Das Schiff war wiederholt auf allen Seiten vom Eis eingeschlossen, und die Maschine half ihnen da nicht weiter. Die Eissägen mußten heran. Manche Schollen maßen bis zu sechs und sieben Fuß. Die Anker sogar wurden zu Hilfe genommen; sie wurden in ein von mächtigen Bohrern ausgehobenes Loch gelassen; die Winde begann zu kreischen, und das Schiff wurde an der Ankerkette geschleppt.

Gegen Abend begaben sich Shandon und der Doktor, begleitet von dem Matrosen Garry, auf die weiten Eisflächen hinaus, um ihre Lage zu erkunden. Sie achteten sorgsam darauf, sich nicht allzu weit vom Schiff zu entfernen, denn in dieser weißen Ödenei gab es kaum einen Anhaltspunkt für das Auge, wenn das Schiff nicht mehr sichtbar war.

Shandon und seine beiden Gefährten suchten nach einem befahrbaren Kanal. Drei Meilen vom Schiff entfernt gelang es ihnen, nicht ohne Gefahr und Mühe, einen Eisberg zu erklimmen, der etwa 300 Fuß hoch sein mochte. Von dort aus hatten sie einen weiten Ausblick über das Eis. Es sah aus, als ständen sie über den Ruinen einer Riesenstadt.

»Wie sollen wir hier hindurchkommen?« fragte der Doktor.

»Ich weiß es nicht«, erwiderte Shandon, »aber hindurchkommen werden wir, und müßte man diese Eisberge in die Luft sprengen! Ich werde mich von den Schollen nicht bis zum nächsten Frühjahr hier festhalten lassen. Wie denkt Ihr darüber, Garry?« fragte Shandon den Matrosen.

»Ich ginge geradeaus, Mister Shandon. Übrigens kommandiert Ihr, und wir werden gehorchen.«

»So wie Ihr sprechen nicht alle, Garry«, entgegnete Shandon.

»Ich habe Euch meine Ansicht gesagt, Mister Shandon«, antwortete Garry mit kaltem Blick, »weil Ihr mich danach gefragt habt. Aber Ihr seid ja nicht verpflichtet, ihr zu folgen.«

Shandon gab keine Antwort. Aufmerksam prüfte er den Horizont und kletterte mit seinen beiden Kameraden wieder zu den Eisfeldern hinunter.

Elftes Kapitel

Der Teufelsdaumen

Während Shandons Abwesenheit hatten sich die Matrosen bemüht, die Lage des Schiffes zu verbessern, damit es dem Eisdruck standhielt. Pen, Clifton, Bolton, Gripper und Simpson hatten gearbeitet, ohne aufzusehen. Der Heizer und die beiden Maschinisten waren ihnen sogar noch beigesprungen, denn da die Kessel ohne Dampf waren, wurden sie im Maschinenraum nicht mehr gebraucht. Es war selbstverständlich, daß sie dort halfen, wo ihre Hilfe benötigt wurde.

Endlich aber wurde es ihnen denn doch zuviel.

»Das sage ich euch«, rief Pen, »mir wächst die Geschichte zum Halse hinaus, und sind wir nicht in drei Tagen hier weg, dann rühre ich keinen Finger mehr, das schwöre ich bei Gott und seinen Heiligen!«

»Du und keinen Finger mehr rühren!« entgegnete Plover, »gescheiter ist's doch, alles zu tun, daß man wieder zurückfindet! Glaubst du etwa, wir wollen hier bis zum nächsten Jahr überwintern?«

»Einen traurigen Winter würde das geben«, erwiderte Pen, »denn das Schiff ist gefährdet von allen Seiten.«

»Wer weiß«, meinte Brunton, »ob im nächsten Frühjahr das Meer freier sein wird als heute?«

»Vom nächsten Frühjahr ist überhaupt keine Rede«, sagte Pen; »heut ist Donnerstag – ist am Sonntagmorgen die Straße nicht frei, machen wir kehrt nach Süden!«

»Fein gesprochen!« rief Clifton.

»Ist's euch recht so?« fragte Pen.

»Uns ist's recht!« antworteten seine Kameraden.

»Und gerecht ist's auch!« rief Waren, »denn wenn wir so arbeiten und das Schiff mit unsern Armen schleppen sollen, bin ich der Meinung, rückwärts geht's besser.«

»Nächsten Sonntag werden wir ja sehen!« meinte Wolsten.

»Mag das Kommando kommen, woher es wolle«, rief Brunton, »meine Kessel sind sehr schnell geheizt!«

»Wenn sich einer von den Schiffsoffizieren«, sagte Pen, »das Vergnügen machen will, hier Winterquartier zu beziehen, so steht's ihm frei. Soll er sich eine Schneehütte bauen wie ein Eskimo!«

»Nein, das gibt's nicht, Pen«, entgegnete Brunton lebhaft, »im Stich gelassen wird niemand, versteht ihr?

Übrigens meine ich, dürfte es gar nicht so schwerfallen, Mister Shandon unsere Wünsche beizubringen. Ich habe den Eindruck, er ist selbst schon verteufelt unruhig geworden, und wenn man ihm die Geschichte in aller Ruhe auseinandersetzt . . .«

»Kommt drauf an«, sagte Plover, »Richard Shandon ist ein strenger und oft auch ein sehr eigensinniger Mensch; geschickt behandeln wird man ihn müssen!«

»Das wäre doch was!« meinte Bolton mit sehnsüchtigem Seufzer, »in vier Wochen wieder in Liverpool sein – Donnerwetter!«

»Und außerdem«, bemerkte der kluge Clifton, »kommen wir mit dem Kommandanten zurück, unter seinem Befehl, kann auch keine Rede davon sein, daß uns Anteil und Gratifikation verweigert werden – kämen wir allein zurück, dürfte es damit wohl windig aussehen!«

»Gut ausgedacht!« meinte Plover, »ein Teufelskerl, dieser Clifton, drückt sich aus wie ein Börsenjobber! Bemühen wir uns also, daß es keine Differenzen gibt mit diesen Herren von der Admiralität, das ist sicherer – und lassen wir niemanden im Stich!«

»Wenn sich aber die Offiziere weigern, nach Hause zu fahren?« meinte Pen, der seine Kameraden zu einem festen Entschluß drängen wollte.

»Wenn der Augenblick da ist«, sagte Bolton, »werden wir schon sehen. Übrigens reicht's hin, wenn wir Mister Shandon für unsere Sache gewinnen, und ich denke mir, das wird keine großen Schwierigkeiten bereiten!«

»Einen gibt's, den ich ganz bestimmt hierlasse«, sagte Pen und fluchte gräßlich, »und sollte er mir den rechten Arm abfressen.«

»Aha, den Hund!« sagte Plover.

»Jawohl, den Hund!« rief Pen, »und das ist sicher: Ich mache ihm den Garaus!«

»Um so besser«, sagte Clifton, seine Lieblingsansicht aufgreifend, »dieses Biest ist an allem schuld!«

»Verhext hat es uns!« meinte Plover.

»Ins Packeis hat er uns geschleppt!« schrie Gripper.

»Eismassen hat er uns auf den Hals gezogen«, warf Wolsten ein, »mehr, als sonst zu dieser Zeit hier anzutreffen sind!«

»Die verdammte Schneeblindheit verdanke ich nur ihm!« jammerte Brunton.

»Wacholder und Schnaps hat er uns aus den Zähnen gerückt!« schimpfte Pen.

»Das Biest ist an allem schuld!« rief die ganze Versammlung einmütig.

»Du Mistvieh!« kreischte Pen, dessen Wut sich von Sekunde zu Sekunde steigerte, »du hast hierher gewollt, und hier sollst du auch bleiben!«

»Aber wie ihn fangen?« fragte Plover.

»Hm, die Gelegenheit ist günstig«, antwortete Clifton; »Mister Shandon ist nicht an Bord; der Zweite schläft in seiner Kabine; der Nebel ist dicht genug, daß uns Johnson nicht beobachten kann.«

»Aber der Hund?« rief Pen.

»›Kapitän‹ schläft in diesem Augenblick neben der Kohlenschütte«, sagte Clifton, »und wenn jemand will . . .«

»Ich nehme es auf mich!« rief Pen entschlossen.

»Sieh dich vor, Pen! Das Biest hat Zähne, daß es Eisen zerbeißt!«

»Wenn es sich rührt, schlitz ich ihm den Bauch auf!« antwortete Pen und zog ein Messer aus dem Gürtel.

Gefolgt von Waren, der ihm helfen wollte, stürzte er ins Zwischendeck.

Bald kamen sie wieder herauf, den Hund auf den Armen, den sie im Schlaf überrumpelt und dem sie

Schnauze und Pfoten gebunden hatten, so daß er sie nicht beißen und ihnen nicht mehr entwischen konnte.

»Hurra, Pen! Hurra!« rief Plover.

»Was soll nun werden?« fragte Clifton.

»Ersäuft wird er, und kommt er je noch einmal zum Vorschein ...«, antwortete Pen und lächelte verzerrt.

Zweihundert Schritt vom Schiff entfernt befand sich ein Robbenloch. Pen und Waren liefen hin und warfen den Hund, sosehr er sich auch wehrte, in das Loch hinein. Durch einen mächtigen Block, den sie dann über das Loch schoben, versperrten sie dem Tier jeden Ausweg, so daß es im Wasser ertrinken mußte.

»Gute Fahrt, ›Kapitän‹!« rief Pen hinterher.

Wenige Augenblicke darauf kamen Pen und Waren an Bord zurück. Johnson hatte von der ganzen Geschichte nichts gesehen, denn das Schiff war von dichtem Nebel umgeben.

Eine Stunde darauf kamen Shandon, der Doktor und Garry wieder an Bord der »Vorwärts«.

Shandon hatte in nordöstlicher Richtung eine Rinne entdeckt, von der er hoffte, daß sie ihn und das Schiff weiterbringen würde. Die Mannschaft gehorchte seinen Befehlen mit einer gewissen Rührigkeit; sie hoffte damit, Shandon zu beweisen, daß es doch unmöglich war, noch weiter nach Norden vorzudringen. Und außerdem wollten sie ihm ja erst in drei Tagen den Gehorsam aufkündigen.

Bis zum folgenden Tag schaffte die »Vorwärts« fast zwei Meilen in nördlicher Richtung. Am 18. befand sie sich in Sicht des Festlandes, fünf oder sechs Kabellängen von einem merkwürdigen Felsen entfernt, dem seine seltsame Gestalt den Namen Teufelsdaumen eingetragen hatte.

Die seltsame Gestalt des Teufelsdaumens, die öde Umgebung, die Eisberge ringsum, dazu das Krachen der berstenden Schollen, das alles ließ die Lage der »Vorwärts« schlimm genug erscheinen. Shandon sah ein, daß er das Schiff aus ihr befreien mußte, und Bedenken überkamen ihn, auch er wußte weder ein noch aus. Um seinen Instruktionen zu gehorchen, hatte er sein Schiff in eine Situation äußerster Gefahr gebracht. Die Arbeit mit Anker und Winde ging seinen Leuten an die Nieren. Mehr als drei Stunden brauchten sie dazu, einen Kanal von zwanzig Fuß Länge in das Eis zu schlagen, das vier bis fünf Fuß dick war. Schon stand es bedenklich um die Gesundheit der Mannschaft. Shandon wunderte sich über deren ungewohnte Willigkeit; er fürchtete, es wäre die Stille vor dem nahen Sturm.

Hinzu kam, daß das Schiff durch eine Verschiebung des Eisfeldes wieder zum Teufelsdaumen zurückgeführt wurde. Die ganze mühevolle Arbeit hatte sich als vergebens herausgestellt.

Shandon wurde dadurch nachgerade demoralisiert, wieviel mehr dann seine Mannschaft. Shandon hatte von dem Verschwinden des Hundes gehört, aber er wagte es nicht, nach Schuldigen zu suchen; er mußte fürchten, damit eine Revolte heraufzubeschwören.

Den ganzen Tag herrschte schlimmes Wetter. Dichte Schneewirbel umhüllten die Brigg mit einem undurchdringlichen Schleier; manchmal riß der Sturm ein Loch in den Vorhang aus Schnee, dann sahen sie drüben den Teufelsdaumen aufragen gleich einem Gespenst.

Die »Vorwärts« lag an einer Riesenscholle verankert. Alles Beginnen, hier fortzukommen, war umsonst.

Shandon zog sich in seine Kabine zurück, er hätte keinen Befehl zu geben gewußt. Der Doktor brachte seine Reisenotizen in Ordnung; von der Mannschaft stand die eine Hälfte auf Deck, die andere befand sich in ihrem Quartier.

Einen Moment lang, als der Orkan mit verdoppelter

Gewalt heulte, hatte es den Anschein, als steige der Teufelsdaumen in wogenden Nebelmassen zu schrecklicher Höhe empor.

»Jesus!« schrie Simpson und wich voller Entsetzen zurück.

»Was gibt's denn?« rief Foker.

Von allen Seiten kamen die Rufe.

»Zerschmettern wird er uns!«

»Wir sind verloren!«

»Wall! Wall! Wall!«

»Es ist geschehen um uns!«

»Mister Shandon! Mister Shandon!«

Wall stürzte zum Hinterkastell; Shandon rannte auf die Kommandobrücke und hielt Umschau. Der Doktor lief hinter ihm her.

Inmitten der zerrissenen Nebelmassen sah es aus, als hätte sich der Teufelsdaumen plötzlich der Brigg genähert. Er schien auf gespenstische Weise gewachsen zu sein. Auf seinem Gipfel erhob sich ein zweiter Gipfel, der verkehrt, mit der Spitze nach unten, auf dem anderen stand; er drohte das Schiff mit seiner riesigen Masse zu zerquetschen; er schwankte, wie zum Sturz bereit. Es war ein entsetzlicher, grausiger Anblick. Alles wich instinktiv zurück, und manch ein Matrose sprang vom Schiff herunter auf das Eis.

»Niemand rührt sich!« schrie Shandon. »Jeder bleibt auf seinem Posten!«

»Ei, Freunde, seid ohne Furcht!« sagte da der Doktor, »es ist keine Spur von Gefahr! Seht doch, Mister Shandon! Seht doch, Wall, es ist ja nur eine Luftspiegelung — weiter nichts.«

»Ihr habt recht, Mister Clawbonny«, sagte Meister Johnson, »diese Hasenfüße lassen sich von einem Schatten in Panik jagen!«

Nach den Worten des Doktors war die Mehrzahl der

Matrosen wieder herangekommen. Jetzt war es nur noch Staunen und Bewunderung, keine Angst mehr.

»Luftspiegelung nennen sie so was!« meinte Clifton, »na, dahinter steckt der Teufel, das dürft ihr mir glauben!«

»Ganz gewiß«, erwiderte Gripper.

Aber der Nebel hatte, als er sich teilte, Shandon eine freie Rinne gezeigt, von der er bisher nichts bemerkt hatte. Es schien, als könne sie ihn von der Küste wegbringen. Sofort beschloß er, das zu nutzen. Die Mannschaft wurde rechts und links von dem Kanal verteilt; Taue wurden gespannt, und nun versuchte man, das Schiff weiter nach Norden zu ziehen.

Stundenlang setzten sie alle ihre Kraft ein. Tiefes Schweigen herrschte. Shandon hatte die Kessel heizen lassen, die günstige Gelegenheit um so besser auszunutzen.

»Welch ein Glück!« sagte er zu Johnson, »und wenn wir nur einige Meilen gewinnen, so haben wir doch viel gewonnen! Brunton, heizt tüchtig ein, sobald wir Dampf genug haben, meldet es mir! Es gilt, den Teufelsdaumen hinter uns zu bringen!«

Plötzlich stockte die Bewegung der Brigg.

»Was gibt es?« fragte Shandon. »Wall, sind etwa die Schlepptaue gerissen?«

»Nicht doch, Mister Shandon«, sagte Wall, indem er sich über die Reling beugte. »Nanu, die Mannschaft gibt Fersengeld, hastet über das Schiff; es sieht ganz so aus, als sei sie von Schrecken gejagt!«

»Was ist los?« rief Shandon, der aufs Vorschiff gestürzt war.

»An Bord! An Bord!« schrien die Matrosen im Ton höchsten Entsetzens.

Shandon blickte nach Norden und erbebte.

Ein seltsames Tier, dem die rauchende Zunge aus

einem ungeheuren Rachen hing, sprang mit schrecklichen Bewegungen eine Kabellänge entfernt vor dem Schiff herum. Es schien über zwanzig Fuß hoch zu sein. Die Haare sträubten sich ihm. Es lief hinter den Matrosen her, machte dicht bei ihnen halt, peitschte mit seinem fürchterlichen Schweif von zehn Fuß Länge den Schnee und wirbelte ihn empor.

»Ein Riesenbär!« rief der eine.

»Der Werwolf!«

»Der Löwe der Apokalypse!«

Shandon lief in seine Kabine, um eine Flinte zu holen. Der Doktor eilte ebenfalls nach seinen Waffen und machte sich bereit, auf das Tier zu feuern, das an ein vorsintflutliches Wesen erinnerte.

Mit ungestümen Sätzen kam es heran. Und plötzlich verwandelte sich das Fabeltier in ein irdisches Wesen.

Der Doktor sah aufmerksam hin und brach in helles Lachen aus.

»Die Strahlenbrechung!« sagte er.

»Die Strahlenbrechung!« rief Shandon.

Aber ein fürchterlicher Schrei von der Mannschaft her übertönte ihren Ruf.

»Der Hund!« schrie Clifton.

»Der Hundskapitän!« riefen Cliftons Kameraden.

»Er!« schrie Pen, »er und immer wieder er!«

Und wirklich, er war's, er hatte seine Fesseln gesprengt und ein Schlupfloch gefunden, er war wieder zur Oberfläche gelangt. Das Abenteuer am Teufelsdaumen und nun das Wiedererscheinen des Hundes unter solch gespenstischen Umständen, das gab der Mannschaft den Rest. Von allen Seiten erhob sich lautes Murren.

Zwölftes Kapitel

Kapitän Hatteras

Die »Vorwärts« hatte Dampf aufgemacht und kam gut voran. Johnson selbst führte das Ruder. Shandon suchte den Horizont ab; seine Freude aber war nur kurz, denn er erkannte bald, daß die Fahrrinne nicht weiterführte.

Den Schwierigkeiten der Umkehr jedoch zog er die ungewissen Chancen der Weiterfahrt vor.

Der Hund lief hinter der Brigg auf der Eisfläche her; hielt sich aber in sicherer Entfernung. Sobald er allerdings zurückblieb, vernahm man einen seltsamen Pfiff, der ihn sofort wieder heranbrachte.

Als sich der Pfiff zum erstenmal hören ließ, sahen sich die Matrosen um; sie standen allein auf Deck, um sich zu beraten; kein Fremder, kein Unbekannter war da, und doch ließ sich der Pfiff mehrmals vernehmen.

Clifton war der erste, der es wieder mit der Angst bekam.

»Hört ihr?« sagte er, »und seht ihr, wie das Tier springt, wenn der Pfiff ertönt?«

»Nicht zu glauben!« sagte Gripper.

»Die Sache ist aus!« rief Pen, »weiter wird nicht gegangen.«

»Pen hat recht«, sagte Brunton, »weiterfahren heißt Gott versuchen!«

»Den Teufel versuchen heißt's«, antwortete Clifton. »Besser, mein ganzes Geld geht flöten, als daß ich noch einen Schritt weiter tue.«

»Zurück kommt doch keiner von uns«, meinte Bolton kläglich.

Die Mannschaft war auf dem Tiefpunkt der Stimmung angelangt.

»Keinen Schritt weiter?« rief Bolton, »ist das euer Entschluß?«

»Jawohl! Jawohl!« schrien die Matrosen.

»Nun«, sagte Bolton, »dann gehen wir auf der Stelle zu Mister Shandon; ich übernehme es, mit ihm zu reden.«

Geschlossen begab sich die Mannschaft zum Hüttendeck.

Eben drang die »Vorwärts« in einen weiten eisfreien Kessel ein, der etwa 800 Fuß Durchmesser haben mochte. Dieser Kessel hatte nur einen einzigen Zugang, und durch den war die »Vorwärts« hineingefahren.

Shandon begriff, daß er sich selbst in dieses Gefängnis hineinbegeben hatte. Was sollte er nun tun? Wie sollte er hier wieder hinausfinden? Er fühlte die ganze Schwere der Verantwortung auf sich lasten. Seine Hand verkrampfte sich um das Fernrohr.

Der Doktor stand neben Shandon, er hatte die Arme gekreuzt und sprach kein Wort. Seine ganze Aufmerksamkeit galt den Eiswänden, die gut und gern 700 Fuß hoch waren.

In diesem Augenblick richtete Bolton mit erregter Stimme das Wort an Shandon.

»Mister Shandon«, sagte er, »wir kommen nicht mehr weiter!«

»Was meint Ihr?« fragte Shandon; der Zorn hatte ihm die Röte ins Gesicht getrieben, weil Bolton jede Ehrerbietung hatte fehlen lassen.

»Wir meinen, Mister Shandon«, sagte Bolton, »daß wir nun für diesen Kapitän, den es offenbar gar nicht gibt, genug getan haben und keine Lust haben, noch weiter nach Norden zu segeln.«

»Ist das euer aller Meinung?« rief Shandon. »Ich warne Euch, Bolton!«

»Eure Drohungen sind überflüssig«, warf Pen ein, »für uns ist jetzt Schluß!«

Shandon trat einen Schritt vor, aber der Schiffszeugmeister nahm ihn am Arm und sagte leise:

»Mister Shandon, wenn wir hier wieder hinaus wollen, dürfen wir keine Minute säumen. Es dauert nicht mehr lange, dann ist uns auch der Kanal verschlossen, durch den wir hereingekommen sind.«

Shandon überblickte die Situation.

»Über euer Verhalten werden wir später reden«, rief er den Meuterern zu. »Jetzt wird gewendet!«

Die Mannschaft begab sich auf ihre Posten. Die »Vorwärts« wendete, die Kessel wurden eingeheizt, bis sie zu platzen drohten; es galt, der tödlichen Gefahr auszuweichen. Es war ein Ringen zwischen der Brigg und dem Eis.

»Mehr Kohlen in die Kessel!« rief Shandon, »Volldampf! Brunton, versteht Ihr!«

Die »Vorwärts« beschleunigte ihre Fahrt, der Steven zerteilte krachend das Eis, das Schiff zitterte in allen Fugen.

»Die Ventile schließen!« schrie Shandon.

Der Maschinist gehorchte, auf die Gefahr hin, daß die Kessel explodierten.

Aber alle Anstrengungen erwiesen sich als vergebens. Das Eis schloß sich vor der Brigg.

»Wir sind verloren!« schrie Shandon; zu spät bereute er den unbedachten Ruf.

»Verloren!« kam es wie ein Echo aus dem Munde der Mannschaft.

»Rette sich, wer kann!« schrien die einen.

»Die Boote ins Wasser!« schrien die anderen.

»In die Kombüse!« riefen Pen und einige seiner Gefährten; »wenn wir schon ersaufen, dann wollen wir wenigstens in Wacholder ersaufen!«

Das Durcheinander erreichte seinen Höhepunkt; Shandon fühlte, daß ihm die Zügel entglitten. Er wollte einen Befehl geben, aber er wußte nicht mehr, was er befehlen sollte. Der Doktor ging erregt auf und ab. Johnson bewahrte seinen Gleichmut und schwieg.

Plötzlich ließ sich eine kräftige, energische Stimme vernehmen:

»Alle Mann auf ihre Posten! Nochmals wenden!«

Johnson gehorchte, er riß das Steuerrad herum, ohne zu überlegen, wem er da gehorchte.

Es war höchste Zeit! Sekunden noch, und die mit Volldampf fahrende Brigg wäre an den sie umgebenden Eiswänden zerschellt.

Aber während Johnson instinktiv gehorchte, standen Shandon, Clawbonny, die ganze Mannschaft, alle, bis zum Heizer Waren, der seine Kessel verließ, bis zu Strong, der seinen Kochherd vergaß, auf dem Mitteldeck versammelt – und alle blickten sie auf jene Kabine, zu der nur ein einziger Mann den Schlüssel besaß – dieser einzige Mensch stand auf der Schwelle der Kabine.

Und dieser Mann war kein anderer als – der Matrose Garry.

»Herr!« rief Shandon, und er erbleichte ... »Garry ...! Ihr ...! Mit welchem Recht kommandiert Ihr hier?«

»Tell!« rief Garry und wiederholte jenen Pfiff, über den sich die Mannschaft schon mehrfach so gewundert hatte.

Der Hund, bei seinem richtigen Namen gerufen, war mit einem Satz auf dem Hüttendeck und legte sich ruhig seinem Herrn zu Füßen.

Die Mannschaft muckste nicht. Der Schlüssel, den allein der Kapitän der »Vorwärts« besitzen sollte, der Hund, den er geschickt hatte und der quasi die Echtheit seiner Person legitimierte, der selbstsichere Ton, alles das wirkte so sehr auf die Mannschaft, daß alle Absichten zur Meuterei vergessen waren.

Garry war übrigens nicht wiederzuerkennen. Er hatte den langen Kotelettenbart, der sein Gesicht umrahmt hatte, abgenommen und ließ seine energischen und gebieterischen Züge klar hervortreten. In seiner Kapitänsuniform stand er vor der Besatzung.

Sein Erscheinen gerade zu diesem Zeitpunkt wirkte so sehr, daß die gesamte Besatzung rief:

»Hurra! Hurra! Unser Kapitän! Hurra!«

»Shandon«, wandte sich der an seinen Ersten Leutnant, »laßt die Mannschaft antreten!«

Shandon gehorchte und erteilte den Befehl zum Antreten.

Der Kapitän ging zu seinen Offizieren und Matrosen. Für jeden hatte er ein treffendes Wort, und jeden behandelte er so, wie es seinem bisherigen Benehmen entsprach.

Als die Inspektion vorüber war, stieg er auf die Kapitänsbrücke und hielt eine kurze Ansprache:

»Offiziere und Matrosen! Ich bin euer Kapitän. Ich habe guten Grund gehabt, mich euch erst jetzt zu zeigen. Ich bin der Kapitän Hatteras. Und mein Ziel ist der Nordpol. Und ich verspreche euch, daß wir die ersten sind, die diesen Punkt der Erde betreten werden. Diesem Ziel gilt mein Leben, lange Jahre habe ich mich dafür vorbereitet, und ihr werdet mir dabei helfen. Es ist ein großes Ziel, Ruhm und Ehre winkt uns allen, und wir wollen der Menschheit ein Beispiel geben an Mut und Tapferkeit. Es wird schwer sein, dieses Ziel zu erreichen. Aber wenn wir alle fest zueinanderstehen, werden wir es schaffen, dessen bin ich gewiß. Habt Vertrauen zu mir, daß ihr zusammen mit mir den Pol erreicht. Tausend Pfund Sterling gehören euch mit jedem Grad, den wir dem Nordpol näher kommen. Am 72. Grad sind wir jetzt; zum 90. Grad müssen wir! Wollt ihr mir folgen — oder wollt ihr immer noch umkehren?«

»Hoch, Kapitän Hatteras!« rief Shandon; er wußte nicht, ob er erleichtert sein sollte, weil jetzt die Verantwortung von ihm genommen war, oder ob er eifersüchtig sein sollte, weil nun plötzlich jemand kommandierte, der vorher unter seinem Befehl gestanden hatte.

»Hoch, Kapitän Hatteras!« antwortete ihm die ganze Mannschaft.

»Achtung!« rief Hatteras, »die Brigg wird auf den Schollen verankert; die Kessel werden gelöscht; jeder geht auf seinen Platz. Shandon, ich muß mit Euch reden. Ihr, der Doktor, Wall und der Schiffszeugmeister, kommt in meine Kabine! Johnson, laßt die Mannschaft wegtreten!«

Wer war nun dieser Hatteras?

Hatteras konnte es sich leisten, großzügig zu sein. Von seinem Vater hatte er ein beträchtliches Vermögen geerbt, und dieses Vermögen wandte er an, um das Ziel seines Lebens zu erreichen: den Nordpol. Schon mit jungen Jahren war er als Matrose zur See gefahren, hatte alle Meere durchstreift und kannte die Gefahren, die auf ihn warteten. Zweimal schon hatte er ein Schiff ausgerüstet, zweimal war er gescheitert. Und weil seinem Namen ein Ruf vorausging, hatte er die Fahrt jetzt inkognito begonnen. Diesmal mußte es gelingen. Er hatte alles darangesetzt, und er würde weiter alles daransetzen.

Es hatte auch andere Versuche gegeben, den Pol zu erreichen. Mit glühender Eifersucht verfolgte Hatteras diese Versuche. Niemand sollte ihm zuvorkommen! Bis zum 82. Grad war schon eine andere Expedition vorgedrungen, dann mußte auch sie umkehren.

Jetzt jedoch hatte sich Hatteras so gründlich und so umfassend vorbereitet, jetzt würde es ihm gelingen. Er würde der Mann sein, dessen Fuß zuerst den Nordpol berührte. Er und seine Mannschaft, die ihm das ermöglichte.

Dreizehntes Kapitel

Die Pläne des Kapitäns Hatteras

An dem Offiziersrat, den der Kapitän befohlen hatte, nahmen Hatteras, Shandon, Wall, Johnson und der Doktor teil.

»Meine Herren«, sagte der Kapitän, »ihr kennt mein Projekt, bis zum Pol vorzudringen. Aber ich möchte auch eure Meinung dazu hören. Wie denkt Ihr darüber, Shandon?«

»Ich werde Euren Befehlen gehorchen, Kapitän«, antwortete Shandon. Er versuchte, durch seine Stimme nicht hindurchklingen zu lassen, was in ihm vorging, seitdem sich Hatteras entdeckt hatte. Er wollte es sich selbst nicht eingestehen, daß es ihn kränkte, nun nicht mehr der Erste an Bord zu sein. Dennoch spürte Hatteras etwas davon, auch wenn ihn die Antwort nicht verwunderte.

»Erklärt Euch bitte genauer«, erwiderte Hatteras.

»Nun, Kapitän«, antwortete Shandon, »die Tatsachen antworten statt meiner; bisher sind alle Versuche dieser Art gescheitert. Ich hoffe, daß wir glücklicher sind.«

»Das wird der Fall sein ... Und ihr, meine Herren, wie denkt ihr über diese Angelegenheit?«

»Ich«, nahm der Doktor das Wort, »glaube daran, daß es möglich ist, Eure Pläne auszuführen, Kapitän; und da der Pol früher oder später ganz ohne Zweifel von irgend jemandem erreicht werden wird, sehe ich nicht ein, warum wir nicht die ersten sein sollen.«

»Es spricht eine ganze Menge dafür«, erwiderte Hatteras; »wir haben uns gut vorbereitet, und wir werden aus den Erfahrungen unserer Vorgänger Nutzen ziehen. Euch, Shandon, übrigens meinen Dank für die Fürsorge, mit der Ihr das Schiff habt ausrüsten lassen. Es gibt zwar ein paar Leute unter der Mannschaft, auf die ich achten werde, aber im großen und ganzen habt Ihr eine gute Auswahl getroffen.«

Shandon verbeugte sich kalt. Nun hatte nicht mehr er das Kommando an Bord, und an diese neue Situation mußte er sich erst gewöhnen, wenn er sich überhaupt daran gewöhnen würde. Hatteras fühlte das und drang nicht weiter in ihn.

»Was nun euch betrifft, meine Herren«, fuhr Hatteras fort und wandte sich an Wall und Johnson, »ich glaube nicht, daß Mister Shandon bessere Offiziere zu finden vermochte.«

»Kapitän, ich bin Euer Mann!« sagte Johnson, »und wiewohl mir Euer Unterfangen kühn genug erscheint, so könnt Ihr doch bis zum Ende auf mich zählen.«

»Und auf mich auch«, setzte James Wall hinzu.

»Was Euch angeht, Doktor, so weiß ich, was Ihr wert seid . . .«

»Na, dann wißt Ihr mehr als ich«, antwortete der Doktor lebhaft.

»Jetzt, meine Herren«, nahm Hatteras wieder das Wort, »wird es gut sein, wenn ihr einiges über die Tatsachen erfahrt, die meiner Absicht zugrunde liegen, bis zum Pol zu gelangen.

Das wichtigste ist, mehrere Kapitäne, die schon so weit waren, wie wir jetzt sind, haben alle festgestellt, daß jenseits dieser hohen Breiten völlig eisfreies Wasser zu finden war.«

»Eisfreies Wasser!« rief Shandon und fiel dem Kapitän ins Wort, »das ist unmöglich!«

»Ich nenne Euch Tatsachen, Shandon«, sagte Hatteras gelassen, und sein Auge blitzte einen Moment lang, »nichts als Tatsachen; ich hoffe, Ihr glaubt ihnen mehr als mir.«

»Aber Kapitän«, entgegnete Shandon, »diese Tatsachen sind so widerspruchsvoll ...«

»Irrtum, Shandon, Irrtum!« rief Dr. Clawbonny, »diese Tatsachen widersprechen durchaus keiner These der Wissenschaft – der Kapitän gestattet wohl, daß ich Euch ein wenig aufkläre.«

»Bitte, Doktor«, sagte Hatteras.

»Nun, dann laßt Euch sagen, Shandon: Aus verschiedenen geographischen Tatsachen geht klar und deutlich hervor, daß der kälteste Punkt der Erde nicht am Nordpol liegt, sondern mehrere Grade von ihm entfernt. Nun frage ich Euch, Shandon, warum sollte dann das Meer um den Nordpol herum nicht eisfrei sein?«

»Brillant gesprochen«, meinte Johnson, »Mister Clawbonny redet von all diesen Dingen wie einer vom Handwerk!«

»Was er sagt, scheint mir denkbar«, bemerkte James Wall.

»Schimären, Hirngespinste! Hypothesen – pure Hypothesen!« rief Shandon eigensinnig.

»Nun, Shandon«, ergriff Hatteras wieder das Wort, »fassen wir beide Fälle ins Auge: Entweder das Meer ist eisfrei, oder das Meer ist nicht eisfrei; das eine sowenig wie das andere wird uns hindern, den Pol zu erreichen. Ist das Meer eisfrei, wird uns die ›Vorwärts‹ ohne Anstrengung und Mühe dorthin bringen. Ist das Meer nicht eisfrei, dann werden wir das Abenteuer auf unseren Schlitten wagen. Ihr werdet mir doch zugestehen, daß das nicht unausführbar ist. Sind wir mit unserer Brigg erst einmal bis zum 83. Breitengrad vorgedrungen, werden wir nur noch sechshundert englische Meilen zurückzulegen haben, um am Pol zu stehen.«

»Und was sind sechshundert englische Meilen«, rief der Doktor lebhaft, »wenn es doch feststeht, daß ein Kosak mit einem Hundeschlitten die Nordküste Rußlands entlang über das Eismeer gezogen ist – tausendachthundert Meilen in der Zeit von vierundzwanzig Tagen?«

»Nun, Shandon?« fragte der Kapitän.

»Kapitän«, sagte Shandon kalt und gelassen, »ich kann nichts anderes, als meine Worte zu wiederholen: Ich werde gehorchen.«

»Gut! Und nun«, fuhr Hatteras fort, »denken wir an unsere augenblickliche Situation! Daß wir in diesem Jahr noch bis zum Smith-Sund vordringen, scheint mir unmöglich zu sein. Ich meine, wir verhalten uns am besten wie folgt.«

Hatteras entfaltete auf dem Tisch eine große Karte.

»Folgt mir, bitte! Wenn uns der Smith-Sund verschlossen ist, die Lancaster-Straße zwischen Devon und Baffininsel ist es nicht. Meiner Meinung zufolge müssen wir diese Straße bis zur Barrow-Straße hinauf und von dort bis zur Beechey-Insel. Die Straße ist von Segelschiffen hundertmal befahren worden; mit einem Schraubendampfer wird uns die Sache also nur leichter fallen. Sind wir erst mal auf der Beechey-Insel, können wir auch den Wellingtonkanal passieren, und zwar so weit, bis wir in dem eisfreien Gebiet sind. Heute haben wir den 20. Mai. In vier Wochen, wenn uns die Umstände günstig sind, können wir dort sein, und dann haben wir den Pol greifbar vor uns. Wie denkt ihr darüber, meine Herren?«

»Augenblicklich ist dies die einzige Möglichkeit«, antwortete Johnson.

»Nun, dann wollen wir sie nutzen, und zwar schon morgen!«

»Sehr wohl, Kapitän!« sagte Shandon und verließ mit den anderen den Kapitän.

»Doktor«, meinte Hatteras leise und wies auf Shandon, »er wird es nicht verwinden, nicht mehr kommandieren zu dürfen. Er fühlt sich gekränkt. Auf ihn kann ich nicht mehr zählen.«

Am andern Morgen in aller Frühe ließ der Kapitän ein Boot ins Wasser setzen. Er wollte die Eisberge rings um das Schiff näher untersuchen lassen und stellte sogar fest, daß die Wände des Kessels langsam, aber sicher auf das Schiff zurückten. Es wurde also dringend nötig, eine Bresche in diese Wände zu schlagen, damit das Schiff nicht von ihnen zermalmt würde.

Zunächst ließ Hatteras Stufen in die Eiswand schlagen und kletterte dann auf ihnen empor. Von seinem Aussichtspunkt aus stellte er fest, daß es leicht sein würde, sich nach Südwesten hin einen Weg zu bahnen. Möglichst genau im Mittelpunkt des Eisberges ließ er ein Loch bohren, eine Arbeit, die an einem Tag noch bewältigt wurde.

Mit seinen Sprengkörpern durfte Hatteras solchen Eismassen gegenüber auf keinen Erfolg rechnen, denn ihre acht bis zehn Pfund Pulverladung würden hier kaum etwas bewirkt haben. Aber er besaß ja auch Pulver; etwa 1 000 Pfund ließ er in das Loch betten, dann wurde der Gang mit Schnee und Eisstücken verstopft.

Am andern Morgen um 7 Uhr lag die »Vorwärts« unter Dampf, bereit, den kleinsten Durchschlupf wahrzunehmen. Johnson wurde an die Lunte kommandiert, die für eine halbstündige Brennzeit berechnet war, so daß Johnson genügend Zeit hatte, wieder an Bord zu gelangen.

Die Mannschaft stand auf Deck. Das Wetter war trokken und hell. Es hatte aufgehört zu schneien. Hatteras, der mit Shandon und dem Doktor von der Kommandobrücke aus beobachtete, hielt die Uhr in der Hand.

Um 8 Uhr 35 Minuten ließ sich ein dumpfer Knall vernehmen, viel weniger laut, als man gedacht hatte. Dichter Rauch schoß zum Himmel empor, und lange Spalten entstanden an den Wänden des Eisbergs; und dann regnete es Eisbrocken von gewaltiger Größe.

Aber noch war die Fahrstraße nicht frei. Ungeheure Eisschollen verbarrikadierten sie weiterhin.

Hatteras erfaßte die Situation mit einem einzigen Blick.

»Wolsten!« kommandierte er.

Der Geschützmeister eilte herbei.

»Kapitän!« meldete er sich.

»Die Kanone wird dreifach geladen!« befahl Hatteras, »die Ladung wird gestopft, so dicht wie möglich.«

»Wollen wir dem Berg mit Kanonenkugeln zu Leibe gehen?« fragte der Doktor.

»Nein«, erwiderte Hatteras, »das wäre sinnlos. Keine Kugel, Wolsten, nur dreifache Pulverladung. Aber flink!«

Innerhalb weniger Augenblicke war das Geschütz geladen.

»Was will er denn ohne Kugel machen?« brummte Shandon zwischen den Zähnen.

»Werden es ja sehen«, sagte der Doktor.

»Alles bereit, Kapitän!« meldete Wolsten.

»Gut!« sagte Hatteras. »Brunton!« rief er dem Maschinisten zu. »Achtung, ein paar Touren vorwärts!«

Brunton öffnete den Schieber. Die Schraube bewegte sich. Die »Vorwärts« rückte dem Berg näher.

»Auf die Fahrstraße gezielt!« kommandierte der Kapitän. Wolsten visierte die Straße an.

Als die Brigg höchstens noch eine halbe Kabellänge von dem Eisberg entfernt war, kommandierte Hatteras:

»Feuer!«

Ein furchtbarer Knall folgte dem Kommando, und die durch den Luftdruck erschütterten Blöcke wurden jäh ins Meer geschleudert.

»Jetzt Volldampf, Brunton«, kommandierte Hatteras, »Johnson, direkt in die Enge hinein!«

Johnson hielt das Ruder mit eiserner Faust. Die Brigg,

von ihrer Schraube getrieben, schoß förmlich in die nun freie Straße hinein.

Es war höchste Zeit, denn kaum hatte die »Vorwärts« die Öffnung passiert, schloß sich das Gefängnis wieder hinter ihr.

Die Männer an Bord standen wie gebannt, nur einer war ruhig und sicher: der Kapitän.

Überwältigt von Staunen wegen dieses gelungenen Manövers, erscholl der Ruf wie aus einem Munde:

»Hurra, Kapitän Hatteras! Hurra! Hurra! Hurra!«

Am Mittwoch, dem 23. Mai, hatte die »Vorwärts« ihre abenteuerliche Schiffahrt wieder aufgenommen; geschickt lavierte sie mitten zwischen Packeis und Eisbergen hindurch. Ohne ihre Dampfkraft wäre ihr das nie möglich gewesen.

Die Temperatur stieg wieder leicht. Der Wind wehte aus Südosten.

Am Donnerstag, gegen 3 Uhr morgens, gelangte die »Vorwärts« in Sicht der Prozessionsbai an der amerikanischen Küste; es war der Eingang zur Lancaster-Straße. Bald wurde auch Kap Burnwy ausgemacht. Ein paar Eskimos paddelten auf das Schiff zu; aber Hatteras gönnte sich nicht die Zeit, auf sie zu warten.

Die Bergspitzen von Byam-Martin, die das Kap Liverpool beherrschten, blinkten zur Linken und verloren sich im Abendnebel.

Larventaucher, Eiderenten und Weißmöven folgten dem Schiff in sehr großer Zahl.

Am Freitag, gegen 10 Uhr, wurde das Kap Warrender und anschließend die Admiralitätspforte passiert. Das Meer ging hoch, und oft schlugen die Wogen, die Eisschollen mit sich führten, über das Deck.

Hatteras hätte am liebsten die nördlichen Landmassen umfahren, um schneller zur Beechey-Insel und zur Mündung des Wellingtonkanals zu gelangen. Aber eine ununterbrochene Packeisschicht zwang ihn, einen Umweg zu wählen.

Aus diesem Grund lag die »Vorwärts« am 26. Mai, mitten in heftigem Schneegestöber, vor Kap York. Nachdem sich das Wetter leicht aufgehellt hatte, kam gegen Mittag die Sonne auf kurze Zeit zum Vorschein und ermöglichte es, die Position zu bestimmen: 74′ 4″ Breite und 84′ 23″ Länge.

Hatteras zeigte dem Doktor die Route, die er befahren wollte.

»Lieber wäre ich schon weiter im Norden gewesen«, sagte er, »aber wer kann schon mehr tun, als es die Lage gestattet.«

Der Kapitän markierte auf seiner Karte den Standort des Schiffes.

»Wir befinden uns mitten in dem allen Winden offenen Gebiet, das von den Mündungen der Lancaster-Straße, der Barrow-Straße, des Wellingtonkanals und der Prinzregenten-Straße gebildet wird: ein Punkt, der schon mehrfach befahren worden ist.«

»Welch seltsames Land«, bemerkte der Doktor und sah auf die Karte. »Wie ist das alles hier ausgezackt, zerfetzt, zerrissen, ohne alle Logik, ohne allen Zusammenhang! Scheint's doch, als seien die Länder um den Nordpol nur deshalb so zerstückelt, um die Annäherung recht schwer, wenn nicht unmöglich zu machen.«

»Ja, und der Wind weht mit einer Stärke, die unser Vorhaben auch nicht leichter macht.«

»Er müßte ja eigentlich die Schollen nach Süden treiben und uns den Weg frei lassen.«

»Müßte, Doktor, freilich, aber der Wind verhält sich nicht immer so, wie er sollte!«

Vierzehntes Kapitel

Die »Vorwärts« nach Süden zurückgeworfen

Gegen Abend hellte sich das Wetter auf, und zwischen Kap Sepping und Kap Clarence, das sich nach Osten zu vorschiebt, dann in südlicher Richtung verläuft und mit der Westküste durch eine niedrige Landzunge verbunden ist, ließ sich das feste Land ganz deutlich erkennen. Am Eingang zur Prinzregenten-Straße war das Meer eisfrei; als wolle es aber der »Vorwärts« den Weg nach Norden sperren, bildete es jenseits vom Leopoldhafen eine undurchdringliche Eisbank.

Hatteras war, ohne daß er sich das ansehen ließ, höchst verdrossen. Den Eingang zum Leopoldhafen mußte er sich durch Sprengschüsse erzwingen. Am Sonntag, dem 27. Mai, erreichte er die Mündung; die Brigg wurde an großen Eisbergen verankert, die hart und fest waren wie Granit.

Kurz darauf befand sich der Kapitän, vom Doktor, von Johnson und seinem Hund Tell gefolgt, auf dem Eis, um auf das Festland zu gelangen. Tell überschlug sich vor Freude. Seit der Kapitän der Mannschaft gegenüber Farbe bekannt hatte, war der Hund übrigens recht gesellig und sanft geworden und behielt seine Absonderlichkeiten nur einigen von der Mannschaft gegenüber bei; sein Herr mochte sie übrigens genausowenig leiden wie er.

Der Hafen war ohne Eisblöcke, die senkrecht abfallenden Landmassen zeigten an ihren Gipfeln graziöse Schneelinien. Das von James Ross, der vor ihnen dort gewesen war, errichtete Schneehaus und die Fahnenstange waren noch in leidlich gutem Zustand; der Proviant jedoch schien von Füchsen, vielleicht auch von Bären, von denen sich Spuren im Schnee fanden, geplündert worden zu sein. Indessen mochten auch Menschen nach Ross dort gewesen sein, denn am Ufer der Bai standen Überreste von Eskimohütten.

Die sechs Grabhügel, unter denen sechs Matrosen der »Enterprise« und der »Investigator« beerdigt lagen, waren noch deutlich sichtbar.

Der Doktor hatte ein seltsames Gefühl, als er das erstemal auf Polarboden stand.

»Seht doch«, sagte er zu seinen Kameraden, »jenen Fleck Erde, den James Ross selbst ›das Zufluchtslager‹ nannte. Hätte Franklins Expedition diese Stelle erreicht, wäre sie gerettet gewesen. Dort die im Stich gelassene Kochmaschine und der Ofen, an dem sich 1851 die Mannschaft der ›Prinzregent‹ wärmte. Alle Dinge sind so geblieben, daß man meinen könnte, Kapitän Kennedy von der ›Prinz Albert‹ habe erst gestern diesen gastlichen Hafen verlassen. Dann die Schaluppe dort, die ihm und den Seinen ein paar Tage lang Schutz und Zuflucht gewährte.«

Während der Doktor mit dem Enthusiasmus eines Archäologen diese Spuren ihrer Vorgänger aufzählte, befaßte sich Hatteras damit, Proviant und Brennmaterial zu sammeln; leider fand er nur sehr wenig davon. Am Tage darauf wurde, was noch da war, an Bord gebracht. Der Doktor durchwanderte die Gegend, ohne sich allzuweit vom Schiff zu entfernen. Die Temperatur stieg allmählich. Der Schnee begann zu schmelzen.

Auf seinen Ausflügen entdeckte der Doktor den Gezeitenstein, er trug Buchstaben und eine Jahreszahl:

E. I.
1849

Hier waren also die »Enterprise« und die »Investigator« vorbeigefahren. Bis zum Kap Clarence drang der Doktor hinauf, an dieselbe Stelle, wo John und James Ross im Jahr 1833 darauf gewartet hatten, daß sie von der Umklammerung des Eises befreit würden. Das Land war mit Tierknochen und Tierschädeln wie besät, und deutlich ließen sich die Spuren von Eskimohütten feststellen.

Der Doktor wollte am Leopoldhafen ein Steinmal aufrichten und einen Vermerk darin über die Vorbeifahrt der »Vorwärts« und das Ziel ihrer Expedition hinterlegen. Aber Hatteras widersetzte sich ausdrücklich diesem Vorhaben, weil er niemandem, der ihm vielleicht streitig machen könnte, als erster den Nordpol zu erreichen, einen Fingerzeig geben wollte. Trotz seiner Vorstellungen sah sich der Doktor genötigt, sich dem Willen des Kapitäns zu fügen. Shandon war nicht der letzte, der die Haltung Hatteras' tadelte, denn im Fall einer Katastrophe war dadurch jedem Schiff die Möglichkeit genommen, der »Vorwärts« zu Hilfe zu eilen.

Hatteras mochte von all diesen Gründen nichts hören. Als er am Montagabend weiterfahren wollte, versuchte er noch einmal, das Packeis in nördlicher Richtung zu durchqueren. Nach vielen Anstrengungen mußte er jedoch die Prinzregenten-Straße wieder hinunterfahren; denn um keinen Preis wollte er im Leopoldhafen bleiben, der heute wohl offen war, morgen aber durchaus wieder verschlossen sein konnte.

Ließ sich Hatteras die Unruhe, die ihn erfüllte, auch nicht äußerlich anmerken, so setzte sie ihm innerlich sehr zu. Er wollte nach Norden und sah sich genötigt, nach Süden zu steuern. Wohin würde er auf diese Weise gelangen? Sollte er etwa bis zum Victoriahafen im Boothiagolf zurück, wo Sir John Ross 1833 überwinterte? Würde er die Bellot-Straße um diese Zeit herum frei finden? Und würde er, wenn er um North Somerset herumböge, durch den Peelsund vordringen können? Oder würde er mehrere Winter lang, wie seine Vorgänger dort eingeschlossen, unnütz Kräfte und Vorräte erschöpfen müssen?

Diese Befürchtungen quälten ihn; aber sein Entschluß stand fest: Er wendete nach Süden und steuerte in diese Richtung.

Der Mannschaft war es nur recht, daß sie dem Norden den Rücken wandten. Trotz der anfänglichen Begeisterung, als Hatteras sein Geheimnis gelüftet hatte, zeigte sie nur wenig Geschmack daran, zum Pol zu fahren, auch wenn das Geld lockte, das ihnen Hatteras versprochen hatte.

Die »Vorwärts« fuhr mit Volldampf; ihr schwarzer Rauch zog wie eine lange Schleppe hinter ihr her. Das Wetter wechselte ständig. Die Brigg, die nur geringen Tiefgang hatte, hielt sich dicht an der westlichen Küste; Hatteras wollte die Einfahrt in den Bellot-Sund nicht verfehlen, denn der Boothiagolf hat nach Süden keinen anderen Ausgang als die schlecht bekannte La-Fury- und Hekla-Straße. Dieser Golf konnte zur Sackgasse werden, wenn der Bellot-Sund verfehlt wurde oder sich als unbefahrbar erwies.

Der Doktor und der Schiffszeugmeister Johnson brachten, vielleicht als die einzigen, diesen öden Gegenden Interesse entgegen. Hatteras saß fortwährend über seinen Karten und sprach wenig. Seine Schweigsamkeit nahm zu, je weiter die Brigg nach Süden zurückgeworfen wurde; oft stieg er auf die Kommandobrücke und blieb dort stundenlang mit verschränkten Armen stehen, den Blick in die Weite gerichtet, und betrachtete den Horizont. Seine Befehle waren kurz und rauh. Shandon bewahrte eisiges Schweigen, zog sich allmählich ganz in sich selbst zurück und unterhielt mit Hatteras nur die durch den Dienst gegebenen Beziehungen. James Wall blieb Shandon ergeben und richtete sein Verhalten nach dem Shandons. Die übrige Mannschaft wartete die Ereignisse ab, bereit, das zu tun, was ihr das Beste schien, wenn es zum Äußersten käme. An Bord herrschte nicht mehr die Einmütigkeit, die für ein Vorhaben wie das, den Nordpol zu bezwingen, nötig war. Das wußte Hatteras sehr genau.

Fünfzehntes Kapitel

Der magnetische Pol

Hatteras fühlte seine Sorgen immer stärker werden. Jetzt waren sie am Bellot-Sund, und hier sollte sich das Schicksal seiner Fahrt entscheiden. Hier schon hatte er die Leistungen all seiner Vorgänger überflügelt, aber das bedeutete nichts, wenn es ihm nicht gelang, sich vor einer Überwinterung im Eis zu bewahren. Deshalb stieg er auch selbst in das Krähennest hinauf, um von dort aus die Küste zu erforschen. Mehrere Stunden brachte er dort oben zu.

Die Mannschaft war sich über die Lage des Schiffes im klaren; an Bord herrschte tiefes Schweigen, das Schiff verlangsamte seine Fahrt; es hielt sich so dicht am Lande wie möglich; die Küste war mit riesigen Eisblökken bedeckt, es bedurfte eines sehr geübten Auges, um zwischen ihnen eine Einfahrt herauszufinden.

Hatteras verglich seine Karten mit dem Lande. Da sich die Sonne gegen Mittag für eine Weile gezeigt hatte, ließ er von Shandon und Wall die Position bestimmen, die ihm in das Krähennest hochgemeldet wurde. Es folgte ein halber Tag voller Angst und Sorge für alle Mann an Bord. Gegen 2 Uhr rief Hatteras:

»Das Kap im Westen! Mit Volldampf voraus!«

Die Brigg gehorchte augenblicklich; sie drehte in die angegebene Richtung; das Meer schäumte unter dem Heck, und die »Vorwärts« schoß mit höchster Geschwindigkeit durch das Wasser.

Der Weg war gefunden. Hatteras stieg auf das Hüttendeck herab, und der Eismeister nahm wieder seinen Platz im Krähennest ein.

»Nun, Kapitän«, sagte der Doktor, »sind wir endlich in den berüchtigten Sund eingefahren?«

»Ja«, antwortete Hatteras, aber er senkte die Stimme, »doch mit der Einfahrt ist's noch nicht getan; wir müssen aus dem Sund auch wieder hinaus.« Und nach diesen Worten suchte er seine Kabine auf.

Er hat recht, sagte sich der Doktor, wir sitzen da wie in einer Mausefalle, ohne Platz zum Manövrieren, und wenn wir nun in diesem Sund überwintern müssen! Na, die ersten, denen das passiert, würden wir ja nicht sein, und wo sich andere aus der Patsche gezogen haben, würden wohl auch wir dafür sorgen, daß wir nicht drin steckenbleiben!

Der Bellot-Sund ist nicht breit, und dennoch machte der Sturm der »Vorwärts« schwer zu schaffen. Auf Hatteras' Kommando wurden die Rahen der Bram- und der Marssegel weggenommen, aber das Schiff stampfte weiter schwer in der See. Brecher spülten über das Deck, und es war gefährlich, sich draußen aufzuhalten; wer nicht unbedingt an Deck gebraucht wurde, blieb im Quartier.

Hatteras, Johnson und Shandon standen auf dem Hüttendeck, und der Doktor, der überlegt hatte, was wohl besser war, kam ebenfalls heraus. Verständlich machen konnte man sich nicht, man vermochte sich kaum zu sehen; deshalb behielt er seine Betrachtungen für sich.

Hatteras versuchte, den Nebelvorhang zu durchdringen, denn seiner Schätzung nach befand er sich am äußersten Ende des Sundes. Aber Hatteras vermochte nichts zu erkennen; er hatte keine Wahl, er mußte das Schiff wieder an einem Eisberg verankern.

Das Wetter war entsetzlich. Alle Augenblicke drohten die Ketten der »Vorwärts« zu reißen; es war zu befürchten, daß der Eisberg mitsamt der Brigg durch den heftigen Sturm abgetrieben würde.

Die Temperatur stieg merkwürdig hoch in dieser furchtbaren Nacht, und der Doktor glaubte zu seiner großen Verwunderung im Süden ein paar Blitze zu sehen, denen der Donner folgte.

Gegen 5 Uhr morgens änderte sich das Wetter mit erstaunlicher Schnelligkeit. Die Temperatur sank, und der Wind drehte nach Norden und beruhigte sich. Man konnte die westliche Öffnung des Sundes erkennen, aber sie war durch Eis verschlossen. Hatteras betrachtete eingehend die Küste und legte sich die Frage vor, ob die Fahrstraße auch passierbar sei.

Unterdessen machte die Brigg segelklar und glitt langsam durch das Wasser, an den Bordwänden zerbrachen mit Getöse die Eisschollen.

Alle Anzeichen des Wetters deuteten auf Schneefall und weiter zunehmende Kälte. Die Situation der »Vorwärts« gestaltete sich von Stunde zu Stunde schwieriger. Hatteras gönnte sich während des folgenden Tages und der folgenden Nacht keinen Augenblick Ruhe, er suchte ununterbrochen den Horizont mit dem Fernrohr ab; er wollte unter allen Umständen den Ausgang des Sundes erreichen.

Aber am anderen Morgen mußte er vor dem unbezwinglichen Packeis haltmachen. Der Doktor trat zu ihm auf die Brücke. Hatteras nahm ihn beim Arm und ging zum Hinterschiff. Dort konnten sie miteinander reden, ohne befürchten zu müssen, daß sie von irgend jemandem der Mannschaft gehört würden.

»Wir liegen fest«, sagte Hatteras. »Weiterfahren ist unmöglich.«

»Unmöglich?« wiederholte der Doktor.

»Unmöglich! Aller Pulvervorrat der ›Vorwärts‹ würde uns keine Viertelmeile voranbringen.«

»Und was nun?« fragte der Doktor.

»Weiß ich es? Kann ich das Wetter ändern?«

»Ja, Kapitän, wenn wir überwintern müssen, dann überwintern wir eben. Dieser Ort taugt dazu genausogut wie jeder andere.«

»Ohne Zweifel«, erwiderte Hatteras und senkte die Stimme; »aber von Überwintern sollte noch keine Rede sein, wir haben jetzt Juni! Wenn wir von Überwintern sprechen, müssen wir riskieren, daß die Mannschaft aufbegehrt. Es wäre vieles leichter, wenn wir schon näher am Pol wären.«

»War es denn unsere Schuld, daß die Baffinbai unpassierbar war?«

»Diese Bai, die einem anderen offen lag«, rief Hatteras zornig, »diesem, diesem ...«

»Aber, bitte, Hatteras«, sagte der Doktor und unterbrach ihn, »wir haben heute erst den 5. Juni; verzweifeln wir also nicht, vielleicht öffnet sich uns doch noch eine Fahrstraße. Ihr wißt, das Eis ist unberechenbar. Jederzeit vermag es sich wieder zu öffnen.«

»Wir werden auf jeden Fall auf der Hut sein und jede Chance wahrnehmen. Es ist leicht möglich, daß wir jenseits vom Bellot-Sund keine Mühe haben, durch den Peelsund oder den MacClintockkanal wieder nach Norden zu fahren – und dann ...«

»Kapitän«, meldete James Wall in diesem Augenblick, »es besteht Gefahr, daß uns die Schollen das Ruder blockieren.«

»Nun, sollen sie«, sagte Hatteras, »mit meiner Genehmigung wird es nicht eingeholt, ich will jeden Augenblick bereit sein können. Tut alles, Mister Wall, das zu verhindern; laßt die Schollen abstoßen, aber das Ruder bleibt, wo es ist, hört Ihr?«

»Ja, aber . . .«, bemerkte Wall.

»Eure Einwände interessieren mich nicht, Herr!« rief Hatteras ungehalten, »abtreten!«

Wall ging auf seinen Posten zurück.

»Ha!« rief Hatteras mit finsterem Gesicht, »fünf Jahre meines Lebens gäbe ich hin, wenn ich den Nordpol erreichte! Aber mit meiner Mannschaft ist nichts mehr anzufangen, Ihr habt es selbst gehört, sogar die Offiziere machen schon ihre Bemerkungen! Es sind ja nicht nur die Matrosen. Doktor, ich finde keine Unterstützung mehr, und wenn mein Vorhaben scheitert, dann wird nicht dieser oder jener Matrose schuld daran sein, sondern einzig und allein gewisse Offiziere. Sie sollen es mir teuer büßen!«

»Hatteras, Ihr übertreibt!«

»Ich übertreibe nicht! Glaubt Ihr, daß die Mannschaft so still wäre, wenn sie nicht hoffte, diese Offiziere würden die Umkehr erzwingen? Und sie murren auch deshalb nicht, weil wir im Augenblick mit Südkurs fahren. Aber komme, was da wolle, bei der ersten Gelegenheit geht es wieder nach Norden. Eine Passage, eine Öffnung, groß genug, daß meine Brigg durchschlüpfen kann, und sollte es mich ihr Schanzkleid kosten, einen solchen Durchschlupf nur – und wir werden nach Norden fahren!«

Des Kapitäns Wünsche sollten sich bis zu einem gewissen Punkt erfüllen. Wie der Doktor vorausgesagt hatte, trat gegen Abend ein jäher Wetterumschlag ein, und die Eisfelder brachen auf. Die »Vorwärts« rannte gegen sie an und zertrümmerte mit ihrem stählernen Steven die treibenden Schollen. Die ganze Nacht hindurch setzte sie ihre Fahrt fort, und dienstags, gegen 6 Uhr früh, hatte sie den Bellot-Sund hinter sich.

Aber wie groß war des Kapitäns Enttäuschung, als er den Weg nach Norden wiederum versperrt fand! Er besaß jedoch Kraft genug, seine Verzweiflung zu meistern, und tat so, als sei die einzige offene Straße gerade diejenige, die er gesucht hatte; er ließ die »Vorwärts« wieder die Franklin-Straße hinunterfahren. Da Hatteras nicht den Peelsund passieren konnte, beschloß er, Prinz-Wales-Land zu umfahren, um dann den MacClintockkanal zu erreichen.

Die »Vorwärts« folgte der Boothiaküste, sie bot alles auf, aber dem Prinz-Wales-Land kam sie nicht näher. Hatteras ließ die Kessel bis zum Platzen heizen, denn er hoffte, seinen Vorrat auf der Beechey-Insel ergänzen zu können. Aber es war zum Verzweifeln, er vermochte nicht einmal mehr zu wenden: Die Schollen trieben ihn vorwärts, und hinter ihm sah er das offene Wasser sich schließen. Es war so, als wäre dort, wo er gerade noch gefahren war, kein Zollbreit freies Wasser gewesen.

Die »Vorwärts« hatte also nicht nur nicht mehr die Möglichkeit, den Pol zu erreichen, sondern sie durfte auch nicht einen Augenblick zögern, wenn sie nicht riskieren wollte, vom Eis eingeschlossen zu werden. Sie floh vor den Schollen wie ein Schiff vor dem Orkan.

Am Freitag, dem 8. Juni, gelangte die »Vorwärts« unfern der Boothiaküste an die Mündung der James-Ross-Straße. Die Sonne kam für einige Zeit hervor, und sie hatten Gelegenheit, ihre Position genau zu bestimmen. 70° 5′ 17″ Breite und 96° 46′ 45″ Länge zeigten die Instrumente an. Der Doktor übertrug die Werte auf seine Karte und stellte fest, daß sich die Brigg am magnetischen Nordpol befand.

Die Kessel der »Vorwärts« mußten dringend gereinigt werden; Hatteras ließ deshalb sein Schiff an einem Eisfeld verankern und erlaubte dem Doktor zusammen mit dem Schiffszeugmeister einen Ausflug aufs Festland. Er selbst war an allem uninteressiert, was nicht direkt mit

seinen Plänen zu tun hatte, schloß sich in seine Kabine ein und brütete über seiner Polarkarte.

Der Doktor zog, mit einem Kompaß beladen, an Land und fand bald einen kleinen, aus Steinen errichteten Hügel. In einer zinnernen Büchse war ein Zettel aufbewahrt, der von einem Besuch dieser Stelle herrührte, der vor dreißig Jahren stattgefunden hatte. Niemand anders schien seit dieser Zeit hier gewesen zu sein.

Die Kompaßnadel drehte sich in eine senkrechte Lage, der Beweis für den Doktor, daß er sich tatsächlich genau über dem magnetischen Pol befand.

»Hier also haben wir den magnetischen Pol der Erde!« rief er, mit dem Fuß auf die Erde stampfend.

»Genau hier?« fragte Meister Johnson.

»Genau hier, lieber Freund!«

»Demnach muß man sich also«, antwortete der Schiffszeugmeister, »von jeder Annahme eines Magnetgebirges trennen?«

»So ist es, Johnson!« erwiderte der Doktor lachend. »Wie Ihr seht, gibt es hier keine Spur von einem Gebirge, das in der Lage wäre, die Schiffe anzuziehen oder ihnen alles Eisen, einen Anker nach dem andern, einen Nagel nach dem andern, herauszureißen – und Eure Füße könnt Ihr hier genausogut bewegen wie an jedem andern Punkt der Erde auch.«

»Ach, Mister Clawbonny, wie glücklich wäre der Kapitän, wenn er, wie wir auf dem magnetischen Pol, auf dem Nordpol stehen könnte!«

»Wird schon werden, Johnson, wird schon werden!«

»Geb's Gott!« antwortete der letztere.

Ein Signal vom Schiff beorderte sie nachmittags gegen fünf Uhr an Bord zurück.

SECHZEHNTES KAPITEL

Die Straße nach Norden

Obwohl Hatteras wider alles Erwarten doch noch eine offene Fahrrinne gefunden hatte, die ihn seinem Ziel entgegenbrachte, hatte die Mannschaft ihren alten Gehorsam wiedergefunden. Manöver waren nur selten nötig und mit wenig Anstrengungen verbunden. Auch das trug dazu bei, die Stimmung der Leute zu heben. Die Temperatur hielt sich über dem Gefrierpunkt, und das erleichterte vieles.

Tell hatte mit Dr. Clawbonny Freundschaft geschlossen. Er machte alles mit ihm, was ihm einfiel, und der Doktor gehorchte, wie sonst ein Hund seinem Herrn. Tell zeigte sich übrigens auch gegen die meisten Matrosen und Offiziere freundlich, nur Shandons Gesellschaft ging er, wo das möglich war, aus dem Weg und natürlich Pen und Waren. Er brauchte sie nur zu sehen, schon sträubte sich ihm das Fell, und schon begann er zu knurren. Keiner von beiden wagte sich in die Nähe des Hundes.

»Unsere Leute haben sich, wie es scheint«, sagte James Wall eines Tages zu Richard Shandon, »mit dem Kapitän und seinem Ziel abgefunden. Und genausowenig scheinen sie am Erfolg des Unternehmens zu zweifeln.«

»Ich weiß auch nicht, woher das kommt«, sagte Shandon; »wenn sie sich ihre Situation vor Augen führen wollten, würden sie schon spüren, daß wir von einer Unklugheit in die andere rennen.«

»Aber wir sind doch jetzt in ziemlich freiem Fahrwasser«, entgegnete Wall; »übertreibt Ihr nicht ein bißchen, Shandon?«

»Ich übertreibe gar nichts, Mister Wall. Habt Ihr Euch schon einmal die Kohlenbunker angesehen?«

»Nein«, sagte Wall.

»Nun, dann steigt hinunter, und Ihr werdet feststellen, wie schnell unsere Vorräte abnehmen. Wir sind viel zu verschwenderisch mit der Kohle umgegangen. Sehr oft hätten's auch die Segel allein getan. Wer weiß denn, was uns noch alles bevorsteht. Aber Hatteras, vom Ehrgeiz gejagt, auf dem Pol zu stehen, kümmert sich nicht um solche Kleinigkeiten. Mag der Wind von vorn kommen oder von hinten, er fährt mit Volldampf; und wir, wenn's der Teufel will, riskieren unsern Hals dabei.«

»Sprecht Ihr wirklich die Wahrheit, Shandon? Das wäre freilich ernst.«

»Jawohl, Wall, ernst, sehr ernst! Nicht nur für die Maschine, die, wenn die Kohlen alle sind, nutzloser Ballast geworden ist, sondern auch ernst genug für uns alle. Was sollen wir denn tun, wenn wir überwintern müssen, und es ist kein Stück Kohle mehr da?«

»Wenn ich recht gehört habe, Shandon, will der Kapitän seinen Vorrat auf der Beechey-Insel ergänzen ...«

»Können wir denn damit rechnen, die Beechey-Insel zu erreichen; kann nicht sonst etwas dazwischenkommen?«

»Ihr habt recht, Shandon! Hatteras scheint mehr als unvorsichtig zu sein. Aber warum geht Ihr nicht zu ihm und rechnet ihm das vor?«

»Nein, Wall«, erwiderte Shandon mit schlecht verhüllter Bitterkeit; »ich habe mir vorgenommen zu schweigen. Der Kapitän befiehlt an Bord, ganz allein. Ich will die Ereignisse abwarten.«

»Erlaubt mir zu sagen, Shandon, daß Ihr unrecht habt; es geht um unser aller Leben, da solltet Ihr nicht schweigen, nicht warten, bis es zu spät ist.«

»Würde er mich denn anhören, Wall, wenn ich spräche?«

Wall schwieg.

»Aber den Vorstellungen der Mannschaft würde er vielleicht Gehör schenken«, fügte Wall hinzu.

»Der Mannschaft«, wiederholte Shandon und zuckte die Schultern; »aber, mein lieber Wall, habt Ihr denn nicht gesehen, worum es der Mannschaft im Augenblick zu tun ist? Der nächste Breitengrad winkt, und damit tausend Pfund und für jeden weiteren Grad weitere tausend Pfund.«

»Ihr habt recht, Shandon«, sagte Wall, »der Kapitän weiß, wie er seine Mannschaft bei guter Laune hält.«

»Zumindest jetzt«, meinte Shandon bitter.

»Was wollt Ihr damit sagen?«

»Ich will sagen, daß, solange nichts von Gefahren oder von Strapazen zu spüren ist, solange wir eisfreies Wasser haben, alles wie am Schnürchen laufen wird. Stellen sich aber die Schwierigkeiten ein, die Gefahren, das Elend, die Krankheit, die Entmutigung, die Kälte — und dem allen rennen wir ja wie Verrückte entgegen —, dann werdet Ihr sehen, ob sich die Mannschaft noch durch Geld weiterbringen läßt oder nicht.«

»Eurer Meinung nach wird Hatteras also keinen guten Erfolg haben?«

»Nein, Wall, Hatteras wird keinen Erfolg haben. Solange er mit seinen Offizieren nicht auf gutem Fuße steht, solange ist es um seinen Erfolg schlecht bestellt. Womöglich treten Umstände ein, daß man sich gezwungen sieht, das Kommando einem weniger waghalsigen Mann zu übergeben.«

»Indessen wird Hatteras«, sagte Wall und schüttelte den Kopf, »doch immer für sich haben ...«

»Den Doktor Clawbonny wird er für sich haben«, entgegnete Shandon, »einen gelehrten Herrn, der bloß an seine Wissenschaft denkt; Johnson, einen Mann, der sklavisch an der Disziplin hängt und sich nicht die Mühe nimmt zu denken, vielleicht noch ein paar von der

Mannschaft, vielleicht den Schiffszimmermann Bell, das sind dann vier, und insgesamt sind wir achtzehn an Bord! Nein, Wall! Hatteras besitzt das Vertrauen der Mannschaft nicht, das weiß er genau, und deshalb winkt er mit dem Geld. Aber lange wird das nicht dauern, sage ich Euch, und wenn es ihm nicht gelingt, an der Beechey-Insel anzulegen, dann ist er verloren!«

»Wenn die Mannschaft ahnte . . .«

»Laßt der Mannschaft gegenüber um Gottes willen nichts von unserem Gespräch verlauten, hört Ihr«, erwiderte Shandon lebhaft, »ich bitte Euch sehr darum! Die Mannschaft wird das von ganz allein herauskriegen!«

Diese Worte, so wohlüberlegt sie schienen, verrieten klar und deutlich, wie recht Kapitän Hatteras hatte, als er in Shandon plötzlich, wider alles Erwarten, einen Offizier zu finden glaubte, den nur noch die Eifersucht trieb, sich wieder als den Befehlshaber der »Vorwärts« zu sehen.

Shandon rechnete übrigens richtig, wenn er die Zufriedenheit der Mannschaft darauf zurückführte, bald den 74. Breitengrad zu überschreiten.

Am 14. Juni passierte die »Vorwärts« Kap Aworth. Das Rawlinsongebirge reckte seine weißen Spitzen himmelan.

Am 19. Juni endlich brachte die »Vorwärts« den 74. Breitengrad hinter sich und fuhr in die Melvillebucht ein, die von Volton »Silbermeer« getauft worden war. Trotz einer kräftigen Nordostbrise hatte die Brigg eine leichte Fahrt.

Siebzehntes Kapitel

Ein Wal in Sicht

Das Meer war zwar nicht frei von Eisschollen, dennoch aber war es gut befahrbar. Die Eisfelder reichten bis zum Horizont, hin und wieder zeigten sich ein paar Eisberge. Noch immer standen die Kessel der »Vorwärts« unter Volldampf. Der Wind wechselte häufig und sprang von einem Punkt des Kompasses zum andern. Doch dann blies der Wind beständig aus Süden und nahm von Minute zu Minute an Heftigkeit zu. Das Thermometer sank beträchtlich. Hatteras ließ die Segel wegnehmen, aber das Bramsegel wurde eine Beute des Sturms. Knallend zerriß es und flog davon.

Hatteras wich während des Sturms nicht von der Brücke, er mußte jedoch vor dem Wetter fliehen und nach Westen abdrehen. Der Sturm türmte ungeheure Wogen auf, und diese führten losgerissene Eisschollen mit sich. Die Brigg stampfte und schlingerte, und wenn sie den Bug tief in die Wogentäler hineinsenkte, ragte die Schraube am Heck hoch in die Luft und raste und kreischte, als wolle sie aus ihren Lagern herausspringen.

Der Doktor ließ sich die Gelegenheit, bis auf die Knochen naß zu werden, nicht entgehen. Er blieb an Deck und hielt neben Hatteras aus. Mit ihm zu sprechen war unmöglich, der Orkan hätte jedes Wort sofort verschlungen. Endlich, nach einigen Stunden, beruhigte sich das Wetter wieder.

Der Doktor schwärmte in heller Begeisterung, als Simpson, der Harpunier, zu ihm trat und ihn auf die wechselnden Färbungen des Meeres aufmerksam machte. Das tiefe Blau veränderte sich in Olivgrün, lange Bänder mit scharf begrenzten Rändern zogen sich von Norden nach Süden.

»Mister Clawbonny, was meint Ihr zu diesen Eigentümlichkeiten?« fragte Simpson.

Dr. Clawbonny zuckte die Schultern.

»Ich will es Euch verraten.«

»Wirklich?«

»Jawohl, Mister Clawbonny, und wäre die ›Vorwärts‹ ein Walfänger, so hätten wir, glaube ich, reiche Beute in Aussicht.«

»Aber«, bemerkte der Doktor, »ich sehe weit und breit nicht einen einzigen Wal.«

»Wir werden nicht allzulange warten müssen, glaubt mir! Für einen Walfänger ist's ein großes Glück, unter diesem Breitengrad auf solche grünen Bänder zu stoßen!«

»Und warum?« fragte der Doktor, dessen Interesse erwacht war.

»Weil man in Gegenden mit diesen Streifen«, erwiderte Simpson, »immer Wale findet.«

»Und der Grund?«

»Weil sie dort reichlich Nahrung finden.«

»Ihr seid davon überzeugt?«

»Ich habe das nur allzuoft bestätigt gesehen, Mister Clawbonny, in der Baffinbai. Warum es hier nicht genauso sein sollte, wüßte ich nicht zu sagen.«

»Ihr habt sicher recht, Simpson.«

»Und dann«, antwortete Simpson und beugte sich über das Schanzkleid, »seht doch, Mister Clawbonny!«

»Ei«, sagte der Doktor, »das sieht ja aus wie das Kielwasser eines Schiffes!«

»Das stammt von einem Wal; wo dieses Kielwasser ist, wie Ihr sagt, da ist auch der Wal nicht weit.«

Kaum hatte er das gesagt, ertönte aus dem Krähennest Fokers Stimme. »Ein Wal«, rief er, »dort!«

Alle Blicke richteten sich nach der gewiesenen Stelle. Eine leichte Fontäne, die aus dem Meer emporspritzte, wurde etwa eine Meile von der Brigg entfernt gesehen.

»Dort, dort!« rief Simpson, weil der Doktor den Wal nicht gleich entdeckte.

»Er ist verschwunden«, sagte der Doktor.

»Würde sich schon wiederfinden lassen, wenn's nötig wäre«, meinte Simpson bedauernd.

Zu aller Verwunderung, und obwohl es niemand gewagt hatte, danach zu fragen, befahl Hatteras, das Walboot ins Wasser zu setzen. Hatteras nahm die Gelegenheit wahr, billig zu ein paar Fässern Tran zu kommen. Der Befehl zur Jagd wurde mit lebhafter Begeisterung aufgenommen.

Vier Matrosen nahmen in dem Walboot Platz. Johnson saß an der Ruderpinne, Simpson stand, die Harpune in der Faust, im Bug. Daß sich der Doktor der Expedition anschloß, wagte niemand zu verhindern. Das Meer war ziemlich ruhig. Rasch flog das Boot auf den Wal zu.

Der Wal war untergetaucht, kam aber bald wieder nach oben und blies eine Fontäne hoch empor.

»Da, da!« rief Simpson.

Das Walboot änderte leicht den Kurs, und auch die Brigg kam langsam heran.

Manchmal war der Wal zu sehen, dann wieder war er verschwunden. Der Wal hatte es nicht eilig, geruhsam verfolgte er seine Bahn. Leise und vorsichtig näherte sich das Walboot; es fuhr an dem grünen Streifen entlang. Bald befand es sich dicht neben dem Wal. Simpson gab mit der Hand ein Zeichen, das Boot stoppte, Simpson schwang die Harpune und schleuderte sie nach dem Wal. Tief grub sich die Waffe in die dicke Fettschicht. Der verwundete Wal warf seinen Kopf zurück und tauchte unter. Die Harpune saß fest, das Boot wurde von dem fliehenden Wal mitgezogen.

Der Wal schwamm auf die Eisberge zu, von der Brigg weg. Eine halbe Stunde lang schoß er durch das Wasser. Als das Tier langsamer zu werden schien, wurde das

Tau allmählich angezogen und behutsam aufgerollt; der Wal zeigte sich wieder an der Wasseroberfläche. Das Walboot kam rasch heran; Simpson hatte eine Lanze gepackt und machte sich bereit, dem Wal den Todesstoß zu versetzen. Der Wal jedoch glitt in einen zwischen zwei Eisbergen sich öffnenden Kanal. Ihn dorthin weiterzuverfolgen wäre mehr als riskant gewesen.

»Verdammt!« fluchte Johnson.

»Vorwärts, vorwärts; los, Freunde, los!« schrie Simpson, vom Jagdfieber befallen, »der Wal gehört uns!«

»Aber in die Eisberge hinein können wir ihm doch nicht folgen«, meinte Johnson.

»Doch, doch!« schrie Simpson.

»Nein!« riefen ein paar von den Matrosen.

»Ja!« riefen die andern.

Während sie sich herumstritten, war der Wal zwischen zwei Eisberge geraten, die vom Wind gegeneinandergetrieben wurden.

Das den Wal verfolgende Boot drohte in diese gefahrvolle Enge hineingerissen zu werden, und um dem zu begegnen, hieb Johnson das Harpunentau mit einem Beil durch.

Es war höchste Zeit. Die beiden Eisberge stießen zusammen und zerdrückten den Wal zwischen sich.

»Verloren!« schrie Simpson.

»Gerettet!« rief dagegen Johnson.

»Donnerwetter!« rief der Doktor, der mit keiner Wimper gezuckt hatte, »so etwas habe ich auch noch nicht erlebt.«

Wenige Minuten darauf war das Walboot wieder bei der Brigg und wurde an Bord genommen.

»Eine ausgezeichnete Lektion«, rief Shandon laut, »für alle Leute, die sich in solche Engen und Kanäle hineinwagen.«

Achtzehntes Kapitel

Die Beechey-Insel

Am 25. Juni sichtete die »Vorwärts« Kap Dundas am äußersten Nordwestende des Prinz-Wales-Landes. Hier mehrten sich durch das viele Treibeis die Schwierigkeiten wieder. Für eine Strecke, für die die Brigg in der letzten Zeit einen Tag gebraucht hatte, benötigte sie jetzt fünf Tage. Und der Kohlenvorrat schmolz weiter zusammen, denn es wurde immer nur, solange die Brigg stilllag, weniger geheizt; das Feuer jedoch wurde ständig unterhalten, damit die Brigg jederzeit mit Volldampf weiterfahren konnte.

Hatteras wußte so gut um den Stand seiner Vorräte Bescheid wie Shandon; da er aber mit Sicherheit darauf rechnete, auf der Beechey-Insel Kohlen zu finden, wollte er keine Minute wegen Sparsamkeit verlieren; der Umweg nach Süden hatte ihn schon Zeit gekostet, und obwohl er so vorsichtig gewesen war, seine Reise im April zu beginnen, war er doch nicht weiter, als die früheren Expeditionen in der gleichen Zeit auch gekommen waren.

Hatteras war jetzt zu allem entschlossen, mehr denn je. Um sein Ziel nicht aus den Augen zu verlieren, ging er während der folgenden Tage nicht von seinem Posten; häufig stieg er sogar selbst ins Krähennest hinauf, um die besten Wege zu erkunden. Was Geschicklichkeit, Kaltblütigkeit und Kühnheit bei einem Seemann vermögen, das leistete er bei dieser Fahrt durch die Meerengen und Eisfelder. Er verfluchte sein Unglück, denn zu dieser Zeit hatte er damit gerechnet, viel weniger Eis vorzufinden. Er sparte keine Kohlen, und er schonte auch seine Mannschaft nicht; noch viel weniger nahm er Rücksicht auf sich selbst, und so erreichte er zu guter Letzt doch sein Ziel.

Am 3. Juli, 11 Uhr mittags, meldete der Eismeister nordwärts Land; Hatteras war überzeugt, die Beechey-Insel vor sich zu haben, Ausgangspunkt für alle Nordpolfahrer. Hier waren fast alle Schiffe vorbeigekommen, die sich in diese nördlichen Breiten gewagt hatten. Hier schlug Franklin sein erstes Winterquartier auf, ehe er in die Wellington-Meerenge einfuhr. Hier gelangte Creswell, nach einer Strecke von 470 Meilen quer über das Eis, zur »Phönix« zurück und kehrte nach England um. Das letzte Schiff, das vor der »Vorwärts« an der Beechey-Insel angelegt hatte, war die »Fox«, am 11. August 1855 verproviantierte sich MacClintock hier und setzte die Hütten und Magazine wieder instand; das war vor nicht ganz zwei Jahren geschehen. Hatteras war über alle diese Einzelheiten genau unterrichtet.

Dem Schiffszeugmeister schlug das Herz höher beim Anblick dieser Insel; schon als Quartiermeister an Bord der »Phönix« war er hier gelandet. Hatteras erkundigte sich bei ihm über die Beschaffenheit der Küste, wo man am besten vor Anker gehen könne, wo am besten zu landen sei; es war prachtvolles Wetter, die Temperatur betrug 14 Grad.

»Nun, Johnson«, fragte der Kapitän, »findet Ihr Euch wieder zurecht?«

»Ja, Kapitän, das ist die Beechey-Insel! Am besten wird sein, wir gehen noch ein Stück weiter nach Norden; dort läßt es sich besser landen.«

»Aber die Hütten, die Magazine?« meinte Hatteras.

»Die seht Ihr erst dann, wenn Ihr an Land seid, sie liegen gedeckt hinter den Hügeln dort drüben.«

»Und Ihr habt reichlich Vorrat dorthin gebracht?«

»Ja, Kapitän. Hierhin hat uns im Jahre 1853 die Admiralität mit dem Dampfer ›Phönix‹ und dem mit Proviant beladenen Transporter ›Breadalbane‹ geschickt. Wir haben so viel gebracht, daß damit eine ganze Expedition hätte ausgerüstet werden können.«

»Aber der Kommandant der ›Fox‹ hat 1855 davon eine ganze Menge verbraucht«, sagte Hatteras.

»Keine Angst, Kapitän«, antwortete Johnson, »es wird genug für uns dasein; in der Kälte verdirbt nichts, und wir werden alles frisch und gut erhalten wie am ersten Tag vorfinden.«

»Wegen der Lebensmittel mache ich mir keine Kopfschmerzen«, sagte Hatteras, »ich habe genug für mehrere Jahre, aber mir fehlt's an Kohlen.«

»Über hundert Tonnen haben wir hingeschafft, seid also deshalb ganz außer Sorge.«

»Dann wollen wir an Land gehen«, sagte Hatteras, der ununterbrochen die Küste mit dem Fernrohr beobachtete.

»Seht Ihr diese Spitze dort?« fragte Johnson. »Wenn wir sie hinter uns gelassen haben, haben wir einen guten Ankerplatz erreicht.«

Hatteras gab die nötigen Befehle. Die »Vorwärts« fuhr in eine kleine Bucht ein, in der sie gegen die Winde aus Norden, Osten und Süden geschützt war, eine Kabellänge etwa von der Küste entfernt faßte der Anker Grund.

»Mister Wall«, sagte Hatteras, »laßt die Schaluppe fertigmachen und schickt sie mit sechs Mann zum Kohleladen.«

»Jawohl, Kapitän«, erwiderte Wall.

»Ich werde zusammen mit dem Doktor und dem Schiffszeugmeister ebenfalls an Land gehen. Mister Shandon, Ihr begleitet uns auch.«

»Zu Befehl«, antwortete Shandon.

Kurz darauf nahm der Doktor, versehen mit seiner Jagdausrüstung und seinem wissenschaftlichen Gerät, neben den anderen im Boot Platz, zehn Minuten später stiegen sie an einer niedrigen, felsigen Küste aus.

»Führt uns, Johnson«, sagte Hatteras, »Ihr findet Euch doch wieder zurecht.«

»Gewiß, Kapitän; bloß hier sehe ich ein Steindenkmal, das ich nicht an dieser Stelle vermutet habe.«

»Dies ...«, rief der Doktor, »ich kann mir denken, was das ist. Wir wollen es uns aus der Nähe betrachten, der Stein selbst wird uns erzählen, was er hier soll.«

Die vier gingen heran, und der Doktor sagte: »Dies, meine Freunde, ist ein Andenken an Franklin und seine Gefährten.«

Eine Inschrift besagte, daß hier Franklin und seine Begleiter überwintert hätten und von dieser Stelle aufgebrochen wären auf ihrem Weg ins Ungewisse, von dem sie nicht zurückgekehrt seien.

Hatteras brach als erster das Schweigen und erstieg einen fast völlig schneefreien Hügel.

»Kapitän«, sagte Johnson, der ihm folgte, »von dort aus werden wir die Magazine sehen.«

Shandon und der Doktor stießen zu ihnen, als sie gerade den Gipfel des Hügels erreichten.

Der Blick verlor sich über weite, wüste Flächen, keine Spur von einer Hütte ließ sich finden.

»Seltsam!« rief der Schiffszeugmeister.

»Nun, wo sind die Magazine?« fragte Hatteras gespannt.

»Ich weiß nicht ... Es sind keine mehr da«, stammelte Johnson.

»Ihr werdet die rechte Stelle verfehlt haben«, sagte der Doktor.

»Mir scheint jedoch«, sagte Johnson nachdenklich, »als ob gerade an dieser Stelle ...«

»Wohin sollen wir denn nun?« rief Hatteras ungeduldig.

»Wir wollen hinuntersteigen«, sagte der Schiffszeugmeister, »denn es ist möglich, daß ich mich irre! Nach sieben Jahren kann die Erinnerung schon einmal trügen.«

»Vor allem, wenn das Land so wenig besondere Merkmale zeigt«, ergänzte der Doktor.

»Und dennoch . . .«, murmelte Johnson.

Shandon hatte dazu geschwiegen. Nach einem kurzen Stück Weges blieb Johnson stehen.

»Nein«, rief er, »nein, ich irre mich nicht!«

»Wie?« fragte Hatteras und blickte sich suchend um.

»Wieso seid Ihr auf einmal so sicher, Johnson?« fragte der Doktor.

»Seht Ihr diese Bodenerhöhung?« antwortete der Schiffszeugmeister und wies vor sich, wo sich deutlich drei kleine Erhebungen abzeichneten.

»Was schließt Ihr daraus?« fragte der Doktor.

»Das sind die Gräber der drei Matrosen Franklins!« antwortete Johnson. »Dessen bin ich sicher! Ich habe mich nicht geirrt, und hundert Schritt von hier müssen die Hütten sein, und wenn sie nicht da sind, so . . .«

Er wagte nicht, seinen Gedanken auszusprechen; Hatteras war vorangestürzt, und eine jähe Regung der Verzweiflung bemächtigte sich seiner. Hier mußten sich die Magazine mit ihren Vorräten befinden, auf die er angewiesen war. Nichts jedoch deutete darauf hin, daß er auch fand, was er suchte. Wer hatte diese Vorräte weggeholt? Waren es Wölfe, Füchse oder Bären gewesen? Nein, denn die hätten nur die Lebensmittel weggefressen. Aber es war auch kein Stück Holz mehr zu finden, kein Eisen, und was noch niederschmetternder für die Leute von der »Vorwärts« war, kein einziges Stück Kohle!

Offenbar hatten die Eskimos, die in den letzten Jahren häufiger mit europäischen Seeleuten in Berührung gekommen waren, im Laufe der Zeit den Wert dieser Gegenstände begriffen, von denen sie selbst nichts besaßen. Und sie hatten in all ihrer Einsamkeit diese Dinge natürlich auch gut gebrauchen können. Eine eingesunkene Schneedecke, das war alles, was Hatteras vor sich sah.

Hatteras verlor die Fassung. Der Doktor schaute sich um und schüttelte den Kopf. Shandon schwieg noch immer; ein aufmerksamer Beobachter hätte sein boshaftes Lächeln nicht übersehen.

In diesem Augenblick trafen die Leute ein, die die Kohlen laden sollten. Sie begriffen die Lage sofort. Shandon trat auf den Kapitän zu.

»Mister Hatteras«, sagte er, »ich glaube nicht, daß wir Grund haben zu verzweifeln; wir befinden uns am Eingang der Barrow-Straße und können ohne Schwierigkeiten ins Baffinmeer zurückfahren!«

»Mister Shandon«, antwortete Hatteras, »wir befinden uns zum Glück auch am Eingang des Wellingtonkanals und werden deshalb nach Norden fahren.«

»Und womit wollen wir das, Kapitän?«

»Wir segeln, Herr! Wir haben noch für zwei Monate Kohlen, und das genügt mir — das muß mir genügen.«

»Ihr erlaubt mir zu bemerken . . .«, begann Shandon.

»Ich erlaube Euch, mir an Bord zu folgen, Herr«, antwortete Hatteras.

Und er wandte seinem Ersten Leutnant den Rücken, begab sich zur Brigg zurück und schloß sich in seine Kajüte ein.

Zwei Tage lang herrschte widriger Wind; der Kapitän ließ sich nicht auf der Brücke sehen. Der Doktor benutzte den unfreiwilligen Aufenthalt zu einem Ausflug über die Beechey-Insel. Er sammelte die wenigen Pflanzen, die bei der verhältnismäßig hohen Temperatur hier und dort auf schneefreiem Grund wuchsen. Heidekraut,

Flechten, eine Art gelber Ranunkel, eine dem Sauerampfer ähnliche Pflanze mit breiten Blättern und einen kräftig entwickelten Steinbrech.

Die Tierwelt dieser Gegend war vielfältiger als die so kümmerliche Pflanzenwelt; der Doktor sah lange Züge von Gänsen und Kranichen, Rebhühner, blauschwarze Eiderenten, Strandläufer, Polartaucher und Scharen von kreischenden Möwen. Der Doktor hatte auch das Glück, ein paar Grauhasen zu schießen, die ihren weißen Winterpelz noch nicht abgelegt hatten, und einen Blaufuchs, den Tell gestellt hatte. Einige Bären, die offensichtlich den Menschen schon kennengelernt hatten und deshalb seiner Gegenwart flohen, ließen sich nicht nahe kommen, und auch die Robben waren außerordentlich scheu, ohne Zweifel aus demselben Grund wie ihre Feinde, die Bären.

Die Stimmung der Mannschaft war wieder auf den Tiefpunkt gesunken. Sie hatten keine Vorräte vorgefunden, und nun malten sie sich den bevorstehenden Winter aus; wie sollten sie ihn überstehen, wenn die Kohlebunker der »Vorwärts« jetzt schon so gut wie leer waren.

Ohne sich jedoch um die üble Stimmung der Mannschaft zu kümmern, gab Hatteras Befehl, in See zu gehen. Seit dreizehn Tagen, das heißt, seit sie Kap Dundas erreicht hatten, war es der »Vorwärts« nicht möglich gewesen, auch nur einen einzigen Grad weiter nach Norden vorzudringen. Deshalb war auch der Teil der Mannschaft, deren Wortführer Clifton war, nicht zufrieden; allerdings stimmten die Wünsche dieser Leute vorläufig mit dem Entschluß des Kapitäns überein, den Wellingtonkanal entlangzufahren, und sie machten Hatteras keine Schwierigkeiten im Dienst.

Nur mit Mühe vermochten sie die Segel zu setzen. In kurzen Zeitabständen mußten sie immer wieder den

Kurs ändern, und jedes Segelmanöver verlangte von den Matrosen den äußersten Einsatz.

Hatteras aber war unerbittlich, er trieb seine Matrosen immer wieder in die Masten hinauf, sooft es nötig war, denn jenseits des Wellingtonkanals hoffte er auf freieres Fahrwasser.

»Fürchtet Ihr nicht«, fragte ihn eines Tages der Doktor, »daß Eure Mannschaft . . .?«

»Meine Mannschaft!« rief Hatteras hart.

Dann setzte er leise, zur größten Verwunderung des Doktors, hinzu: »Die armen Kerle.«

Das war die erste Gefühlsregung, die der Doktor bei dem Kapitän bemerkte.

»Und trotzdem«, fuhr er dann energisch fort, »sie müssen mir folgen, und sie werden mir folgen.«

Sie befanden sich jetzt in einem Gebiet, in dem mehrere Expeditionen verschollen waren. Die Matrosen wußten natürlich auch davon, und Shandon versäumte es nicht, sie gelegentlich darauf aufmerksam zu machen, wenn sie sich an einer Stelle befanden, die als das Grab einer Expedition galt.

Wieder bereitete Hatteras das Treibeis Schwierigkeiten, wieder verbrachte er lange Tage mit Warten. Und dennoch mußte sich Hatteras beeilen, das freie Meer zu erreichen. Am 19. Juli beschloß er, um jeden Preis weiter vorzudringen. Der Wind stand der Brigg direkt entgegen, und nun dachte Hatteras aber auch an seine leeren Kohlebunker. Wie sollte er vorwärts kommen? Die Brigg zu treideln war unmöglich, dazu war das Fahrwasser zu breit. Ohne Rücksicht auf seine Mannschaft zu nehmen, griff Hatteras zu einem Mittel, das die Walfänger in gleicher Lage anzuwenden pflegten: Er ließ die Boote bis dicht über das Wasser hinab, die dann an den Bordwänden des Schiffes festgemacht wurden, die Riemen wurden eingesetzt, und so wurde die Brigg gegen den Wind gerudert.

Natürlich kam die Brigg nur langsam voran, die Matrosen murrten. Vier Tage lang mußten sie so schuften, bis sie endlich die Berings-Insel erreichten.

Es war immer noch Gegenwind. Die Mannschaft war völlig erschöpft. Dem Doktor schien der Gesundheitszustand der Leute bedenklich, und er glaubte bei einigen die ersten Anzeichen von Skorbut zu bemerken.

Hatteras sah ein, daß die Mannschaft am Ende ihrer Kräfte war, aber er wollte auch nicht auf sein Ziel verzichten. Er mißtraute Shandon und auch Wall, der sich indessen zurückhielt. Sicher war Hatteras nur des Doktors, Johnsons, Bells und Simpsons; diese Männer waren ihm mit Leib und Seele ergeben. Für unschlüssig hielt er Foker, Bolton, Wolsten, den Geschützmeister, Brunton, den Ersten Ingenieur; diese konnten sich möglicherweise gegen ihn erklären. Die anderen, Pen, Gripper, Clifton und Waren, redeten ganz offen über ihre Absichten, alle noch Zögernden auf ihre Seite zu ziehen und mit dem Schiff bei der ersten Gelegenheit nach England zurückzukehren.

Hatteras erkannte wohl, daß die Fahrt mit dieser mißgestimmten und vor allem erschöpften Mannschaft nicht fortzuführen war. Die Temperatur sank, der nahende Winter kündigte sich an, über Nacht bildete sich eine Eisdecke. Fiel noch Schnee darauf, würde sie bald einen Mann tragen können.

Hatteras erkannte nicht diese beunruhigenden Anzeichen. Froren die Durchfahrten zu, mußte er hier überwintern, und er hatte noch nicht einmal das freie Meer gesehen, von dem die Berichte seiner Vorgänger sprachen. Er beschloß daher, koste es, was es wolle, noch um einige Grade weiter nach Norden vorzustoßen. Da er sah, daß er mit seiner entkräfteten Mannschaft nicht mehr rechnen durfte, befahl er, die Kessel und Öfen zu heizen.

Neunzehntes Kapitel

Der Beginn der Meuterei

Nach diesem unerwarteten Befehl war an Bord der »Vorwärts« alles verblüfft.

»Die Kessel und die Öfen heizen?« riefen die einen.

»Womit denn?« fragten die andern.

»Wo wir doch nur noch für zwei Monate Kohlen haben?« fragte Pen.

»Und wie sollen wir uns im Winter wärmen?« äußerte Clifton.

»Wir werden das Schiff abbrennen müssen bis zur Wasserlinie hinab«, fügte Gripper hinzu.

»Und die Masten verfeuern«, ergänzte Waren, »vom Bugspriet bis zum Besan.«

Shandon sah Wall scharf an. Die Ingenieure zögerten, in den Maschinenraum hinunterzugehen.

»Habt ihr mich verstanden?« rief der Kapitän gereizt.

Brunton schritt auf die Luke zu; aber als er hinuntersteigen wollte, blieb er stehen.

»Geh nicht, Brunton«, sagte eine Stimme.

»Wer sprach da?« schrie Hatteras.

»Ich!« sagte Pen und trat auf den Kapitän zu.

»Und was habt Ihr gesagt?« fragte er.

»Ich sage . . ., ich sage«, antwortete Pen und fluchte, »ich sage, daß wir die Sache satt haben, daß wir nicht weiterwollen, daß wir nicht vor Erschöpfung und vor Kälte im Winter verrecken wollen und daß die Öfen nicht geheizt werden.«

»Mister Shandon«, antwortete der Kapitän kalt, »laßt den Mann in Eisen legen.«

»Aber Kapitän«, antwortete Shandon, »was dieser Mann gesagt hat . . .«

»Was dieser Mann gesagt hat!« fiel ihm Hatteras ins Wort, »wenn Ihr es wiederholt, lasse ich Euch in Eurer Kabine einschließen und stelle Euch unter Aufsicht! – Den Mann da festgenommen! Verstanden!«

Johnson, Bell und Simpson traten auf den Matrosen zu, der vor Wut außer sich war.

»Der erste, der mich anfaßt ...!« schrie er und ergriff eine Handspake, die er über dem Kopf schwang.

Hatteras schritt auf ihn zu.

»Pen«, sagte er in fast ruhigem Ton, »eine Bewegung noch, und ich schieße dir eine Kugel durch den Schädel!«

Er lud seinen Revolver und richtete ihn auf den Matrosen.

Ein Murmeln ließ sich hören.

»Kein Wort, ihr andern«, sagte Hatteras, »oder der Mann ist eine Leiche.«

In diesem Augenblick wurde Pen von Johnson und Bell entwaffnet. Er leistete keinen Widerstand mehr und ließ sich nach unten führen.

»Nun, Brunton?« sagte Hatteras.

Der Ingenieur ging an seinen Posten, Plover und Waren folgten ihm. Hatteras kehrte aufs Hinterdeck zurück.

»Dieser Pen ist ein Elender«, sagte der Doktor zu ihm.

»Ich hätte ihn ohne weiteres erschossen«, erwiderte der Kapitän gelassen.

Bald hatte der Dampf genügend Druck; die Anker der »Vorwärts« wurden gelichtet. Das Schiff fuhr in das junge Eis hinein und zersplitterte es mit seinem scharfen Steven.

Schneesturm kam auf, aber die »Vorwärts« verfolgte unbeirrbar ihren Kurs nach Norden. Die See ging hohl und heftig und erschwerte die Fahrt.

Hatteras war wieder in das Krähennest aufgeentert, aber keine Spur von dem erwähnten eisfreien Polarbekken war zu sehen. Er stieg herab, ohne ein Wort zu sagen.

»Glaubt Ihr an dieses freie Meer?« fragte Shandon den Zweiten Leutnant.

»Ich beginne, daran zu zweifeln«, erwiderte James Wall.

»Habe ich also nicht recht, diese angebliche Entdekkung als Hirngespinst zu betrachten? Und keiner hat mir glauben wollen, auch Ihr selbst, Wall, habt gegen mich Partei genommen.«

»Das ist vorbei, Shandon.«

»Ja«, antwortete der letztere, »jetzt, da es zu spät ist.«

Shandon kehrte in seine Kabine zurück, wo er sich seit der Auseinandersetzung mit dem Kapitän fast immer aufhielt.

Der Wind schlug gegen Abend nach Süden um. Hatteras ließ deshalb die Segel setzen und die Feuer löschen; mehrere Tage lang führten die Matrosen abermals die schwierigsten Manöver aus. Alle Augenblicke mußte geluvt werden, dann wieder mußten sie abfallen, oder die Segel mußten schnell gerefft werden, damit die Fahrt gestoppt wurde; die eisverkrusteten Rahen drehten sich schlecht in ihren Rollen und erschwerten die nötigen Manöver. Über eine Woche verging, bis die Barrowspitze erreicht war. In zehn Tagen hatte die »Vorwärts« keine dreißig Meilen geschafft.

Am 16. August ging die Sonne zum erstenmal wieder unter; die lange Reihe der vierundzwanzigstündigen Tage war vorbei. Die Menschen hatten sich mit der Zeit an die ununterbrochene Helligkeit gewöhnt; die Tiere jedoch hatten sich so gut wie gar nicht von ihr beeinflussen lassen. Die Schlittenhunde hatten sich stets zur gewohnten Stunde schlafen gelegt.

Der Winter machte sich mit jedem Tage mehr spürbar.

»Seht Ihr«, sagte der Doktor eines Tages zu Johnson, »die Vögel fliegen wieder nach Süden!«

»Ja, Mister Clawbonny«, antwortete Johnson, »sie wissen, daß es Zeit wird, und sie machen sich auf den Weg.«

»Mehr als einer von unseren Leuten, Johnson, glaube ich, möchte ihrem Beispiel gern folgen.«

»Das sind Memmen, Mister Clawbonny.«

»Ihr hofft also, daß Hatteras mit seinem Projekt Erfolg haben wird.«

»Er wird Erfolg haben, Mister Clawbonny.«

»Das denke ich auch, Johnson, und sollte ihm auch nur ein einziger Gefährte verbleiben ...«

»Wir wären zwei!«

»Ja, Johnson«, schloß der Doktor und drückte ihm die Hand.

Das Grinnell-Land ließ die »Vorwärts« noch hinter sich, am folgenden Tag lief sie in die Northumberlandbai ein und ankerte. Sie war ringsum eingeschlossen.

Zwanzigstes Kapitel

Der Ansturm der Eisschollen

Sobald Hatteras das Schiff hatte vor Anker gehen lassen, suchte er seine Kabine auf, nahm die Karte zur Hand und verzeichnete genau den Standort des Schiffes: 76° 57′ nördlicher Breite und 99°20′ Länge, also bloß 3′ vom 77. Breitengrad entfernt. Er grübelte und grübelte. Andere waren genauso weit vorgedrungen wie er, und alle berichteten sie davon, das eisfreie Polarmeer erblickt zu haben. So weit mußte er auch kommen, dann war er seinem Ziel nahe, dann hatte er es greifbar vor sich, und dann würde auch die Mannschaft wieder Mut fassen, und er brauchte sich nicht mehr um Shandon zu kümmern, dessen Pessimismus auf die Stimmung der Mannschaft drückte. Aber erst mußte er dieses eisfreie Polarmeer erreichen, und noch war nichts davon zu spüren. Waren es vielleicht wirklich nur Hirngespinste? Hatteras wußte selbst nicht mehr, woran er am Ende war. Er beugte sich über seine Seekarten, auf denen ein großer weißer Raum die unerforschten Gegenden bezeichnete, und seine Augen kehrten immer wieder zu diesem angeblich eisfreien Polarmeer zurück.

Hatteras stieg wieder auf die Kommandobrücke. Dichter Nebel hüllte die »Vorwärts« ein. Von der Brücke aus ließen sich kaum die Mastspitzen erkennen. Indessen befahl Hatteras dem Eismeister, aus seinem Krähennest herabzuklettern, und stieg selbst hinauf.

Shandon hatte die Gelegenheit nicht vorbeigehen lassen, dem Zweiten Leutnant zuzuflüstern: »Na, Wall, wie steht's nun mit diesem eisfreien Meer?«

»Ihr habt recht, Shandon«, erwiderte Wall; »und unser Kohlenvorrat reicht höchstens noch sechs Wochen.«

»Der Doktor wird sich wohl irgendein großartiges Verfahren einfallen lassen müssen«, meinte Shandon, »das uns erlaubt, auch ohne Kohlen zu heizen. Hab mir ja sagen lassen, daß man mit Feuer Eis gemacht hat; vielleicht läßt sich bei uns hier mit Eis Feuer machen.«

Shandon zuckte die Schultern und ging in seine Kabine zurück.

Am anderen Morgen, am 20. August, zerteilte sich für ein paar Augenblicke der Nebel. Hatteras beobachtete gespannt den Horizont. Ohne ein Wort zu sprechen, stieg er dann hinab und gab den Befehl zur Weiterfahrt. Aber er ließ sich anmerken, daß seine Hoffnung ein letztes Mal betrogen worden war.

Die »Vorwärts« lichtete die Anker und nahm ihre unsichere Fahrt nach Norden auf. Da das Schiff schwer arbeitete, wurden Fock- und Bramrahen mit aller Betakelung abgenommen. Sobald die Brise abflaute, schloß sich das Meer fast augenblicklich; stellte sich der Wind wieder ein, brach auch das Eis wieder auf und zerteilte sich.

Geriet die Brigg in eine Eissperre, rannte sie wie ein

Widder mit Volldampf auf das Hindernis los, und bis jetzt hatte sie sich auf diese Weise immer noch mühsam Bahn gebrochen.

Dreizehn Tage lang kämpfte sie sich so durch das Eis. Die Mannschaft murrte, aber sie gehorchte. Begriff sie doch, daß es jetzt nicht mehr möglich war, umzukehren. Die Fahrt nach Norden bot weniger Gefahr als die Rückkehr nach Süden. Die Überwinterung rückte unabwendbar auf das Schiff und seine Mannschaft zu.

Die Matrosen besprachen diese Situation und zogen eines Tages auch Richard Shandon mit in ihr Gespräch hinein, sie wußten recht gut, daß er zu ihnen hielt. Und Shandon machte aus seiner Meinung kein Hehl, obwohl ihm klar war, daß er damit gegen seine Offizierspflichten verstieß.

»Eure Ansicht, Mister Shandon, ist also die«, wandte sich Gripper an ihn, »daß wir nicht mehr umkehren können.«

»Jetzt ist's zu spät dazu«, antwortete Shandon.

»Dann bleibt uns also nur noch die Überwinterung?« fragte ein anderer Matrose.

»So ist es! Mir hat man ja nicht glauben wollen.«

»Ein andermal«, rief Pen, der wieder Dienst tat, »wird man Euch besser glauben.«

»Wenn ich nicht mehr an dem Platz hier stehen werde«, entgegnete Shandon.

»Wer weiß?« bemerkte Pen, »John Hatteras bleibt's ja unbenommen, so weit zu segeln, wie er Lust hat; nur ihm überallhin zu folgen, dazu ist man doch nicht verpflichtet.«

»Denkt doch«, warf Gripper ein, »an seine erste Fahrt in die Baffinbai und daran, wie sie geendet hat.«

»Und an die Fahrt der ›Farewell‹«, meinte Clifton, »die unter seinem Kommando in den Gewässern von Spitzbergen zugrunde ging.«

»Er allein ist zurückgekehrt!« bemerkte Gripper.

»Er allein und sein Köter!« sagte Clifton.

»Uns nur zum Vergnügen dieses Menschen aufzuopfern, dazu haben wir keine Lust«, setzte Pen hinzu.

»Und die Prämien einzubüßen, die wir so schwer verdient haben, noch weniger! Haben wir den 78. Grad hinter uns, und weit davon sind wir nicht, dann macht das pro Kopf 375 Pfund!«

»Aber werden wir sie nicht einbüßen«, fragte Gripper, »wenn wir ohne den Kapitän zurückkommen?«

»Nein«, erwiderte Clifton, »wenn wir beweisen, daß es anders nicht möglich war.«

»Aber der Kapitän ...«

»Sei ruhig, Gripper«, sagte Pen, »wir werden schon einen Kapitän haben, und einen tüchtigen dazu. Mister Shandon kennt ihn ganz genau. Wird zum Beispiel ein Kapitän verrückt, dann schlägt man ihm den Schädel ein und bestimmt einen anderen. Ist's nicht so, Mister Shandon, oder nicht?«

»Kameraden! Freunde!« antwortete Shandon ausweichend, »ich hoffe, ihr kennt mich. Aber warten wir die Ereignisse ab!«

Am 31. August sank das Thermometer erheblich, es war bald nicht mehr möglich, diese Gewässer zu befahren. Unendlich weit reichte der Blick über die Eisfelder.

Mitten im Eis konnte die »Vorwärts« nicht überwintern, Hatteras mußte unter allen Umständen versuchen, eine sichere Zufluchtsstätte zu finden. An der Küste von Cornwall gedachte Hatteras die »Vorwärts« in eine geschützte Bucht zu legen, und dort wollte er auf den nächsten Sommer warten.

Hatteras setzte alles daran, die Durchfahrt zu erzwingen. Immer wieder ließ er das Schiff gegen das Packeis anrennen, und er hatte Glück, er schaffte es schließlich. Wenn er ehrgeizig war, tollkühn, vielleicht auch unüberlegt: Ein vorzüglicher Seemann jedoch war er, das mußte man ihm lassen.

Die Situation der »Vorwärts« konnte sich nicht mehr verschlechtern. Unmittelbar hinter ihr schloß sich das Eis wieder, und manche Meile vermochten die Matrosen über das Eis zu gehen und das Schiff zu treideln.

Wo es gar nicht anders möglich war, ließ Hatteras mit seinen Pulverladungen Löcher in das Eis sprengen, damit das Schiff weiterfahren konnte.

Während der Nacht kam Sturm auf, nach kurzer Zeit wurde er zum wilden Orkan, Eisschollen wurden übereinandergetürmt, und voller Entsetzen schrie der Mann am Ruder:

»Achtung hinterschiffs! Achtung hinterschiffs!«

Hatteras dreht sich um, und was er da sah, war fürchterlich.

Mit der Geschwindigkeit einer Lawine trieb das Packeis auf das Schiff zu.

»Alle Mann an Deck!« kommandierte der Kapitän.

Die Schollen hoben sich, schoben sich übereinander, wälzten sich durcheinander. Ein entsetzliches Getöse erfüllte die Luft.

»Eine der größten Gefahren, Mister Clawbonny«, sagte Johnson zum Doktor, »von denen wir bisher bedroht wurden!«

»Ja«, antwortete der Doktor seelenruhig, »das läßt an Schrecklichkeit nichts zu wünschen übrig!«

»Ein böser Sturm, den wir bestehen müssen«, sagte der Schiffszeugmeister.

»Es sieht aus, als käme ein Riesenschwarm vorsintflutlicher Tiere auf uns zu, wie sie am Pol gehaust haben sollen!« meinte der Doktor, »wie sich das drängt und stößt, wie sich das beeilt, nur schleunigst heranzukommen!«

Der Doktor rannte zum Hinterschiff, wo sich die

Mannschaft mit eisernen Stangen und Hebebäumen bereit machte, um dem vom Sturm herangeführten Eis zu trotzen.

Die Eislawine nahte heran, das Eis türmte sich höher und höher. Krachend begann es das Schiff unter sich zu begraben. Das Schanzkleid ging in Trümmer.

»Keiner weicht von seinem Posten«, schrie Hatteras, »los, geht den Schollen zu Leibe!«

Mit unwiderstehlicher Gewalt wuchs der Berg aus Eisschollen, an den Wanten krochen sie empor, manche Stücke wurden bis zum Krähennest hinaufgeschleudert und fielen wie Geschosse zurück auf das Schiff und zerschnitten Taue und Trossen. Die Mannschaft vermochte kaum, ihren Standort zu verteidigen. Es gab Verletzte.

Hatteras' Kommandos übertönten das Getöse, das Ringen zwischen Schiff und Schollen. Das Schiff neigte sich von dem ungeheuren Druck nach backbord, die Großrah berührte schon fast das Eis. Jede Sekunde mußte der Mast brechen. Es schien, als wolle sich die Brigg auf den Kopf stellen.

Ein Block, genauso groß wie die »Vorwärts« selbst, schob sich langsam den Schiffsrumpf hinauf. Er hatte schon das Hüttendeck erreicht, die Bramrah — er schwankte. Ein Schrei des Entsetzens wurde laut, die Mannschaft rannte hinüber zur Steuerbordseite.

Das Grauen nahm noch zu, die Mannschaft fühlte, wie das gesamte Schiff emporgehoben wurde, es schien eine Zeitlang in der Luft zu schweben. Dann neigte es sich, fiel wieder zurück auf die Schollen, und dort geriet es in ein Schlingern, daß ihm die Wanten knackten. Aber das Schiff hatte Glück gehabt. Es war von der Gewalt der Schollen über den Packeisgürtel hinweggehoben worden. Auf der anderen Seite durchbrach es durch sein Gewicht das Eis und schwamm wieder.

»Das Packeis ist überwunden!« schrie Johnson, der zum Bug gerannt war.

»Gott sei Dank!« sagte Hatteras.

Die Brigg lag wie in einem Eishafen. Eis umschloß sie von allen Seiten, aber obgleich sie Wasser unter dem Kiel hatte, vermochte sie keine eigene Fahrt zu machen. Doch sie trieb mitsamt dem ganzen Eisfeld.

»Kapitän, wir treiben ab!« schrie Johnson.

»Recht so«, antwortete Hatteras.

Es wurde Tag, und nun stellten sie fest, daß sie mit einer Meeresströmung nach Norden wanderten. Durch den Vorfall in der vergangenen Nacht gewarnt, ließ Hatteras Proviant, Werkzeuge, Kleidungsstücke und Decken bereitlegen.

Sieben Tage lang blieben sie so vom Eis umschlossen.

Am 15. September, gegen 3 Uhr nachmittags, kam das Eisfeld zum Stillstand. Hatteras hatte die Schiffsposition festgestellt und trug sie in seine Karte ein. Er befand sich auf 95° 35′ Länge und 78° 15′ Breite.

Einundzwanzigstes Kapitel

Vorbereitungen zur Überwinterung

Mit Johnsons Hilfe und Erfahrung begann Hatteras die Maßnahmen zu treffen, die für die Überwinterung im Eise nötig waren. seiner Schätzung nach hatte die »Vorwärts« das letzte bekannte Land, Cornwall, etwa 200 Meilen weit hinter sich gelassen. Das Schiff befand sich in einem Eisfeld eingesperrt, und kein Mensch der Welt war imstande, es aus diesem Eise zu befreien.

Weit und breit war kein Tropfen freien Wassers mehr. Die Eisfelder erstreckten sich, so weit das Auge reichte. Auf drei Seiten boten dem Schiff größere Eisberge Schutz gegen den Wind. Nur der Südostwind traf die »Vorwärts« ungehindert.

Wenn das Schiff auch fest im Eis lag, so hielt es Hatteras doch für besser, es zu verankern: Wer sagte ihm, daß ein Eisbruch nicht eine Katastrophe heraufbeschwören konnte?

»Wir werden noch schlimme Dinge erleben«, sagte Johnson zum Doktor, »jetzt sitzen wir auf dem schlimmsten Punkt der ganzen Erde fest, auf dem Kältepol! Na, wie wir da wieder herauskommen wollen, darauf bin ich neugierig.«

Die Arbeiten am Schiff beschäftigten die Mannschaft voll und ganz. Sie hatte geirrt, wenn sie gehofft hatte, den Winter im warmen Schiff verbringen zu können. Die Segel blieben angeschlagen, wurden aber mit einer Persenning überzogen. Das Eis versah sie sehr bald mit einer weiteren undurchdringlichen Schutzhülle. Nicht einmal die Bramstangen wurden abgenommen, und auch das Krähennest blieb oben am Mast als Ausguck. Nur das laufende Gut wurde eingeholt. Um noch mehr Schutz gegen Wind und Wetter zu erhalten, wurde um das Schiff ein Wall aus Eisblöcken gezogen. Treppenstufen wurden in das Eis geschlagen, damit die Leute leicht auf das Eis gelangen konnten. Über dem Schiff wurden Segel aufgespannt und mit Schnee beschüttet, das gab einen guten Wärmeschutz.

Um es im Schiff so warm wie möglich zu haben, wurden zwei große Räume eingerichtet, einer für die Offiziere und einer für die Mannschaft.

Aber wenn sie auch mit ihren Kohlen noch so sehr haushielten, wenn sie noch so erfindungsreich waren, die Wärme zu speichern, länger als für acht Wochen hatten sie kein Brennmaterial mehr.

Zweiundzwanzigstes Kapitel

Ein alter Fuchs von James Ross' Expedition

Solange kein Wind wehte, ließ sich die Kälte ganz gut ertragen. Hatteras nutzte das ruhige Wetter aus und ließ die Eisfelder in der Umgebung erkunden.

Die Jäger, darunter der Doktor, James Wall, Simpson, Johnson und Bell, taten ihr möglichstes, das Schiff mit frischem Fleisch zu versorgen. Besonders Schneehühner fielen ihnen bei jedem ihrer Ausflüge zur Beute.

Hasen, Füchse, Wölfe, Hermeline und Bären fehlten zwar nicht, aber sie zu überlisten war nicht einfach. Allein schon ihr Pelz, dessen Farbe von der Umgebung kaum abstach, schützte sie vor den Menschen.

Manchmal stießen sie auf Robben; wegen ihres Fells waren sie besonders begehrt. Aber gerade sie witterten den Menschen schon von weitem, tauchten in ein Eisloch und entwischten zumeist.

Am 19. gelang es Simpson, etwa 400 Yard vom Schiff entfernt, eine Robbe zu erbeuten. Simpson hatte das Fluchtloch des Tieres verstopft, so daß es nicht mehr zu entfliehen vermochte.

Sobald die Herbst-Tagundnachtgleiche vorüber war, begann der eigentliche Winter.

Nun darf man aber nicht annehmen, daß während der ganzen Zeit, da die Sonne nicht über den Horizont kommt, absolute Finsternis herrscht. Der Mond genauso wie die häufigen Nordlichter hellen die Nacht auf. Ein unwirkliches Dämmerlicht herrscht, solange nicht Schneesturm oder Nebel jegliche Sicht nehmen.

Sie legten auch Fuchseisen aus, aber die Füchse waren zu gerissen, nicht selten scharrten diese Tiere den

Schnee unter der Falle weg und fraßen den Köder von unten auf.

In der Nacht begann ein heftiger Schneesturm zu toben. Stundenlang schwebten alle in Unruhe um das Schicksal Bells und Simpsons, die, weit weg vom Schiff, auf der Jagd waren. Erst am anderen Morgen, nachdem sie einen ganzen Tag lang unter ihren Rentierfellen gelegen hatten, vom Orkan unter fünf Fuß hohem Schnee begraben, fanden sie den Weg zur Brigg zurück, dem Erfrieren nahe, so daß der Doktor alle Mühe mit ihnen hatte.

Acht Tage lang dauerte der Sturm, ohne Unterbrechung. Die Leute wagten die Brigg nicht zu verlassen. Die einen schliefen, andere rauchten, manche unterhielten sich mit gesenkter Stimme und verstummten, wenn Johnson oder der Doktor hinzutrat.

Clifton hatte sich genau ausgerechnet, daß nach der Überquerung des 78. Breitengrades auf seinen Anteil 375 Pfund der Prämie entfielen. Das war nach seiner Meinung eine hübsche runde Summe, mit der er sich durchaus zufriedengeben wollte. Seine Ansicht machte Schule, und im Mannschaftsquartier sann man von früh bis spät, wie man das verdiente Geld am besten wieder unter die Leute bringen könnte.

Hatteras ließ sich von niemandem sehen. Er beteiligte sich weder an den Jagden noch an den Spaziergängen. Er lebte einer einzigen Idee, lebte ausschließlich dieser einzigen Idee, die sich in dem einen Wort zusammenfassen ließ: Nordpol! Und einzig und allein auf den Augenblick sann er, da die »Vorwärts«, endlich vom Eise frei, ihre abenteuerliche Fahrt nach dem Norden wiederaufnehmen würde.

Alles in allem genommen, herrschte an Bord maßlose Trübseligkeit. Ein entmutigenderer Anblick, wie ihn das im Eise gefangene Schiff bot, ist kaum vorstellbar.

Während dieser beschäftigungslosen Zeit brachte der Doktor seine Reisenotizen in Ordnung, die die Grundlage für diese Erzählung darstellen; er war nie müßig, sein Humor war unverwüstlich; mit Genugtuung nahm er wahr, daß der Sturm zu Ende ging. Er traf sofort alle Vorbereitungen, die ihm zur Gewohnheit gewordenen Jagdzüge wiederaufzunehmen.

Am 3. November, gegen 6 Uhr morgens, brach er zusammen mit Johnson und Bell auf. Vor ihnen lag die Weite der Eisfelder. Der Schnee war steinhart gefroren, sie kamen gut voran.

Der Doktor hatte Tell mitgenommen. Der Hund witterte zwar ununterbrochen, verhielt auch nicht selten vor einer noch frischen Bärenspur, dennoch war alles vergebens. Nicht einmal einen ganz gewöhnlichen Hasen bekamen sie vor ihr Gewehr.

»Sollte das Wild nach Süden gezogen sein?« fragte der Doktor.

»Es sieht ganz so aus, Mister Clawbonny«, antwortete der Schiffszimmermann.

»Ich glaube nicht daran«, meinte Johnson, »die Hasen, Füchse und Bären sind an diese Kälte gewöhnt. Der Sturm wird sie nur in ihre Schlupfwinkel getrieben haben. Sobald wir Südwind kriegen, werden sie wieder dasein.«

»Und doch trifft man auf der Melville-Insel diese Tiere in zahllosen Scharen«, erwiderte der Doktor, »freilich liegt sie auch südlicher. Und Parry hat während seiner Überwinterung solch prächtiges Wild immer in ausreichenden Mengen gefunden.«

»Ich würde gar zu gern einmal Bärenbraten probieren«, sagte Bell, »könnten wir uns damit verproviantieren, hätten wir keinen Grund mehr zu klagen.«

»Das ist ja gerade die Schwierigkeit«, sagte der Doktor, »es sieht so aus, als wären sie hier entweder so selten oder als kennten sie die Menschen schon.«

»Bell spricht von Bärenfleisch«, meinte Johnson, »aber Bärenfett wäre jetzt wichtiger als Bärenfleisch oder Bärenfell.«

»Du hast schon recht, Johnson«, erwiderte Bell, »aber denkst du denn immer nur an Brennmaterial?«

»Ja, wie denn nicht?« sagte Johnson, »selbst wenn wir

aufs äußerste mit unserm bißchen Vorrat sparen, wird es kaum noch für drei Wochen reichen.«

»Ja, ja«, entgegnete der Doktor, »das ist die größte Gefahr, die auf uns lauert. Wir haben jetzt Anfang November, die größte Kälte stellt sich aber erst im Februar ein; zur Not können wir uns allerdings, wenn es an Bärenfett fehlt, an Robbenfett halten.«

»Nicht lange, Mister Clawbonny«, antwortete Johnson; »denn lange wird es nicht dauern, dann läßt sich hier keine Robbe mehr blicken, sie werden sehr bald merken, daß wir hinter ihnen her sind.«

»Begnügen wir uns also mit Bären«, sagte der Doktor, »sie liefern uns alles, was wir brauchen: Nahrung, Kleidung, Licht und Brennstoff. Hörst du, Tell«, rief der Doktor und streichelte den Hund, »Bären mußt du uns aufstöbern; such, such, hörst du, such!«

Als hätte Tell genau begriffen, worum es ging, schoß er plötzlich davon.

Die Jäger eilten hinter dem Hund her, eine ganze Meile mußten sie laufen und gerieten völlig außer Atem. Kaum fünfzig Schritt weit von einer ungeheuren Masse, die sich auf dem Gipfel eines niedrigen Hügels bewegte, stand Tell und bellte.

»Da haben wir ja, wonach wir suchen!« rief der Doktor und hob seine Büchse.

»Ein Bär, Donnerwetter, ein prächtiger Bär!« rief Bell und legte ebenfalls das Gewehr an.

»Ein eigentümlicher Bär«, meinte Johnson und schoß als dritter.

Tell bellte wütend. Der Schiffszimmermann trat bis auf zwanzig Schritt heran und schoß. Aber das Tier schien nicht getroffen zu sein, nach wie vor bewegte es schwerfällig den Kopf hin und her.

Johnson trat heran, visierte mit äußerster Sorgfalt und feuerte.

»Ist denn das möglich!« rief der Doktor, »noch immer kein Kernschuß! Diese verdammte Strahlenbrechung, wir sind noch viel zu weit weg, Freunde; wie oft werden wir denn nur noch von dieser Strahlenbrechung getäuscht. Der Bär ist noch über tausend Schritt von uns entfernt!«

»Vorwärts!« kommandierte Bell.

Die drei Männer stürmten auf den Bären los, der sich durch den Knall der Flinten nicht im geringsten hatte stören lassen. Es schien ein riesiges Tier zu sein, dennoch zeigten die drei Jäger keine Furcht. Als sie nahe genug heran waren, gaben sie Feuer. Der Bär machte einen gewaltigen Satz und stürzte am Fuß des kleinen Hügels nieder.

Tell sprang auf ihn zu.

»Ein Bär, der nicht schwer zu erlegen war«, meinte der Doktor.

»Drei Schüsse nur«, meinte Bell verächtlich, »und er liegt.«

»Wirklich komisch«, meinte Johnson.

»Es müßte denn sein, daß uns der Zufall gerade in dem Augenblick zu ihm geführt hat, da er an Altersschwäche krepieren wollte«, erwiderte lachend der Doktor.

»Ist doch gleich, alt oder jung«, erwiderte Bell, »eine gute Beute gibt er auf jeden Fall.«

Unter diesen Worten gelangten die Jäger bis zu dem Hügel, und dort waren sie nicht wenig verblüfft, Tell grimmig den Kadaver eines weißen Fuchses anbellen zu sehen.

»Unmöglich!« rief Bell, »das ist starker Tobak!«

»Na«, rief der Doktor; »wir schießen einen Bären, und was tot daliegt, ist ein Fuchs!«

Johnson wußte überhaupt nicht, was er sagen sollte.

»Vorzüglich!« rief der Doktor und brach in Gelächter

aus, das nicht völlig frei von Verdruß war, »schon wieder die Strahlenbrechung, immer und immer die Strahlenbrechung!«

»Wie meint Ihr das, Mister Clawbonny?« fragte der Schiffszimmermann.

»Ja, lieber Freund, die vermaledeite Strahlenbrechung hat uns über die Größenverhältnisse genauso irregeführt wie über die Entfernung. Unter dem Fell eines Fuchses hat sie uns einen Bären vorgegaukelt. Das ist unter diesen Umständen den Jägern schon öfters geschehen.«

»Ob Fuchs oder Bär, verspeist wird der Kerl doch!« rief Johnson. »Schaffen wir ihn zur Brigg!«

Als der Schiffszeugmeister den Fuchs auf die Schulter nehmen wollte, stutzte er abermals.

»Na, das ist denn doch die Höhe!« rief er.

»Was gibt's denn?« fragte der Doktor.

»Da, seht doch nur, Mister Clawbonny, seht doch, das Biest hat ein Halsband um!«

»Ein Halsband?« wiederholte der Doktor und beugte sich über das Tier.

Tatsächlich war unter dem weißen Pelz des Fuchses ein schon stark abgenutztes kupfernes Halsband zu sehen. Der Doktor meinte, gravierte Buchstaben darauf wahrzunehmen. Im Handumdrehen hatte er das Halsband, das der Fuchs schon ziemlich lange getragen zu haben schien, abgemacht.

»Was soll denn das bedeuten?« fragte Johnson.

»Nichts anderes«, erwiderte der Doktor, »als daß wir einen Fuchs getötet haben, der seine zwölf Jahre alt ist, einen Fuchs nämlich, den James Ross 1848 eingefangen hat.«

»Ist das möglich?« rief Bell.

»Es ist so! Daß wir das arme Tier erschossen haben, tut uns freilich leid. Während seiner Überwinterung bekam James Ross den Einfall, eine größere Anzahl Schneefüchse einzufangen, ließ ihnen ein kupfernes Halsband anlegen, auf das der Name seiner Schiffe ›Enterprise‹ und ›Investigator‹ und Ort und Stelle der Proviantdepots eingraviert war. Diese Tiere durchqueren ungeheure Landgebiete auf der Suche nach Nahrung, und James Ross hatte die Hoffnung, einer dieser Füchse könnte dem einen oder anderen von Franklins Mannschaft in die Hände geraten. Das ist die einfache Erklärung für unseren Fund. Das arme Vieh, das am Ende zwei Mannschaften das Leben hätte retten können, ist unnützerweise durch unsere Kugeln gefallen.«

»Na, dann essen wir's eben nicht«, meinte Johnson; »verloren wird ohnehin nicht viel sein an diesem zwölf Jahre alten Biest von Fuchs! Aber«, setzte er hinzu, »sein Fell wollen wir aufheben als Zeugnis für dieses seltsame Geschehnis.«

Johnson lud sich das Tier auf die Schulter. Die Jäger begaben sich zur Brigg zurück, sie richteten sich dabei nach den Gestirnen. Ganz ohne Erfolg blieb ihr Marsch indessen nicht, denn unterwegs kamen ihnen noch ein paar Schneehühner vor die Flinte.

Eine Stunde vor ihrer Rückkehr zur »Vorwärts« ereignete sich etwas, was den Doktor in höchstes Erstaunen versetzte. Ein ganzer Regenschauer von Sternschnuppen stob über den Himmel. Zu Tausenden konnte man sie zählen, und das Mondlicht verblaßte vor ihnen. Es war, als ob der Himmel diesen Breiten ein Fest geben wollte. Der Doktor saß später die ganze Nacht an Deck und verfolgte diese Erscheinung, die bis sieben Uhr morgens dauerte.

Dreiundzwanzigstes Kapitel

Das letzte Stück Kohle

Die Bären schienen sich durchaus nicht kriegen lassen zu wollen. Vom 4. bis 6. November wurden ein paar Robben erlegt. Dann schlug der Wind um, die Temperatur stieg um einige Grade, aber es fiel auch wieder ungeheuer viel Schnee. Das Schiff zu verlassen wurde unmöglich, und es gab alle Hände voll zu tun, der Nässe Herr zu werden.

Am 15. November änderte sich das Wetter neuerdings, es wurde kälter, als sie es bisher auf ihrer Fahrt erlebt hatten. Zudem blies ein heftiger Wind, und der machte die Kälte doppelt unerträglich.

Dem Doktor behagte es gar nicht, daß er so untätig auf dem Schiff sitzen mußte, er wäre viel lieber draußen herumgestreift und hätte seine Beobachtungen angestellt.

Sobald im Quartier auch nur ein paar Schaufeln Kohlen weniger in den Ofen geschüttet wurden, überzogen sich Wände und Fußboden mit Eis. Und das vollzog sich fast von einem Augenblick zum andern. Die Matrosen krochen so dicht an den Ofen heran, wie es ihnen nur möglich war.

Der Doktor riet ihnen freilich, sich abzuhärten, sich an diese Temperaturen zu gewöhnen, denn ganz sicher würde das Thermometer noch tiefer sinken, aber seine gutgemeinten Ratschläge blieben ohne Erfolg.

Hatteras schien nichts von der Kälte zu spüren, er ging stillschweigend auf und ab, weder schneller noch langsamer als sonst. Seine Mannschaft wunderte sich über ihn. Stundenlang war er draußen, ohne daß man ihm auch nur das geringste angesehen hätte von der beißenden Kälte.

»Ein merkwürdiger Mensch! Ein seltsamer Mensch!«

meinte der Doktor zu Johnson, »er setzt sogar mich in Erstaunen! Einem kräftigeren und unempfindlicheren Menschen bin ich zeit meines Lebens nicht begegnet.«

Am 28. sank das Thermometer noch weiter. Kohlen waren nur noch für zehn Tage da, und jeder bangte mit Schrecken dem Augenblick entgegen, da das letzte Stück Kohle in den Ofen wandern würde.

Hatteras ließ, um zu sparen, nur noch den Ofen im Mannschaftsquartier heizen, und Shandon, der Doktor und der Kapitän zogen in das Mannschaftsquartier um. Hatteras war also ständig in der Nähe seiner Mannschaft, und es blieb ihm da nichts anderes übrig, als ihre Anschuldigungen, ihre Vorwürfe, ja ihre Drohungen mit anzuhören, ohne seine Leute dafür bestrafen zu können. Er gab sich, als sei er gegen jede Bemerkung, die laut wurde, taub. Ohne ein Wort zu sprechen, hockte er im entferntesten Winkel des Mannschaftsquartiers.

Trotz allen Zuredens, trotz aller Ermahnungen durch den Doktor waren Pen und seine Freunde nicht davon zu überzeugen, daß es für sie besser wäre, sich zu bewegen und nicht stundenlang auf einem Fleck zu hocken. Es dauerte nicht mehr lange, da verschlechterte sich ihr Gesundheitszustand, und vor allem der Skorbut machte sich bemerkbar.

Der Doktor verteilte zwar jeden Morgen Zitronensaft und Kalkpräparate, aber die sonst so wirksamen Mittel zeigten kaum noch Resultate. Bei mehreren der Mannschaft blutete bereits das Zahnfleisch.

Clifton wurde das erste Opfer dieser Krankheit, und bald vermochten auch Gripper, Brunton und Strong nicht mehr, ihre Hängematten zu verlassen. Nicht viel besser daran waren die Gesunden: Sie hatten immer den Anblick der Kranken vor Augen, sie hatten keine Möglichkeit, sich woanders aufzuhalten. Das Mannschaftsquartier wurde zum Krankensaal; dreizehn Mann der achtzehnköpfigen Besatzung waren krank. Pen war einer der wenigen, die noch verschont geblieben waren, er war einer der kräftigsten. Shandon verspürte die ersten Anzeichen der Krankheit, aber er hatte Glück, es blieb bei den Anzeichen.

Der Doktor pflegte seine Kranken mit allen Mitteln, die ihm zur Verfügung standen, aber weit reichten diese Mittel nicht, im Grunde war er machtlos. Er versuchte es auf alle mögliche Art und Weise, begann lustige Geschichten zu erzählen, vorzulesen, erfand tausend Schnurren. Aber alles das war ohne Erfolg.

Wenigstens blieb er selbst gesund. Nicht zuletzt, weil er alles andere als dünn war. Er sagte von sich, die Natur hätte ihn mindestens ebensogut ausgestattet wie eine Robbe oder einen Wal, die mit ihren dicken Fettschichten ja auch die Kälte dieser Gegenden überstehen.

Hatteras schien gegen alles gefeit, nicht einmal die Qualen seiner Mannschaft schienen ihn zu rühren. Aber das trog durchaus, er sah, wie seine Leute litten, er hätte ihnen gern geholfen. Jedoch er wußte nicht, wie er das hätte anstellen sollen. Er hätte nur zum Widerspruch gereizt, und das wollte er in dieser Situation vermeiden.

Das Thermometer sank noch tiefer. Der Wandelgang auf Deck vereinsamte. Nur die Eskimohunde trieben sich auf ihm herum und heulten kläglich.

Neben dem Ofen stand noch immer ein Mann Posten, dem die Wartung des Feuers oblag. Verlöschen durfte das Feuer nicht.

Am 8. Dezember fand der Doktor, der wie gewöhnlich nach dem Thermometer schaute, daß das Quecksilber eingefroren war.

An diesem Tag wurde das letzte Stück Kohle in den Ofen gelegt.

Vierundzwanzigstes Kapitel

Die große Weihnachtskälte

Das letzte Stück Kohle wurde in den Ofen gelegt, und die Verzweiflung darüber machte sich breit. Was jetzt greifbar vor ihnen stand, das war der Tod, der Tod durch Erfrieren. Das letzte Stück Kohle verbrannte, so schien es den Männern, mit unheimlichem Knistern. Schon drohte das Feuer auszugehen, und die Temperatur im Mannschaftsraum fiel empfindlich. Aber Johnson holte Robbentran heran, den die Matrosen zubereitet hatten, und schüttete ihn in den Ofen. Er tat ölgetränktes Werg hinzu, und bald flackerte das Feuer wieder auf, wenn auch der Gestank von diesem Fett und Öl beinahe unerträglich war. Aber was nutzte es, es hieß, sich daran zu gewöhnen. Johnson gab selber zu, sein Brennmaterial sei nicht vom besten und lasse zu wünschen übrig. »Und doch«, setzte er hinzu, »wird dieser überaus widerliche Duft uns vielleicht Gutes bringen.«

»Was denn?« fragte der Schiffszimmermann.

»Vielleicht lockt er Bären an«, sagte Johnson.

»Na wennschon«, meinte Bell, »was sollen uns diese Bären nützen?«

»Freund Bell«, erwiderte Johnson, »auf Robben dürfen wir nicht mehr rechnen; die sind verschwunden, und das auf lange Zeit. Wenn uns die Bären nicht mit Heizmaterial versorgen, dann weiß ich nicht, was aus uns werden soll!«

»Du hast recht, Johnson; mit unserem Schicksal ist's nicht mehr weit her! Die Situation, in der wir nun sitzen, ist furchtbar. Wenn uns deine Bären nicht helfen, dann weiß ich auch nicht mehr, wie wir . . .«

»Eins gäbe es ja schließlich noch . . .«

»Und was wäre das?« fragte Bell.

»Im äußersten Fall, wenn's uns wirklich an den Kragen geht ... Aber der Kapitän wird nie ... Und doch wird er am Ende einverstanden sein müssen ...«

Der alte Johnson schüttelte traurig den Kopf und sann vor sich hin, und Bell mochte ihn dabei nicht stören. Er wußte recht gut, daß die so mühsam gewonnenen Fettstücke keine acht Tage reichen würden, und wenn man noch so sparsam damit umgehen würde.

Der Schiffszeugmeister irrte sich nicht. Es wurden wirklich mehrere Bären durch den schauderhaften Geruch angelockt und unterm Wind der »Vorwärts« gemeldet. Wer sich von der Mannschaft noch kräftig genug fühlte, machte Jagd auf sie; aber die Bären waren schlau und schnell, sie ließen sich nicht schießen.

Die Mannschaft der »Vorwärts« war ernstlich vom Tode durch Erfrieren bedroht. Sie war außerstande, bei der Temperatur, wie sie im Mannschaftsraum herrschte, noch länger als achtundvierzig Stunden zu widerstehen. Jeder sah mit Schrecken das letzte Stück Brennmaterial verschwinden.

Am 20. Dezember, gegen 3 Uhr nachmittags, war es soweit: Das Feuer ging aus. Die Matrosen saßen im Kreis um den Ofen herum und blickten einander mit leeren Blicken an. Hatteras rührte sich nicht aus seinem Winkel. Der Doktor lief, wie es seine Gewohnheit war, erregt auf und ab; auch er wußte keinen Rat mehr. Die Temperatur im Quartier betrug minus 22 Grad.

Wenn auch der Doktor keinen Rat mehr wußte, andere Leute an Bord waren in diesem Fall nicht so hilflos wie er. Shandon zum Beispiel und Pen, der erstere kalt und entschlossen, der andere mit zornblitzenden Augen, gefolgt von ein paar Kameraden, die ihnen mühselig folgten, traten auf Hatteras zu.

Hatteras war in Gedanken vertieft, er hörte sie nicht.

»Kapitän!« sagte Shandon.

»Kapitän!« rief Shandon noch einmal und legte ihm die Hand auf die Schulter.

Hatteras richtete sich auf.

»Mister Shandon?« fragte Hatteras.

»Kapitän, wir haben kein Feuer mehr!«

»Na und?« war alles, was Hatteras erwiderte.

»Wenn es Eure Absicht sein sollte, uns erfrieren zu lassen«, sagte Shandon ironisch, »dann seid so gütig und haltet uns darüber nicht länger im unklaren.«

»Meine Absicht ist«, sagte Hatteras mit ernster Stimme, »daß jeder bis zum Ende nur seine Pflicht tut, nicht mehr und nicht weniger.«

»Es gibt etwas«, sagte Shandon, »was über die Pflicht geht, Kapitän, das ist das Recht der Selbsterhaltung! Ich wiederhole, wir haben kein Feuer mehr; und wenn das so weitergeht, dann wird übermorgen keiner mehr von uns am Leben sein!«

»Ich habe kein Holz«, sagte Hatteras dumpf.

»Nun«, rief Pen eifrig, »wenn man kein Holz mehr hat, dann wird man welches fällen, und zwar dort, wo welches steht.«

Hatteras wurde zornesbleich.

»Und wo?« fragte er.

»An Bord!« antwortete der Matrose entschlossen.

»An Bord!« wiederholte der Kapitän und ballte die Fäuste.

»Wenn das Schiff seine Mannschaft nicht mehr weiterbringt«, sagte Pen, »dann wird es verbrannt.«

Bei den ersten Worten Pens hatte Hatteras nach einem Beil gegriffen und schwang es über Pens Kopf.

»Elender!« schrie er.

Der Doktor warf sich zwischen die beiden und stieß Pen beiseite. Das Beil grub sich tief in den Fußboden ein. Johnson, Bell und Simpson scharten sich um Hatteras, um ihm beizustehen. Aber aus den Kojen, in denen die Todkranken lagen, waren schmerzlich verzagte Rufe zu hören: »Feuer! Feuer!«

Hatteras bezwang sich und sagte nach einer kurzen Zeit des Schweigens: »Und wenn wir unser Schiff zerstören — wie wollen wir dann wieder nach England zurückkehren?«

»Kapitän«, antwortete Johnson, »wir müssen ja nicht das ganze Schiff verheizen. Vielleicht genügt das Schanzkleid, die Zwischenwände ...«

»Auf alle Fälle würden uns die Boote bleiben«, warf Shandon ein, »und dann: Wer will uns hindern, aus den Trümmern des alten ein kleineres Schiff zu bauen.«

»Nein, das gibt es nicht!« rief Hatteras.

»Aber ...«, riefen mehrere Matrosen und hoben die Stimme ...

»Es ist noch genügend Spiritus da«, antwortete Hatteras, »verbrennt den bis auf den letzten Tropfen.«

»Na, mit dem Spiritus kann's ja gehen!« meinte Johnson mit gespielter Zuversicht, auch wenn er tatsächlich fern jeder Zuversicht war.

Um einige Grade stieg die Temperatur im Quartier, nachdem sie begonnen hatten, mit Spiritus zu heizen, doch warm wurde es davon nicht.

In den folgenden Tagen schlug der Wind wieder nach Süden um, und auch draußen war es nicht mehr ganz so kalt. Ein paar Leute wagten sich wieder nach draußen, aber sie schossen nichts. Augenkrankheiten und Skorbut jedoch hielten die meisten an Bord zurück.

Es dauerte nicht lange, und schon nahm die Kälte erneut zu. Das Thermometer sank auf minus 52 Grad.

Seitdem Hatteras damit gedroht worden war, das Schiff zu verbrennen, lief er lange Stunden auf dem Deck herum. Er kam sich vor wie ein einsamer Wachtposten in Feindesland. Er trug seine geladene Pistole in der Tasche, er war unempfindlich gegen Kälte, gegen

Schnee, gegen Eis; Tell umsprang ihn müde und leistete ihm Gesellschaft.

Als Hatteras wieder in das Quartier trat, nahm der Doktor einen Rest von Energie zusammen und sagte:

»Hatteras, der Mangel an Brennmaterial wird unser aller Untergang sein.«

»Nein!« rief Hatteras kurz, er wußte, was Clawbonny von ihm verlangte.

»Es muß sein«, sagte der Doktor leise, aber eindringlich.

»Nein!« Jetzt sagte es Hatteras schon energischer. »Ich erlaube das nie. Man muß mir schon den Gehorsam verweigern!«

Das hieß den Leuten freie Hand gewähren. Johnson und Bell stürzten auf Deck. Hatteras hörte, wie das Holz seiner Brigg unter den Schlägen der Äxte krachte. Sein Gesicht wurde zu Stein. Es war der Weihnachtsabend.

Die Wärme, die das Quartier erfüllte, gab den Leuten einigen Mut zurück. Heißer Tee und heißer Kaffee belebten sie. Unter neuen, wenn auch geringen Hoffnungen ging das Jahr 1860 zu Ende, dessen früher Winter den kühnen Plänen des Kapitäns Hatteras einen Strich durch die Rechnung gemacht hatte.

Am 1. Januar 1861 machte der Doktor eine unvermutete Entdeckung. Es war nicht mehr ganz so kalt. Der Doktor hatte sich wieder an seine Studien gesetzt. Er las Sir Edward Belchers Berichte über die von ihm geleitete Expedition. Plötzlich stutzte er. Eine Stelle hatte er offenbar bisher übersehen. Er überlas sie noch einmal. Von einem Mißverständnis konnte keine Rede sein.

Sir Edward Belcher berichtete, daß er in diesen Gegenden hier Spuren von Menschen gefunden habe.

»Wir fanden Hütten«, schrieb er, »die nicht von Eskimos stammen konnten. Die Mauern dieser Hütten waren tief gegründet, im Innern war der Boden sogar gepflastert. Knochen von Rentieren und Robben fanden sich in großer Menge, und vor allem auch Kohlen.«

Bei diesen letzten Worten schoß dem Doktor ein Gedanke durch den Sinn. Er nahm das Buch und zeigte Hatteras die Stelle.

»Kohlen!« rief der Kapitän.

»Jawohl, Hatteras! Kohlen!« sagte der Doktor; »das bedeutet Leben für uns!«

»Kohlen, an dieser entlegenen Küste!« meinte Hatteras, »nein, das ist nicht möglich!«

»Warum zweifeln, Hatteras! Belcher würde das nicht erwähnt haben, wenn er sie nicht mit eigenen Augen gesehen hätte!«

»Nun – und weiter, Doktor!«

»Wir sind keine hundert Meilen von der Küste entfernt, wo Belcher diese Kohlen fand! Was ist schon ein Ausflug von hundert Meilen? Nichts! Bei gleicher Kälte sind schon viel längere Erkundungsmärsche über das Eis unternommen worden. Brechen wir also auf, Kapitän!«

»Brechen wir auf!« rief Hatteras, der aus den Aufzeichnungen Belchers neue Hoffnung schöpfte.

Johnson wurde benachrichtigt; er billigte das Vorhaben und teilte es der Mannschaft mit. Die einen nahmen es mit Beifall auf, die anderen blieben gleichgültig.

»Kohlen an diesen Küsten!« meinte Wall, der sich nicht aus seiner Koje rühren konnte.

»Lassen wir sie!« antwortete ihm Shandon vielsagend.

Aber noch ehe die Vorbereitungen für diesen Erkundungsmarsch begannen, wollte Hatteras die Lage des Schiffes so genau wie möglich aufnehmen. Die Aussichten, das Schiff wiederzufinden, hingen davon ab.

Nachdem Hatteras den Standort errechnet und seine Rechnung nochmals überprüft hatte, richtete er sich verblüfft auf, nahm die Karte, steckte sie ab und sah den Doktor an.

»Nun?« fragte dieser.

»Unter welchem Breitengrad befanden wir uns am Wintersanfang?«

»Unter 78°35′ Breite und 95°31′ Länge, genau am Kältepol.«

»Nun«, sagte Hatteras und senkte die Stimme, »unser Eisfeld treibt; wir sind um zwei Grade weiter nördlich und weiter westlich von diesem Punkt und damit rund 300 Meilen von Eurem Kohlendepot entfernt.«

»Und Eure Leute haben keine Ahnung davon?«

»Still!« sagte Hatteras und legte den Finger an die Lippen.

Fünfundzwanzigstes Kapitel

Vorbereitungen zum Abmarsch

Hatteras mochte die Mannschaft nicht über diese neue Situation aufklären. Er tat gut daran, denn hätten diese Unglücklichen gewußt, daß sie ohne jedes Dazutun nach Norden getrieben waren, wer weiß, was sie dann getan hätten. Das sah der Doktor ein, und er billigte das Schweigen des Kapitäns.

Was bei der Besatzung Verzweiflung heraufbeschworen, hätte sie davon gewußt – den Kapitän freute es. War er doch damit seinem Ziel wieder um ein gutes Stück näher gekommen.

Wenn sich die »Vorwärts« dem Pol näherte, entfernte sie sich von dem durch Belcher beobachteten Kohlenlager. Statt hundert Meilen galt es nun, wenn man es suchen wollte, 300 Meilen nach Süden zu marschieren.

Wenn Belchers Bericht auf Wahrheit beruhte – und es gab keinen Grund, daran zu zweifeln –, dann mußten sich die Kohlen finden lassen. Seit 1853 war keine Expedition mehr so weit im Norden gewesen. Und Eskimos würde man hier nur sehr wenige treffen. Daß sich das Mißgeschick, dem sie auf der Beechey-Insel begegnet waren, an den Küsten von Cornwall wiederholen würde, war nicht zu befürchten. Sie hatten also alle Aussicht, dieses Unternehmen mit Erfolg abzuschließen.

Vierzig Tage glaubten sie zu benötigen, und nach dieser Schätzung traf Johnson die nötigen Vorbereitungen.

Johnsons erste Sorge galt den Schlitten, aber die waren gut instand.

Ein halbes Dutzend Hunde wurden vorgespannt. Die Hunde waren zwar mager, aber kräftig und schienen unter dem harten Winter nicht allzusehr gelitten zu haben.

Für den Fall, daß es unmöglich sein würde, eine Schneehütte zu bauen, wurde ein Zelt mitgenommen, weiter eine große wasserundurchlässige Plane, schließlich mehrere Wolldecken und Büffelhäute. Auch ein leichtes Boot sollte die Reise mitmachen.

Der Proviant bestand aus mehreren Kisten getrockneten Fleisches, dazu kamen zwölf Gallonen Spiritus, Tee, Schiffszwieback, ein kleiner tragbarer Kochapparat, Dochte, Watte, Schießpulver, Kugeln und vier Jagdflinten.

Vier Tage dauerte es, bis die Vorbereitungen beendet waren. Jeden Tag errechnete Hatteras aufs neue die Schiffsposition, das Eis war zum Stillstand gekommen, das Schiff blieb auf derselben Stelle liegen.

Schwierig für Hatteras war es, die richtigen Leute auszuwählen, die den Marsch mitmachen sollten. Vor allem die sicheren und erprobten Kameraden mußten es sein, die ihn begleiten würden.

Shandon wurde ausgeschlossen; er bedauerte das keinesfalls. James Wall, er lag schwerkrank in seiner Hängematte, kam auch nicht in Frage.

Es war übrigens ein Glück, daß sich der Gesundheitszustand an Bord nicht noch verschlimmerte. Da sich die Behandlung der Kranken darauf beschränken mußte, täglich Zitronensaft zu verabreichen, war die Anwesenheit des Doktors an Bord nicht unbedingt nötig, er nahm also ebenfalls an der Expedition teil.

Johnson wäre am liebsten auch mitgegangen, aber Hatteras nahm ihn beiseite und sagte zu ihm:

»Johnson, ich habe einzig und allein zu Euch Vertrauen. Ihr seid der einzige Offizier, dem ich mein Schiff überlassen kann. Ihr müßt an Bord bleiben und nach dem Rechten schauen. Jetzt können sie sich nicht von der Stelle rühren, aber wer weiß, wozu sie fähig sind. Vielleicht dauert unsere Abwesenheit länger als gedacht – aber weiß ich Euch hier, werde ich ruhig sein. Holz müßt Ihr haben, Johnson, das ist mir klar, aber solange es geht, Johnson, solange es irgend geht – schont mein Schiff! Ihr versteht mich, Johnson!«

»Ich verstehe Euch, Kapitän«, antwortete Johnson, »ich werde hierbleiben: Ihr sollt Euch auf mich verlassen können.«

»Ich danke Euch, Johnson!« sagte Hatteras und drückte seinem Schiffszeugmeister die Hand. Dann setzte er hinzu: »Solltet Ihr mich nicht wiedersehen, Johnson, wartet Ihr auf freies Fahrwasser und versucht doch noch, den Pol zu erreichen! Widersetzen sich die anderen, dann denkt nicht mehr an mich, sondern führt die ›Vorwärts‹ nach England zurück!«

»Das ist Ihr ausdrücklicher Befehl, Kapitän?«

»Mein ausdrücklicher Befehl!« antwortete Hatteras.

»Ich werde Eure Befehle ausführen.«

Von den Matrosen sollten Bell, der Schiffszimmermann, und Simpson mitkommen.

Während der ersten Tage im Januar hielt die Kälte gleichbleibend an. Hatteras wartete voller Ungeduld auf einen Witterungsumschlag, der sich dann auch endlich am 5. Januar einstellte.

Hatteras entschloß sich, am folgenden Tag den Marsch anzutreten. Es hielt ihn nicht mehr an Bord, wo er mit ansehen mußte, wie sein Schiff stückweise verbrannt wurde. Schon das ganze Hüttendeck war in den Ofen gewandert!

Am 6. Januar wurde das Kommando zum Aufbruch gegeben. Der Doktor gab den Kranken die letzten Verhaltungsmaßregeln; Bell und Simpson drückten ihren Kameraden stumm die Hand. Hatteras wollte sich von seiner Mannschaft verabschieden, aber er sah nur böse Blicke um sich. Auf Shandons Lippen glaubte er ein ironisches Lächeln zu bemerken. Deshalb schwieg er.

Und dann zogen sie los. Johnson begleitete die Gefährten noch eine Viertelmeile weit. Als die »Vorwärts« hinter einem Eisloch verschwand, bat ihn Hatteras umzukehren.

Sechsundzwanzigstes Kapitel

Der Marsch durch die Eisfelder

Der kleine Zug bewegte sich in südöstlicher Richtung. Simpson lenkte das Schlittengespann. Hatteras marschierte mit dem Doktor hinter dem Schlitten her, während Bell vorausging.

Das Thermometer war stark gestiegen: ein deutliches Zeichen für nahen Schneefall, der auch bald einsetzte. Der Schneefall erhöhte die Schwierigkeiten des Marsches, die Männer kamen von der geraden Richtung ab und mußten das Tempo verlangsamen.

Das Eisfeld, das sie überquerten, war uneben, der Schlitten geriet immer wieder ins Schlingern, und manchmal konnten sie ihn nur dadurch vor dem Umkippen bewahren, daß sie alle hinzusprangen und zugriffen und sich gegen den Schlitten stemmten.

Die endlose Ebene war von ermüdender Eintönigkeit.

Bären- und Fuchsspuren waren nicht selten, aber am ersten Marschtag erwies es sich als unmöglich, auch nur ein einziges Tier zu Gesicht zu bekommen. Übrigens wäre die Jagd auf sie gefährlich und sogar nutzlos gewesen; denn den ohnehin schwer beladenen Schlitten durfte man nicht noch stärker belasten. Hatteras überlegte, ob er an bestimmten Stellen auf dem Eis Proviant deponieren sollte, aber er verwarf den Gedanken. Auf festem Boden wäre das möglich gewesen, nicht aber auf diesen Eisfeldern; wer sagte ihm, daß er diese Depots auf dem Rückweg wiederfände.

Zu Mittag ließ Hatteras seine kleine Schar im Schutz einer Eiswand rasten. Das Mahl bestand aus getrocknetem Fleisch und heißem Tee.

Nach einstündiger Ruhe wurde der Marsch fortgesetzt. Zwanzig Meilen schafften sie an diesem ersten Tag. Abends waren Menschen und Hunde völlig erschöpft.

Trotz aller Ermüdung mußten sie sich aber noch eine Schneehütte bauen, in der sie die Nacht zubringen konnten. Anderthalb Stunden brauchten sie dazu. Bell zeigte sich bei dieser Arbeit äußerst geschickt; die mit dem Messer losgehauenen Blöcke fügten sich schnell übereinander zu einem runden Gewölbe. Der weiche Schnee diente als Mörtel, füllte die Zwischenräume und ließ das fertige Bauwerk wie aus einem Guß erscheinen.

Als sie alle in der kleinen Hütte saßen, wurde auf dem Spirituskocher das Abendessen bereitet. Die Temperatur im Innern der Schneehütte war recht gut zu ertragen. Vom Wind, der draußen tobte, war hier drinnen nichts zu spüren.

»Zu Tisch!« rief der Doktor und lachte, zufrieden mit seinen Kochkünsten.

Das Mahl, das jedesmal das gleiche war, wurde stets gemeinsam eingenommen. Sobald es verzehrt war, dachte niemand an was anderes als an Schlaf. Die wasserdichten Decken schützten vor jeglicher Feuchtigkeit. An der Flamme des Kochapparates wurden Strümpfe und Schuhwerk getrocknet; dann legten sich drei von den Leuten, in ihre Decken gewickelt, schlafen, der vierte hielt jeweils Wache. Hauptaufgabe des Wachpostens war es, darauf zu achten, daß der Zugang zur Hütte nicht zugeweht würde, sie riskierten sonst, lebendig begraben zu werden.

Das Hundegespann blieb draußen vor der Schneehütte. Sobald die Hunde gefressen hatten, gruben sie sich dort in den Schnee ein, der sie vor Wind und Kälte schützte.

Am nächsten Morgen, früh sechs Uhr, wurde der eintönige Marsch wieder aufgenommen; immer die gleichen Täler, die gleichen Eisberge: eine Einförmigkeit, die jegliches Merkzeichen so gut wie unmöglich machte.

Die Mannschaft beschleunigte das Marschtempo; Simpson trieb die Hunde mit lauten Zurufen an. Der Doktor befaßte sich damit, die Beschaffenheit des Schnees zu untersuchen, da entschwand er plötzlich den Blicken der anderen. Bell, der dicht neben ihm gewesen war, kam schnell herbei.

»Mister Clawbonny!« schrie er voller Angst, während Hatteras und Simpson ebenfalls herbeistürzten, »wo steckt Ihr denn?«

»Hier, hier, in einem Loche drin!« ertönte die beruhigende Stimme Clawbonnys. »Ein Stück Tau her, ich bin gleich wieder oben!«

Ein Tau wurde hinuntergelassen. Der Doktor saß in einem etwa zwölf Fuß tiefen Loch wie festgerammt. Er knüpfte sich das Tau um den Leib, und nicht ohne erhebliche Anstrengung gelang es seinen drei Kameraden, ihn wieder an die Oberfläche heraufzuziehen.

»Seid Ihr verletzt?« fragte Hatteras.

»Nein, es ist noch einmal gut gegangen«, sagte der Doktor und schüttelte sich wie ein Hund, der aus dem Wasser herauskommt.

»Aber wie ist das passiert?«

»Es war wieder die verdammte Strahlenbrechung!« sagte der Doktor und lachte. »Immer und ewig ist diese Strahlenbrechung an so etwas schuld! Ich habe gedacht, ein Zwischenraum von einem Fuß Breite läge vor mir, und falle in ein zehn Fuß tiefes Loch!«

»Können wir unseren Marsch fortsetzen?« fragte Hatteras.

»Marschieren wir weiter, Kapitän! Marschieren wir weiter! Dieser kleine Sturz war nicht allzu schlimm.«

Die folgenden Tage verstrichen ohne besonderen Zwischenfall. Der Marsch ging leicht oder schwer, rasch oder langsam vonstatten, je nachdem die Temperatur gelaunt war, die bald rauh und eisig, bald feucht und durchdringend war. Je nach der Beschaffenheit des Bodens mußte man sich einmal der Mokassins, dann wieder der Schneeschuhe bedienen.

So kam der 15. Januar heran. Die Sonne war zwar noch immer unter dem Horizont, gab aber schon sechs Stunden lang eine Art Dämmerlicht. Hundert Meilen mochten sie etwa bereits zurückgelegt haben. Es war ein Sonntag, und so verwandten sie wenigstens den Vormittag dazu auszubessern, was in den Tagen des Marsches gelitten hatte.

Mittags ging es wieder weiter. Unversehens gerieten sie in den dichtesten Nebel. Die vier Gefährten riefen einander, aber der Nebel lenkte den Schall ab, sie mochten rufen, solange sie wollten: Wenn sie sich nicht durch Zufall wiederfänden, wäre jeder auf sich selbst angewiesen. Der Doktor lief aufgeregt umher, stieß gegen Eisblöcke, fiel hin, rappelte sich wieder auf, versuchte es links, versuchte es rechts, verirrte sich dadurch jedoch immer nur noch mehr. Er lud seine Flinte, um einen Signalsschuß abzugeben, und während er das tat, sah er, wie sich direkt vor ihm etwas regte.

»Na endlich!« rief er, »Hatteras! Bell! Simpson! Seid ihr's? So redet doch schon!«

Ein dumpfes Knurren war die Antwort.

Hallo, dachte der Doktor, was ist das?

Der Schatten kam bedrohlich nahe. Der Doktor glaubte zu erkennen, was da auf ihn zukam, die Haare sträubten sich ihm: ein Bär. Der Doktor stand wie erstarrt.

Der Bär näherte sich noch mehr, er witterte das Fremde, den Menschen.

Langsam, Zoll für Zoll, wich der Doktor zurück. Dabei fühlte er, wie der Boden unter seinen Füßen anstieg; Clawbonny hielt sich fest, erkletterte einen Block, dann einen zweiten. Mit seinem Stock tastete er sich weiter. Er war dabei, einen Eisberg zu erklettern. Das ist deine Rettung, sagte er sich.

So schnell er konnte, erklomm er den Berg, der etwa achtzig Fuß hoch sein mochte. Als er oben war, ragte er über den Nebel hinaus.

»Hatteras!« ... »Clawbonny« ... »Bell!« ... »Simpson!«

Alle vier fanden sich oben auf dem Eisberg und waren froh, daß niemand fehlte.

»Der Schlitten!« rief der Kapitän.

»Tief unter uns!« antwortete Simpson.

»Alles mit ihm in Ordnung?«

»Alles in Ordnung!«

»Und der Bär?«

»Welcher Bär?«

»Der mir in den Weg kam, der mir fast den Schädel eingeschlagen hat!«

»Ein Bär!« rief Hatteras. »Dann alle Mann hinunter!«

»Nicht doch, Kapitän!« erwiderte der Doktor, »wir würden uns nur wieder verlieren, und die Geschichte würde von vorn anfangen.«

»Und wenn sich der Bär auf unsre Hunde stürzt?« fragte Hatteras. In diesem Moment schlug Tell an.

»Tell bellt!« rief Hatteras, »da stimmt etwas nicht! Ich steige hinunter.«

Nicht nur Tell bellte, auch die Schlittenhunde fielen ein. Es war ein schreckliches Konzert.

»Tell! Tell!« rief der Kapitän und kletterte den Eisberg hinab.

»Halt! Hatteras, halt!« erwiderte der Doktor, »mir scheint, der Nebel zerteilt sich.«

Er zerteilte sich nicht, aber er sank zu Boden.

Bald tauchte der Schlitten aus dem Nebel, dann das Hundegespann, schließlich andere Tiere, es mochten etwa dreißig sein.

»Füchse!« schrie Bell.

»Bären!« erwiderte der Doktor. »Einer! Drei! Fünf!«

»Unsre Hunde! Unser Proviant!« schrie Simpson.

Eine Schar von Füchsen und Bären hatte den Schlitten überfallen und balgte sich um den Proviant. Die Hunde mochten noch so rasend bellen; die Angreifer ließen sich dadurch nicht abhalten.

»Feuer!« schrie der Kapitän und schoß seine Flinte ab.

Seine Kameraden taten es ihm gleich. Die Bären hoben ob des unbekannten Geräusches den Kopf, stießen ein wütendes Knurren aus, machten kehrt und verschwanden in einem kurzen Trab, mit dem kein Pferd Schritt gehalten haben würde. Die Füchse folgten ihnen, und bald waren sie zwischen den unübersichtlichen Schollen verschwunden.

Siebenundzwanzigstes Kapitel

Das Steinmal

Etwa eine dreiviertel Stunde hatte diese Nebelerscheinung gedauert. Bären und Füchse hatten Zeit genug gehabt, sich gütlich zu tun, die von den mächtigen Tatzen zerrissene Schlittenplane, die zersplitterten Fleischkisten, die geplünderten Schiffszwiebacksäcke, die über den Schnee verstreuten Teevorräte, ein seiner Dauben beraubtes Fäßchen und der auf dem Schnee ausgelaufene Spiritus, die in alle Richtungen zerstreuten, zerfetzten, zerschlagenen, angefressenen Lagergerätschaften zeugten von dem wilden Heißhunger, mit dem Bären und Füchse über die Habe der kleinen Expedition hergefallen waren.

»So ein Pech!« rief Bell, während er die Verwüstung betrachtete.

»Und wahrscheinlich eins, das nicht wiedergutzumachen ist«, erwiderte Simpson.

»Schätzen wir zuerst den Schaden«, riet der Doktor, »und schwatzen wir hinterher!«

Hatteras las, ohne ein Wort zu sagen, die verstreuten Kisten und Säcke auf; was von dem Fleisch und dem Schiffszwieback noch genießbar war, wurde zusammengesucht. Der Verlust des Spiritus war eine höchst mißliche Geschichte; hatten sie keinen Brennstoff mehr, wie sollten sie sich dann Tee oder Kaffee bereiten? Alles in allem, so stellten sie fest, hatten sie ungefähr 200 Pfund getrocknetes Fleisch und 150 Pfund Schiffszwieback verloren. Das hieß, daß sie sich für die Zukunft auf halbe Ration setzen mußten.

Lange sprachen sie darüber, was nun zu tun wäre: Sollten sie umkehren und den Marsch noch einmal beginnen? Aber das wären 150 Meilen, die sie umsonst hinter sich gebracht hätten, und kämen sie dann beim Schiff an, ohne Kohlen, wie würde das auf den Geist der Mannschaft wirken! Würden sich dann überhaupt noch Leute finden, diesen Marsch quer durchs Eis von neuem zu wagen?

Offenbar war es besser weiterzumarschieren, auch um den Preis der härtesten Entbehrungen.

Der Doktor, Hatteras und Bell stimmten für das letztere; Simpson drängte zur Umkehr, die Anstrengungen des Marsches hatten ihn zu sehr mitgenommen, seine Kräfte nahmen zusehends ab. Da er aber mit seiner Ansicht allein stand, stellte er sich wieder an die Spitze des Schlittens, und die kleine Karawane setzte ihren Marsch nach Süden fort.

Während der nächsten Tage, vom 15. bis zum 17. Januar, wiederholten sich die eintönigen Zwischenfälle, die ihnen nichts Neues waren. Man kam nur langsam vorwärts, jeder Schritt wurde zur Qual, auch das Hundegespann war am Ende seiner Kräfte. Es machte sich bemerkbar, daß sie nur noch die halbe Ration pro Tag zur Verfügung hatten. Das Wetter wechselte ständig zwischen beißender Kälte und feuchter Nebelluft.

Am 18. Januar bekamen die Eisfelder plötzlich ein anderes Aussehen. Am Horizont erhoben sich Bergspitzen. An manchen Stellen war der Schnee weggeweht, und das Erdreich trat zutage. Endlich also hatte die kleine Expedition das Festland erreicht, Neu-Cornwallis.

Hundert Meilen etwa mochten es noch sein bis zum Kap Belcher. Hatten sich die vier Männer zunächst gefreut, das Festland erreicht zu haben, sollten sie es sehr bald bedauern. Die Bodenunebenheiten waren weit schwerer zu überwinden als die Eisfelder, auf denen sie mit dem Schlitten geradezu gut vorangekommen waren.

Die erschöpften Hunde brachten allein den Schlitten nicht mehr vorwärts; um es den Tieren leichter zu machen, mußten sich die Menschen bis aufs Blut quälen. Manchmal wurde es nötig, den Schlitten völlig zu entladen, um die Steilhänge zu überwinden, deren vereiste Flächen nicht den geringsten Halt boten. Eine Strecke von zehn Fuß dauerte zuweilen Stunden. Am ersten Tag schafften sie kaum fünf Meilen.

Am andern Tag geriet die Expedition in ausgesprochen bergiges Land. Fast am Ende mit ihren Kräften, waren die Männer außerstande, sich eine Schneehütte zu bauen, und mußten die ganze Nacht, in ihre Büffelhäute gewickelt, im Freien unter dem Zelt kampieren.

Simpsons Gesundheitszustand verschlechterte sich zusehends; heftige Schmerzen zwangen ihn, im Schlitten liegenzubleiben. Bell trat an seine Stelle. Er war zwar auch sehr geschwächt, doch mit ihm stand es noch nicht so schlimm wie mit Simpson. Auch der Doktor spürte, welche Strapazen er schon hinter sich hatte, aber er ließ kein Wort der Klage über seine Lippen kommen, sondern marschierte, auf seinen Stock gestützt, weiter, erkundete den Weg und half, wo er helfen konnte. Hatteras, scheinbar unnahbar, undurchdringlich, empfindungslos, mit seiner eisernen Natur zäh wie am ersten Tag, folgte schweigsam dem Schlitten.

An einem Steilhang zerbrach das Vorderteil des Schlittens. Die Reparatur kostete zusätzlich Zeit und Kraft.

Bis zu den Hüften versanken die Männer zumeist im Schnee, und dennoch troffen sie von Schweiß. Bell sah plötzlich den Doktor, der neben ihm ging, entsetzt an; dann raffte er, ohne ein Wort zu sagen, eine Handvoll Schnee auf und rieb ihm damit kräftig das Gesicht.

»Nanu, Bell!« rief der Doktor und versuchte sich zu wehren.

Aber Bell rieb aus Leibeskräften.

»Bell«, sagte der Doktor mühsam, er hatte Mund,

Nase und Augen voll Schnee, »seid Ihr närrisch geworden? Was ist denn los?«

»Nichts weiter«, erwiderte Bell, »als daß Ihr es mir zu verdanken habt, wenn Ihr Eure Nase nicht verliert.«

»Meine Nase?« rief der Doktor lebhaft und faßte sich ins Gesicht.

»Ja, Mister Clawbonny, sie war schon ganz weiß.«

Zum Glück hatte, weil Bell so kräftig gerieben hatte, das Blut wieder zu zirkulieren begonnen, und alle Gefahr war fürs erste beseitigt.

»Besten Dank, Bell!« sagte der Doktor, »vielleicht kann ich mich bald revanchieren.«

»Ich zähle darauf, Mister Clawbonny«, erwiderte der Schiffszimmermann, »und gebe Gott, daß wir kein größeres Unheil zu befürchten haben.«

»Ja, Bell!« sagte der Doktor, »Ihr spielt auf Simpson an. Der arme Kerl leidet schreckliche Schmerzen.«

»Ihr seid in Sorge um ihn?« fragte Hatteras.

»Ja, Kapitän!« antwortete der Doktor.

»Und was befürchtet Ihr?«

»Skorbut in der schlimmsten Form. Ihm schwellen schon die Beine, und auch das Zahnfleisch ist mehr als dick! Der arme Kerl liegt dort halberfroren unter den Decken, jeden Augenblick nehmen die Schmerzen zu, denn der Schlitten holpert gar zu sehr. Er tut mir leid, Hatteras; aber ich kann nichts tun, seine Schmerzen zu lindern.«

»Armer Simpson!« flüsterte Bell.

»Vielleicht sollte man ein paar Tage haltmachen!« sagte der Doktor vorsichtig.

»Haltmachen!« rief Hatteras. »Das Leben von achtzehn Menschen hängt von unserer Rückkehr ab!«

»Aber ...«, bemerkte der Doktor.

»Clawbonny! Bell! Hört, was ich sage«, entgegnete Hatteras; »wir haben nur noch Proviant für zwanzig

Tage! Was soll werden, wenn wir die Zeit verwarten, können wir denn das?«

Weder der Doktor noch Bell wußten darauf zu antworten, und der Schlitten setzte seine Fahrt fort.

Am Abend machten sie halt am Fuß eines kleinen Eishügels, in den Bell eine Höhle hineinsägte. Dorthinein verkrochen sich die vier Männer. Der Doktor pflegte Simpson die ganze Nacht.

»Ach, Mister Clawbonny!« jammerte Simpson.

»Mut, Kamerad! Mut!« beschwichtigte ihn der Doktor.

»Mit mir ist es vorbei, das fühle ich! Ich kann nicht mehr, wenn doch nur der Tod recht bald käme!«

Der Doktor, der selbst am Ende seiner Kräfte war, tat, was er zu tun vermochte, aber lindern konnte er Simpsons Schmerzen auch nicht. Die ganze Nacht gab er ihm zu trinken. Aber selbst der Zitronensaft blieb ohne Wirkung.

Am anderen Morgen galt es, den Unglücklichen wieder in den Schlitten zu bringen. Er verlangte zwar, man solle ihn zurück-, ihn in Frieden sterben lassen. Aber damit wäre niemand einverstanden gewesen, und dann wurde der schreckliche Marsch wiederaufgenommen.

Der feuchtkalte Nebel drang durch alles hindurch. Schnee und Hagel peitschten den Männern das Gesicht; sie verrichteten die Arbeit von Lasttieren, und sie hatten alles andere als ausreichende Nahrung.

Tell war, wie sein Herr, immer auf dem Posten, er lief vor und zurück, hin und her; auf seinen Instinkt war noch am ehesten Verlaß. Er fand den besten Weg, den bequemsten Pfad.

Am Morgen des 23. Januars, inmitten einer fast totalen Dunkelheit – denn es war Neumond – war Tell vorausgelaufen; stundenlang war er schon weg; Hatteras wurde von Unruhe befallen, und zwar um so stärker, je zahlreicher die Bärenspuren wurden, die sie kreuzten. Er war uneins mit sich, welchen Entschluß er fassen sollte, da vernahm er lautes, kräftiges Gebell.

Hatteras beschleunigte das Tempo, und bald sah er Tell tief unten in einer Schlucht. Unbeweglich, wie erstarrt, stand er vor einem Steinmal.

»Was sollen wir tun?« fragte Hatteras.

»Auf alle Fälle«, antwortete der Doktor, »sollten wir das Steinmal untersuchen. Wer weiß, was es birgt, vielleicht einen Hinweis auf ein Proviantdepot, vielleicht auch auf etwas anderes, das für uns zu wissen wichtig ist.«

»Dann seht also nach, Clawbonny«, erwiderte Hatteras, »aber ich fürchte, Eure Mühe wird umsonst sein.«

Mit Hacken bewaffnet, gingen Clawbonny und Bell dem Steinmal zu Leibe. Tell bellte noch immer wie rasend. Nach ein paar Schlägen mit der Hacke bröckelten die Steine auseinander.

»Offensichtlich ist hier was«, meinte der Doktor.

»Ich glaube auch«, erwiderte Bell.

Ein kleiner Hohlraum wurde freigelegt. Papiere lagen in ihm. Der Doktor nahm sie heraus; ihm klopfte das Herz. Hatteras schaute ihm über die Schulter, als sie der Doktor las.

»Altam ... Porpoise, 13. Dez ... 1860, 12 ..° Län ... 8° 35′ Brei ..«

»Die ›Porpoise‹!« rief der Doktor.

»Die ›Porpoise‹!« wiederholte Hatteras. »Ich kenne kein Schiff dieses Namens, das diese Meere befahren hätte!«

»Es muß aber jemand, vielleicht Schiffbrüchige, vor knapp zwei Monaten hier gewesen sein!«

»Das ist sicher«, antwortete Bell.

»Was sollen wir tun?« fragte der Doktor.

»Unsern Marsch fortsetzen«, erwiderte Hatteras kalt. »Ich weiß nicht, wie es sich mit dem Schiff ›Porpoise‹ verhält, aber ich weiß, daß die ›Vorwärts‹ auf unsre Rückkehr wartet.«

Achtundzwanzigstes Kapitel

Simpsons Tod

Der Marsch wurde fortgesetzt. Jeder war mit seinen Gedanken beschäftigt: Hier war kurz vor ihnen jemand gewesen. Hatteras zog, von Sorge und Unruhe gequält, die Stirn in Falten.

Die »Porpoise«, fragte er sich, was ist das für ein Schiff? Was sucht sie hier in der Nähe des Pols? Wollte sie ihm den Ruhm streitig machen, als erster am Pol zu stehen? Der Doktor und auch Bell dachten nur an die beiden Möglichkeiten, die die Entdeckung dieses Schriftstückes boten: entweder die Rettung dieser Menschen oder die eigne Rettung durch jene. Aber die Schwierigkeiten, die Hindernisse, die Strapazen überwogen bald wieder alle anderen Gedanken, die eigene, jetzt so gefahrvolle Lage rückte wieder in den Vordergrund.

Simpsons Zustand verschlechterte sich noch weiter. Die Anzeichen des nahen Todes waren nicht zu übersehen. Der Doktor und Bell befanden sich in keiner viel besseren Lage. Bei ihnen waren es die Augen, die ihnen zu schaffen machten. Beide riskierten es, über kurz oder lang zu erblinden, wenn sie nicht ständig eine Schneebrille trugen. Da die jedoch sofort beschlug, setzten sie sie immer wieder ab, sie wußten sich keinen anderen Rat.

Die Beschwerlichkeiten des Weges nahmen zu; der Schlitten schwankte und schlingerte, seine Kufen hatten unter dem schlechten Gelände gelitten. Die vier Männer gelangten mit jedem Schritt, den sie taten, höher hinauf in die Berge, die von schroffen Graten durchzogen waren. 1 500 Fuß hoch waren sie schon, die Temperatur sank, Orkane und Wirbelstürme fegten mit beispielloser Gewalt über sie hin.

Die Schneeblindheit peinigte sie, die Männer taumelten wie betrunken, der Boden schien ihnen unter den Füßen zu weichen und keinen festen Halt mehr auf dieser unendlichen weißen Fläche zu bieten. Sie fühlten sich wie auf einem schlingernden Schiff. Nur ein Sturz noch riß sie aus ihrem Taumel heraus.

Am 25. Januar begann der Abstieg in tieferes Gelände. Die Anstrengungen wurden nur noch größer. Ein falscher Schritt, und sie fielen in unergründliche Schluchten. Der Tod wäre ihnen dort sicher gewesen.

Gegen Abend fegte ein Sturm von unvorstellbarer Heftigkeit über sie hin. Sie vermochten ihm keinen Widerstand zu leisten. Sie legten sich auf die Erde, sie klammerten sich in den eisigen Schrunden fest.

Bell baute, von Hatteras unterstützt, schließlich mit unsäglicher Mühe eine Schneehütte, in der die Männer eine Zuflucht fanden. Sie aßen etwas von dem getrockneten Fleisch und tranken heißen Tee. Spiritus besaßen sie nur noch einen kläglichen Rest. Was war, wenn der verbraucht war? Wie sollten sie sich dann etwas kochen?

Um drei Uhr morgens, als das Wetter am schlimmsten wütete, übernahm der Doktor die Wache. Er kauerte in einem Winkel der Hütte, gegen die Schneemauer gelehnt, da wurde seine Aufmerksamkeit durch einen Jammerlaut Simpsons erregt. Um sich seiner anzunehmen, richtete er sich auf, rannte aber mit dem Kopf heftig gegen die Eisdecke. Ohne sich über diesen Zufall Gedanken zu machen, beugte er sich über Simpson und begann, ihm die geschwollenen Beine zu reiben. Nachdem er das etwa eine Viertelstunde lang getan hatte, wollte er sich wieder aufrichten und stieß abermals mit dem Kopf gegen die Decke, obwohl er schon fast gekniet hatte.

Das ist doch komisch, sagte er sich.

Er streckte die Hand über den Kopf – die Decke senkte sich merklich.

»Herrgott!« schrie er, »Freunde, auf! Wir müssen hier raus!«

Auf sein Geschrei hin fuhren Hatteras und Bell empor und prallten ebenfalls mit dem Kopf an die Decke. Um sie war undurchdringliche Finsternis.

»Wir werden zerquetscht!« rief der Doktor, »hinaus, hinaus!«

Er zog Simpson durch die Öffnung, und die andern folgten ihm. Es war höchste Zeit, denn hinter ihnen krachten die schlecht zusammengefügten Eisschollen zusammen.

Ohne jeden Schutz waren die Männer nun dem rasenden Sturm, der unerbittlichen Kälte ausgesetzt. Hatteras versuchte das Zelt aufzurichten; aber in der Gewalt des Orkans ließ sich das nicht machen, und sie verkrochen sich in die Zeltplanen, die bald dicht verschneit waren.

Einen ganzen Tag lang wütete der Schneesturm. So gut das möglich war, fütterte Bell die Hunde, bemerkte jedoch, daß drei von ihnen begonnen hatten, ihr Zaumzeug anzufressen; zwei schienen schwerkrank zu sein und außerstande, weiterzulaufen.

Indessen setzten die Männer ihren Marsch fort. Sechzig Meilen lagen noch vor ihnen, bevor sie ihr Ziel erreicht hatten.

Am 26. rief Bell, der an der Spitze marschierte, plötzlich seine Gefährten heran. Eilig kamen sie herbei, und er zeigte verblüfft auf ein Gewehr, das an einer Scholle lehnte.

»Ein Gewehr!« rief der Doktor.

Hatteras griff danach. Es war gut erhalten und geladen.

»Die Mannschaft der ›Porpoise‹ kann nicht weit sein«, meinte der Doktor.

Als Hatteras die Waffe näher betrachtete, stellte er fest, daß sie amerikanischen Ursprungs war.

»Vorwärts!« sagte er dumpf.

Der Abstieg wurde fortgesetzt. Simpson schien jeglichen Gefühls beraubt; er beklagte sich nicht einmal mehr; sogar dazu fehlte ihm die Kraft.

Der Sturm ließ nicht nach; der Schlitten kam immer langsamer vorwärts; kaum brachte man es auf ein paar Meilen in vierundzwanzig Stunden, und trotz aller Einschränkungen nahm der Proviant merklich ab; aber solange noch ein geringer Rest für den Rückmarsch vorhanden war, solange trieb Hatteras die Gefährten weiter.

Am 27. fanden sie, fast unter dem Schnee begraben, einen Sextanten, dann eine Kürbisflasche, die ein wenig Branntwein oder vielmehr ein Stück Eis enthielt.

Offenbar marschierte Hatteras, ohne es zu wollen, auf den Spuren einer großen Katastrophe. Sie fanden noch dieses und jenes. Der Doktor prüfte sorgfältig, ob nicht noch mehr Steinmale errichtet waren. Aber umsonst.

Traurige Gedanken kamen ihm in den Sinn. Wenn er nun wirklich diese Unglücklichen fand, welche Hilfe würde er ihnen bringen können? Seinen Kameraden und ihm mangelte es an allem, ihre Kleidung zerriß, ihr Proviant war so gut wie verbraucht. Wenn es mehrere Schiffbrüchige waren, dann mußten sie alle Hungers sterben. Hatteras schien die Absicht zu haben, ihnen aus dem Wege zu gehen! Hatte er nicht recht, er, der in erster Linie für seine Mannschaft verantwortlich war? Durfte er dadurch, daß er Fremde an Bord nahm, die Sicherheit aller gefährden?

Aber diese Fremden waren Menschen, waren ihresgleichen, vielleicht sogar Landsleute! So schwach für sie die Aussichten auf Rettung waren, durfte man sie ihnen nehmen?

Der Doktor wollte Bells Meinung kennenlernen, aber Bell gab keine Antwort. Seine eigenen Leiden verhärteten ihm das Herz. Hatteras zu fragen wagte Clawbonny nicht. Er verließ sich also auf den Zufall.

Am 27. Januar gegen Abend schien es mit Simpson zu Ende gehen. Seine Glieder wurden schon steif und eiskalt; sein röchelnder Atem, sein krampfhaftes Zucken zeigten, das Ende war gekommen. Seine Blicke klagten Hatteras an.

Hatteras trat nicht zu dem Sterbenden. Er ging ihm aus dem Wege, er floh ihn, schweigsamer, verschlossener denn je.

Die folgende Nacht war furchtbar. Der Sturm verdoppelte seine Gewalt. Dreimal wurde das Zelt fortgerissen, und der Schnee brach über die Unglücklichen herein, blendete sie, wandelte sie zu Eis, durchdrang sie wie mit spitzen Nadeln. Die Hunde heulten kläglich; Simpson lebte noch immer. Bell gelang es, den ärmlichen Leinwandschutz wiederherzustellen, der, wenn er nicht vor der Kälte schützte, doch wenigstens den Schnee abhielt. Ein viertes Mal wurde das Zelt unter Pfeifen und Zischen weggerissen.

»Ha, das ist denn doch zuviel!« schrie Bell verzweifelt.

»Mut! Mut!« sagte der Doktor und klammerte sich an Bell an, um nicht in die Schlucht geweht zu werden.

Simpson röchelte. Plötzlich richtete er sich mit einer letzten Anstrengung empor, streckte seine Faust gegen Hatteras aus, der ihn mit starren Augen ansah, stieß einen herzzerreißenden Schrei aus und sank zurück.

»Tot!« rief der Doktor.

»Tot!« wiederholte Bell.

Hatteras trat einen Schritt auf den Leichnam zu, aber der Sturm trieb ihn wieder zurück.

Das war also der erste der »Vorwärts«, der die Heimat nicht wiedersehen würde, der erste, der dem unerbittlichen Wetter, den Gefahren der Expedition erlegen war.

Neunundzwanzigstes Kapitel

Die Rückkehr zur »Vorwärts«

Gegen sechs Uhr morgens endlich legte sich der Wind ein bißchen, er sprang nach Norden um, aber jagte noch immer die Wolken. Fahle Streifen des Dämmerlichts zogen einen silbernen Schein über den Horizont, die ersten Anzeichen, daß die Sonne den Horizont bald wieder übersteigen würde.

Hatteras trat zu seinen beiden niedergeschlagenen Kameraden. Zum erstenmal war seine Stimme weich und traurig.

»Freunde! Rund sechzig Meilen trennen uns noch von unserm Ziel. Wir haben jetzt noch soviel Proviant, um wieder zur ›Vorwärts‹ zu kommen. Weiter vorzudringen hieße für uns der sichere Tod, von dem niemand Nutzen hätte. Wir wollen umkehren.«

»Das ist ein Entschluß zur rechten Zeit, Hatteras«, erwiderte der Doktor; »ich wäre Euch überallhin gefolgt, aber mit unserer Gesundheit geht es bergab. Deshalb billige ich es umzukehren.«

»Ist das auch Eure Meinung, Bell?« fragte Hatteras.

»Ja, Kapitän!« antwortete der Schiffszimmermann.

»Dann wollen wir uns zwei Ruhetage gönnen«, sagte Hatteras, »das ist nicht zuviel. Der Schlitten muß ausgebessert werden. Ich denke also, daß wir eine Schneehütte bauen, damit wir frische Kräfte schöpfen.«

Die drei Männer machten sich, als sie das beschlossen hatten, sogleich eifrig an die Arbeit.

Was mußte in Hatteras vorgegangen sein, bis er diesen für ihn so schweren Entschluß gefaßt hatte. Alle Strapazen, alle Mühen umsonst! Eine nutzlose Exkursion, die mit dem Tod eines ihrer Teilnehmer bezahlt wurde! Nicht ein Stück Kohle brachten sie mit. Was würde nun aus der Mannschaft werden? Wie hatte sich Shandons Einfluß geltend gemacht?

Alle Gedanken Hatteras' richteten sich auf die Vorbereitungen zur Umkehr. Der Schlitten wurde ausgebessert, seine Last war zusammengeschmolzen und wog keine 200 Pfund mehr. Die abgetragenen, zerschlissenen Kleider wurden ausgebessert. Neue Mokassins und Schneeschuhe ersetzten die alten, die nicht mehr zu gebrauchen waren.

Über diesen Arbeiten verging der 29. und der Morgen des 30. Januars; und doch waren diese Arbeiten, verglichen mit den Mühen des Marsches, ein Ausruhen.

Während dieser in der Schneehütte zugebrachten sechsunddreißig Stunden hatte der Doktor den Hund nicht aus den Augen gelassen, sein sonderbares Verhalten war zu seltsam. Das Tier lief unruhig auf und ab, bellte schwach, wedelte ungeduldig mit dem Schwanze, sah seinen Herrn an und schien ihn etwas fragen zu wollen. Stets und ständig kehrte er zu einer kleinen Erhöhung im Eise zurück.

Nachdem der Doktor das eine Zeitlang beobachtet hatte, glaubte er die Ursache gefunden zu haben: Simpson war noch nicht begraben, sie hatten noch keine Zeit dazu gefunden.

Bell und der Doktor griffen zu einer Hacke und stiegen auf den Grund der Schlucht hinab. Die kleine Erhöhung, zu der Tell immer wieder hingelaufen war, schien günstig für ein Grab. Um die Leiche Simpsons vor Bären zu sichern, mußte ein tiefes Loch ausgehoben werden.

Der Doktor und Bell entfernten den Schnee, dann gingen sie dem harten Eis zu Leibe; beim dritten Axthieb traf der Doktor auf etwas, das zersplitterte; er hob die Stücke auf und hatte die Scherben einer Flasche in der Hand.

Bell geriet an einen steinhart gefrorenen Sack, in dem sich noch ein paar Krumen guterhaltenen Schiffszwiebacks befanden.

»Hm!« machte der Doktor.

»Was soll das heißen?« fragte Bell.

Der Doktor rief Hatteras herbei. Tell bellte wütend

und versuchte, mit den Pfoten die dicke Eisschicht wegzukratzen.

»Sollten wir etwa auf ein Proviantlager gestoßen sein?« fragte der Doktor.

»Sieht ganz so aus«, antwortete Bell.

»Graben wir weiter!« meinte Hatteras.

Noch ein paar Reste von Nahrungsmitteln wurden zutage gefördert, auch eine Kiste, in der ein wenig getrocknetes Fleisch war.

»Wenn das ein Versteck ist«, sagte Hatteras, »haben ihm die Bären ganz sicher vor uns einen Besuch abgestattet. Da! Die Vorräte sind so gut wie verdorben.«

»Wahrscheinlich ja«, sagte der Doktor, »denn ...« Er sprach nicht zu Ende. Ein Schrei aus Bells Mund unterbrach ihn. Eben hatte er einen starren Block beiseite geschoben, und was war dabei zum Vorschein gekommen? Das Bein eines Menschen, das zwischen Eisschollen steckte.

»Ein Toter!« rief der Doktor.

»Wovor wir stehen, Kameraden«, sagte Hatteras, »ist kein Proviantlager, sondern ein Grab!«

Der Tote war in den Dreißigern etwa, es war ein Matrose. Wann der Tod eingetreten sein mochte, wußte der Doktor nicht zu sagen.

Bald danach stieß Bell auf einen zweiten Toten; er war älter als der erste, auf seinem Gesicht waren noch die Spuren der Leiden zu sehen, die ihn hinweggerafft hatten.

»Diese Toten sind nicht hier bestattet worden«, rief der Doktor, »nein! Sie sind hier vom Tod überrascht worden, in eben der Lage, in der wir sie finden!«

»Ihr habt recht, Mister Clawbonny!« erwiderte Bell.

»Graben wir weiter! Graben wir weiter!« sagte Hatteras.

Bell hätte am liebsten aufgehört. Wer konnte sagen, was dieser kleine Eishügel noch in sich barg?

»Diese Leute sind Opfer des Unglücks gewesen, das uns selbst bedroht hat«, sagte der Doktor; »ihre Schneehütte ist über ihnen zusammengebrochen. Sehen wir zu, ob noch einer von diesen Unglücklichen lebt!«

Schnell, aber sorgsam wurde weiter das Eis abgetragen, und Bell stieß auf einen dritten Körper, es war ein Mann in den Vierzigern. Der Doktor neigte sich über ihn und glaubte noch einige Anzeichen von Leben zu entdecken.

»Er lebt! Er lebt!« rief er.

Bell und der Doktor trugen den Körper in die Schneehütte, während Hatteras, starr und ohne sich zu rühren, die zertrümmerte Hütte der Fremden betrachtete.

Der Doktor zog den Mann aus. Er fand keine Spur einer Verletzung. Mit Bells Hilfe rieb er den starren Leib kräftig mit Watte, die in Spiritus getaucht worden war. Bald fühlte er, wie allmählich wieder Leben in den Körper zurückkehrte. Aber der Mann war in einem Zustand völliger Lähmung. Die Zunge klebte ihm wie festgefroren am Gaumen.

Der Doktor suchte in den Kleidern des Mannes; sie waren leer. Er ließ Bell die Reibungen fortsetzen und ging zu Hatteras.

Hatteras war in die Hohlräume des Schneehaufens eingedrungen und hatte den Boden sorgfältig abgesucht. Eben stieg er wieder herauf, einen halbverkohlten Briefumschlagrest in der Hand. Auf ihm waren ein paar verstümmelte Worte zu lesen:

... tamont, ... oise, ... wyork.

»Altamont!« rief der Doktor, »von der ›Porpoise‹! Aus New York!«

»Ein Amerikaner!« sagte Hatteras, und er bebte am ganzen Leib.

»Ich werde ihn retten«, antwortete der Doktor, »dessen bin ich sicher. Und dann werden wir die Lösung dieses grausigen Rätsels hören.«

Er ging zu Altamont zurück, während Hatteras nachdenklich stehenblieb. Dank seiner Fürsorge gelang es dem Doktor, den Unglücklichen ins Leben zurückzurufen, aber er sah nichts, er hörte nichts, er sprach nichts. Und dennoch lebte er!

Am andern Morgen sagte Hatteras zum Doktor:

»Wir müssen fort!«

»Brechen wir auf, Hatteras!« antwortete der Doktor; »der Schlitten ist nicht überladen; wir nehmen den Amerikaner mit.«

»Meinetwegen«, erwiderte Hatteras. »Aber zuvor wollen wir die Toten begraben.«

Die beiden unbekannten Seeleute wurden wieder unter die Trümmer der Schneehütte gelegt, und auch der tote Simpson fand neben ihnen Platz. Um sieben Uhr morgens begannen sie den Rückmarsch zur »Vorwärts«.

Zwei Hunde von dem Gespann waren tot; Tell war an des einen Stelle getreten und verrichtete die Arbeit mit der Zähigkeit eines echten Schlittenhundes.

Zwanzig Tage lang, vom 31. Januar bis zum 19. Februar, dauerte der Rückmarsch. Es waren die gleichen Mühen und die gleichen Entbehrungen, die die Männer zu bestehen hatten. Nur Schneegestöber und Wind hatten nachgelassen.

Am 31. Januar hatte sich zum erstenmal wieder die Sonne gezeigt. Nun stieg sie von Tag zu Tag höher am Himmel. Bell war, ebenso wie der Doktor, am Ende seiner Kräfte. Beide waren so gut wie blind und gingen lahm; der Zimmermann schleppte sich mühselig mit Krücken voran.

Altamont war noch immer am Leben, aber in einem Zustand völliger Empfindungslosigkeit. Manchmal gab man ihn auf, aber die Pflege des Doktors hielt ihn am Leben. Und dennoch hätte es der Doktor weit nötiger gehabt, für sich selbst zu sorgen und sich selber Pflege angedeihen zu lassen, denn jetzt war er es, der von Stunde zu Stunde verfiel.

Hatteras dachte an die »Vorwärts«, an seine Brigg! In welchem Zustand würde er sie wiederfinden? Was mochte an Bord geschehen sein? Ob es Johnson gelungen war, Shandon und den anderen zu widerstehen? Hatte man das Schiff verbrannt? Das ging Hatteras durch den Kopf, als sie sich den Rückweg erkämpften.

Am 24. Februar morgens machte er plötzlich halt. Etwa eine halbe Meile vor ihm stand eine schwarze Rauchsäule, die sich in dem grauen Nebelgewölk des Himmels verlor.

»Was ist das für Rauch!« schrie er.

Das Herz schlug ihm zum Zerspringen.

»Da, seht! Den Rauch dort unten!« sagte er zu den beiden Kameraden, die zu ihm getreten waren. »Mein Schiff brennt!«

»Aber wir sind doch noch mindestens drei Meilen weg von ihm«, entgegnete Bell. »Die ›Vorwärts‹ kann das nicht sein!«

»Doch«, sagte der Doktor; »sie ist's! Es ist wieder die Luftspiegelung, die sie uns näher heranrückt.«

Sie ließen den Schlitten unter Tells Obhut und eilten, so schnell sie vermochten, auf das Schiff zu. Nach einer Stunde hatten sie es erreicht. Welch ein grausiger Anblick! Die Brigg brannte mitten zwischen den Schollen, die von der Hitze schmolzen.

Fünfhundert Schritte vor dem Schiff stand ein Mann und rang voller Verzweiflung die Hände. Er war ohnmächtig gegenüber den Flammen.

Der Mann war allein. Es war Johnson.

Hatteras lief auf ihn zu.

»Mein Schiff! Mein Schiff!« schrie er mit brechender Stimme.

»Kapitän!« rief Johnson. »Halt! Halt! Keinen Schritt weiter.«

»Was ist hier geschehen?« fragte Hatteras müde. Er war am Ende.

»Die Schufte!« antwortete Johnson. »Seit achtundvierzig Stunden sind sie weg, nachdem sie das Schiff angesteckt haben!«

»Zur Hölle mit ihnen!« schrie Hatteras.

Ein furchtbarer Knall erdröhnte. Die Erde bebte. Eisschollen flogen durch die Luft und Schiffstrümmer. Eine Rauchsäule schoß zu den Wolken hinauf, und die »Vorwärts«, deren Pulverkammer explodiert war, brach in sich zusammen.

In diesem Moment erreichten der Doktor und Bell den Kapitän. Er war voller Verzweiflung, und doch war er nicht bereit aufzugeben.

»Freunde!« schrie er, »sie haben die Flucht ergriffen. Aber wir müssen Glück haben, und wir werden Glück haben. Johnson, Bell! Habt ihr noch Mut? Doktor, glaubt Ihr noch an mich? Dort liegt der Nordpol, dort ist unser Ziel!«

Dreissigstes Kapitel

Die Inventur des Doktors

Mit der Explosion der »Vorwärts« war Hatteras die letzte Möglichkeit genommen worden. Und dennoch wollte er sein Ziel weiterverfolgen.

Um sich einen genaueren Überblick zu verschaffen, ließ der Doktor seine Gefährten allein und ging zu den Schiffstrümmern hin.

Die »Vorwärts«, das waren jetzt verkohlte Balken, verbogene Eisenteile, glimmende Tauenden. Über allem eine riesige schwarze Rauchwolke. Die Kanone war mehrere Klafter weit geschleudert worden und reckte das geborstene Rohr in die Höhe. Im Umkreis von hundert Schritt war das Eis mit Trümmern übersät.

Der Doktor dachte voller Wehmut an seine Kabine, an die Aufzeichnungen, an die Instrumente und an das, was er während der Reise gesammelt hatte. Jetzt waren es nur noch Fetzen und Asche. Alles vernichtet.

Es dauerte nicht lange, da trat Johnson zu ihm. Auf dem Gesicht des alten Seemanns standen die Spuren der letzten Tage. Er hatte es nicht geschafft, seine rebellischen Kameraden zu bezwingen. Das Schiff war seiner Obhut anvertraut worden, und nun waren es nur noch Trümmer.

Der Doktor reichte ihm die Hand. Der Schiffszeugmeister drückte sie kummervoll.

»Was wird aus uns werden?« fragte der Doktor.

»Wer will das wissen?« erwiderte Johnson.

»Vor allem«, sagte der Doktor, »dürfen wir uns nicht der Verzweiflung überlassen!«

»Ja doch, ja doch, Mister Clawbonny«, erwiderte Johnson. »Ihr habt recht. In einer schlimmeren Lage könnten wir uns überhaupt nicht befinden. Denken wir also nach, was wir zu tun vermögen, um diese Lage zu verbessern.«

»Unser schönes Schiff!« sagte der Doktor und seufzte, »und nun ist nichts weiter da als ein paar Balken und ein paar Bretter. – Was ist eigentlich aus der Schaluppe geworden, hat sie die Explosion auch nicht überstanden?«

»Doch, Mister Clawbonny! Shandon und die andern haben sie mitgenommen.«

»Und das Walboot?«

»In tausend Stücke zerschlagen! Da, die paar Planken, das ist der Rest von ihm.«

»Also haben wir nur noch das Gummiboot?«

»Ja, dank Euerm Einfall, es nach Kap Belcher mitzunehmen.«

»Das ist nicht viel«, meinte der Doktor.

»Diese Schufte, daß sie uns im Stich gelassen haben!« rief Johnson.

»Johnson«, erwiderte der Doktor abwägend, »wir dürfen nicht vergessen, was sie mitgemacht haben in der letzten Zeit. Wir wollen nicht vorzeitig urteilen. Ich möchte annehmen, daß Shandon reiflich überlegt hat, was zu tun ist. Und wir sind schließlich lange ausgeblieben, viel länger, als wir unterwegs sein wollten!«

Der Doktor schwieg eine Weile und suchte mit den Augen die Umgebung ab.

»Was ist aus dem Schlitten geworden?« fragte Johnson.

»Er ist etwa eine halbe Meile hinter uns geblieben.«

»Simpson ist bei ihm?«

»Nein; Simpson, der arme Kerl, hat es nicht überlebt.«

»Tot?« rief der Schiffszeugmeister.

»Ja, tot!« antwortete der Doktor.

»Der Unglückliche!« sagte Johnson, »und doch, wer weiß, wie bald wir ihm folgen werden.«

»Aber für Simpson«, fuhr der Doktor fort, »bringen wir einen anderen mit.«

»Einen anderen?«

»Ja, den Kapitän Altamont!«

Der Doktor erzählte dem Schiffszeugmeister in wenigen Worten von dem, was ihnen begegnet war.

»Ein Amerikaner!« sagte Johnson und überlegte.

»Ja! Es deutet alles darauf hin, daß dieser Altamont ein Amerikaner ist. Nicht wissen wir, was die ›Porpoise‹ in diesen Gewässern gewollt hat.«

»Sonst ist niemand von diesem Schiff gerettet worden?«

»Nein, nicht einer.«

»Und Ihr, habt Ihr wenigstens den Zweck Eurer Expedition erreicht, Mister Clawbonny?«

»Ihr meint die Kohlenlager?« fragte der Doktor.

»Ja«, sagte Johnson.

Der Doktor schüttelte traurig den Kopf.

»Nichts?« fragte der alte Seebär.

»Nichts! Der Proviant ist uns unterwegs ausgegangen, die Strapazen haben uns den Rest gegeben. Nicht einmal Kap Belcher haben wir erreicht!«

»Also kein Brennmaterial mehr?«

»Nein!«

»Keinen Proviant mehr?«

»Nein!«

»Und kein Schiff mehr, wieder nach England zurückzukehren.«

Der Doktor schwieg, und Johnson schwieg. Sie wußten nicht, wie sie dieser furchtbaren Lage ins Auge blikken sollten.

»Unsere Lage ist klar, aber sie ist kaum zu überstehen«, meinte der Schiffszeugmeister. »Also gehen wir zurück zu den Kameraden! Wir müssen schleunigst eine Schneehütte bauen.«

»Ja«, antwortete der Doktor, »mit Bells Hilfe wird das schnell gemacht sein; dann wollen wir dem Schlitten entgegengehen, den Amerikaner holen und mit Hatteras Rat halten.«

»Hatteras!« sagte Johnson, »welche Qualen mag er ausstehen.«

Doktor und Schiffszeugmeister kehrten zu ihren Kameraden zurück.

Hatteras stand starr, er hatte die Arme übereinandergeschlagen, der Blick war in die Weite gerichtet. Was mochte ihm durch den Kopf gehen? Beschäftigte er sich mit seiner verzweifelten Lage oder mit seinen zunichte gewordenen Plänen? Dachte er an die Umkehr, da ihm kaum noch etwas anderes geblieben war?

Niemand hätte seine Gedanken erraten können.

Durch nichts ließ er sich anmerken, was ihn bewegte. Tell stand neben ihm, genauso starr wie sein Herr.

Bell hatte sich aufs Eis gelegt und rührte sich nicht. Alles Leben schien ihn verlassen zu haben. Seine Unempfindlichkeit konnte ihn das Leben kosten.

Johnson rüttelte ihn tüchtig, rieb ihn mit Schnee, und nicht ohne Mühe gelang es ihm, ihn aus seiner Apathie herauszureißen.

»Vorwärts, Bell! Mut, Mut!« sagte er zu ihm; »laß dich nicht unterkriegen! Raff dich auf! Wir müssen etwas tun, wir brauchen eine Zuflucht! Hast du denn vergessen, wie eine Schneehütte gebaut wird? Komm und hilf, Bell! Dort den Eisberg brauchen wir ja nur auszuhöhlen! Steh auf! Wir müssen etwas tun, wenn wir nicht alle Hoffnung verlieren wollen!«

Bell, durch diese Worte ein wenig ermuntert, raffte sich auf.

»Unterdessen«, fuhr Johnson fort, »wird sich Mister Clawbonny um den Schlitten kümmern und ihn mit den Hunden hierherbringen.«

»Ich breche gleich auf«, erwiderte der Doktor, »in einer Stunde bin ich wieder da.«

»Geht Ihr mit, Kapitän?« setzte Johnson hinzu und trat auf Hatteras zu.

Hatteras hatte, obwohl er in Gedanken vertieft war, des Schiffszeugmeisters Frage gehört; er antwortete ruhig und freundlich:

»Nein, Johnson! Das da wird der Doktor tun; ehe der Tag zu Ende ist, müssen wir uns klar darüber sein, welchen Entschluß wir fassen. Ich muß mit mir allein sein, ich muß überlegen. Tut, was Ihr für das Beste haltet! Laßt mich ein Weilchen allein.«

Johnson kehrte zum Doktor zurück.

»Seltsam«, meinte er, »der Kapitän scheint allen Zorn

vergessen zu haben, so freundlich hat er früher nie gesprochen.«

»Dann ist es gut«, erwiderte der Doktor, »dann hat er sein kaltes Blut wiedergefunden. Glaubt mir, Johnson, der Mann hat das Zeug, uns zu retten.«

Der Doktor streifte die Kapuze über, so weit sie reichte, und stapfte mit seinem eisenbeschlagenen Stock über das Eis, um den Schlitten zu holen.

Johnson machte sich mit Bell unverzüglich ans Werk. Er spornte den Zimmermann, der schweigend seine Arbeit verrichtete, durch Worte an. Zu bauen gab es nichts; man beschränkte sich darauf, in einen großen Block eine Höhle zu schlagen. Bald waren die beiden Männer so weit, daß sie unter dem Schutz der ausgegrabenen Höhlung weiterzuarbeiten vermochten.

Hatteras schritt auf und ab, blieb dann wieder ein Weilchen stehen; offensichtlich wollte er nicht dorthin, wo sein Schiff gelegen hatte.

Der Doktor war, wie er versprochen hatte, rasch zurück. Er brachte Altamont mit, der, in die Schlittenplane gehüllt, auf dem Schlitten lag. Die Grönländerhunde waren abgemagert, ausgehungert, am Ende ihrer Kräfte, sie fraßen schon an ihrem Riemenzeug herum. Es wurde Zeit, daß die kleine Schar, Hunde wie Menschen, zu essen und Ruhe fand.

Während Johnson mit Bell an der Höhle weiterarbeitete, war der Doktor, der überall herumstieg, so glücklich, einen kleinen Kocher zu finden, der bei der Explosion so gut wie unversehrt geblieben war. Mit triumphierender Miene brachte er ihn angeschleppt. Nach drei Stunden war die Höhle geräumig genug, alle aufzunehmen, der Kocher wurde aufgestellt und mit Holzstücken und Splittern vollgestopft. Bald rumorte es in ihm, und das Feuer verbreitete eine wohltuende Wärme.

Auch Altamont wurde in die Eishöhle geschafft und

auf Decken gebettet. Die vier Engländer setzten sich ums Feuer. Der letzte Proviant vom Schlitten, ein wenig Schiffszwieback und heißer Tee, gaben ein bißchen Stärkung. Hatteras sprach kein Wort. Jeder achtete seine Schweigsamkeit.

Als sie mit dem Essen fertig waren, winkte der Doktor Johnson, ihm vor die Höhle zu folgen.

»Jetzt müssen wir feststellen«, sagte er zu Johnson, »was wir noch besitzen, das ist zunächst das wichtigste. Überall liegt etwas. Es wird gut sein, alles noch Brauchbare zu sammeln. Jeden Augenblick kann es zu schneien anfangen, dann deckt der Schnee die letzten Reste zu, und wir finden auch nicht mehr ein einziges Stück.«

»Verlieren wir also keine Zeit!« entgegnete Johnson; »Proviant und Holz, beides ist für uns das wichtigste.«

»Also, machen wir uns an die Arbeit«, meinte der Doktor. »Wir fangen beim Schiff an und suchen den ganzen Umkreis ab, innerhalb dessen die Trümmer von der Explosion verstreut worden sind.«

Die beiden Männer begaben sich zu der Stelle, wo die »Vorwärts« gelegen hatte. Sie prüften sorgsam in dem zweifelhaften Licht, das der Mond warf, jedes einzelne Stück, das auf dem Eis lag.

Die Explosion war gewaltig gewesen; vieles war nur noch Staub und Asche; Maschinenteile lagen herum, verbogen und gebrochen; die Schaufeln der Schiffsschraube lagen zwanzig Klafter weit vom Schiff; der in seiner ganzen Länge gespaltene Schornstein, an dem noch Kettenenden hingen, war unter einer ungeheuren Eisscholle zusammengequetscht worden; Nägel, Haken, Beschläge, Maststützen, Panzerteile, in alle vier Windrichtungen waren sie geschleudert worden.

All dieses Eisen aber, das für die Eskimos ein Vermögen wert gewesen wäre, hatte für die Männer, die ihr

Schiff verloren hatten, im Augenblick überhaupt keinen Nutzen. Was vor allem anderen gefunden werden mußte, das waren Lebensmittel, und damit hatten der Doktor und Johnson nur wenig Glück.

»Es steht schlecht um uns, wenn wir nicht mehr aus dem Schnee auflesen«, sagte der Doktor. »Die Kombüse, die dicht neben der Pulverkammer lag, ist durch die Explosion völlig zerstört worden. Eine böse Sache! Hoffentlich hat Johnson mehr Glück als ich, sonst weiß ich wirklich nicht, was aus uns werden soll.«

Bei seiner weiteren Suche fand er schließlich ein paar Reste getrockneten Fleisches, im ganzen vielleicht fünfzehn Pfund, und vier Steinkrüge, die weit hinweggeschleudert worden und in weichen Schnee gefallen waren. Sie enthielten etwa sechs Pinten Branntwein.

Noch weiter vom Zentrum der Explosion entfernt fand der Doktor ein paar Päckchen mit Tabletten, gegen den Skorbut, worüber er sich besonders freute.

Nach zwei Stunden ungefähr trafen der Doktor und der Schiffszeugmeister wieder zusammen; sie berichteten beide von ihren Funden; Proviant freilich war es wenig genug. Kaum mehr als ein paar Stückchen Pökelfleisch, etwa fünfzig Pfund getrocknetes Fleisch, drei Säcke Schiffszwieback, ein wenig Schokolade, ein paar Liter Branntwein und etwa zwei Pfund Kaffee, die sie Bohne für Bohne aus dem Schnee gelesen hatten, war alles, was ihre Mühe erbracht hatte.

Weder Decken noch Hängematten, noch Kleidungsstücke hatten die Explosion überstanden. Alles hatte das Feuer vernichtet.

Wenn sie sich sehr einschränkten, würden sie mit dem, was sie zusammengetragen hatten, drei Wochen reichen, keinen Tag mehr. Dazu, wieder zu Kräften zu kommen, reichte es auf gar keinen Fall. War ihnen schon das Heizmaterial ausgegangen, waren sie nun auch mit dem Proviant fast am Ende. Was sie aus den Schiffstrümmern an Brennmaterial gewonnen hatten, mochte schließlich auch etwa drei Wochen reichen. Bevor jedoch der Doktor sie dazu benutzte, ihre Eishütte zu heizen, fragte er Johnson, ob es nicht vielleicht ratsamer wäre zu versuchen, aus diesen Trümmern ein Boot zu bauen.

»Nein, Mister Clawbonny«, antwortete Johnson, »das ist sinnlos. Kein Stück Holz ist mehr ganz; wie sollten wir aus diesen Splittern ein Boot zusammenbekommen. Es ist schon viel, daß wir uns daran ein paar Tage wärmen können. Was dann werden soll ...«

»Nun?« fragte der Doktor.

»Ich weiß es nicht!« erwiderte Johnson.

Da sie alles noch Brauchbare zusammengetragen hatten, kehrten der Doktor und der Schiffszeugmeister zum Schlitten zurück. So gut es ging, schirrten sie die abgetriebenen Hunde an, fuhren dorthin, wo das Schiff gelegen hatte, luden die spärlichen und doch so kostbaren Reste auf und brachten sie in die Eishöhle. Halberfroren rückten sie an das Feuer heran.

Einunddreissigstes Kapitel

Altamonts erste Worte

Gegen acht Uhr abends wurde der Himmel für kurze Zeit ein bißchen klarer, der Nebel zerteilte sich, die Sterne blitzten. Hatteras nahm diesen Witterungswechsel wahr, um den Standort zu bestimmen. Ohne ein Wort zu sprechen, ging er mit seinen Instrumenten vor die Höhle hinaus, er wollte Gewißheit haben, ob das Eisfeld noch weiter abgetrieben worden war.

Nach einer halben Stunde kam er wieder herein und

legte sich in einem Winkel der Hütte hin. Schlaf fand er jedoch nicht.

Am andern Vormittag schneite es wieder heftig. Der Doktor war zufrieden, daß er mit seiner Suche nach Überbleibseln schon fertig war, denn nach wenigen Stunden waren alle Spuren der Explosion unter dem Schnee verschwunden.

Den ganzen Tag über war es ihnen nicht möglich, die Hütte zu verlassen. Zum Glück war die Behausung nicht unwohnlich, jedenfalls kam sie den Erschöpften so vor, auch wenn durch die heftigen Windstöße zuweilen Rauch in die Hütte hineingedrückt wurde. Sie konnten sich Tee oder Kaffee kochen, und das belebte sie immer wieder für kurze Zeit.

Die Schiffbrüchigen, denn so müssen wir sie ja nun nennen, empfanden ein Wohlbehagen, das ihnen seit langem fremd gewesen war. Und außerdem dachten sie im Augenblick auch an nichts anderes als an die Gegenwart, an die behagliche Wärme, in der sie saßen, an die augenblickliche Ruhe. Die Zukunft, den drohenden Tod, vergaßen sie.

Altamont hatte zwar schon die Augen aufgeschlagen, aber bisher noch kein Wort gesprochen. Seine Lippen zeigten die Spuren des Skorbut. Aber er hörte und verstand, was gesagt wurde, und man unterrichtete ihn über die Lage, in der sie sich befanden. Zum Zeichen des Dankes bewegte er den Kopf. Er sah sich gerettet, und der Doktor war vorsichtig genug, ihm nicht zu sagen, wie wenig weit her es mit dieser Rettung war.

Gegen Mittag erhob sich Hatteras aus seinem Winkel der Höhle, trat auf den Doktor zu, bei dem Johnson und Bell saßen, und sagte:

»Liebe Freunde! Wir wollen einen Entschluß für die Zukunft fassen! Zuvor aber möchte ich Johnson bitten, uns zu berichten, wie es zu der Katastrophe gekommen ist.«

»Wozu ist es gut, das zu wissen?« fragte der Doktor, »die Tatsache ist unumstößlich; denken wir also nicht mehr an sie!«

»Ich sehe das anders«, sagte Hatteras; »weiß ich, wie das entstanden ist, dann werde ich auch besser damit fertig werden.«

»Die Sache ist so gewesen«, begann der Schiffszeugmeister. »Indessen möchte ich doch zuvor sagen, daß ich alles getan habe, um Euern Befehl auszuführen, Kapitän.«

»Das weiß ich, Johnson«, sagte Hatteras.

»Rosig freilich war die Lage nicht, aber am Anfang ging es doch noch ganz gut, obwohl die Leute nur auf Shandon hörten und nicht auf mich. Es hat einigen Streit gegeben deshalb, aber ich wollte es nicht zum Äußersten treiben. Die Vorräte schwanden allmählich, das Heizmaterial nahm ab, und dann kamt ihr auch nicht zurück. Niemand mehr hatte rechten Mut. Der Gesundheitszustand wurde auch nicht besser, und vor ein paar Tagen äußerte Shandon seine Absicht, das Schiff aufzugeben und zu versuchen, mit dem Boot die Heimat zu erreichen. Ich habe mich widersetzt gegen den Plan, ich habe ihnen vorgehalten, daß ihr zurückkehren, daß ihr Kohlen bringen würdet. Aber es half alles nichts. Shandon war stärker mit seinem Plan, nach England zurückzufahren. Und seltsamerweise besserte die Hoffnung auf die Heimkehr den Gesundheitszustand merklich auf. Ich wußte nicht, was ich noch tun sollte. Gewalt hätte gar nichts genutzt. – Wärt Ihr doch eher umgekehrt, Kapitän!«

»Weiter, Johnson!«

»Es war um den 24. oder 25. Januar, da wurde beschlossen, zur Westküste der Baffinbai vorzudringen. Von dort wollten sie versuchen, mit der Schaluppe in die Nähe von Walfängern oder vielleicht auch bis zu den grönländischen Ansiedlungen zu gelangen. Der Proviant war so gut wie aufgebraucht. Deshalb wurden die Vorbereitungen für den Abmarsch sofort getroffen. Ein Schlitten wurde gebaut, um den Rest Proviant, Brennmaterial und die Schaluppe zu transportieren; die Mannschaft mußte sich vorspannen. Darüber kam der 15. Februar heran. Mich hielt noch immer die Hoffnung, Ihr würdet plötzlich wieder dasein. Der Abmarsch wurde auf den 22. Februar festgesetzt. Shandon wurde ungeduldig. Und dann gab es noch das Unglück, das alles besiegelte. Wie es dazu kam — ich weiß es nicht. In der Kombüse ist das Feuer ausgebrochen, als alle draußen waren, pakken. Und als ich es bemerkte, war es zu spät. Fast wäre ich von der Explosion erschlagen worden. Shandon zog ab mit seinen Leuten, ich aber bin geblieben, obwohl sie auch mir zuredeten, mitzukommen. Zwei Tage lang stand die ›Vorwärts‹ in Flammen, und das übrige, Kapitän, das wißt Ihr!«

Tiefe Stille herrschte nach diesem Bericht. Jeder fühlte, daß es für sie so gut wie unmöglich war, nach England heimzukehren.

Keiner wagte es, den andern anzusehen, jeder fürchtete sich vor der Furcht des andern. Nur der erregte Atem des Amerikaners war zu hören.

Endlich nahm Hatteras das Wort.

»Johnson«, sagte er, »ich danke Euch! Ihr habt getan, was Ihr tun konntet. Aber es war so vieles gegen Euch. Nochmals, ich danke Euch. Und nun reden wir nicht mehr über diese Katastrophe! Denken wir nur noch an die Zukunft. Wir sind vier entschlossene Männer, und des einen Leben gilt so viel wie das Leben des andern. Möge also jeder seine Meinung sagen, was nun zu beginnen sei.«

»Kapitän«, sagte Johnson, »bevor wir überlegen, was zu tun ist, möchte ich Euch eine wichtige Frage stellen.«

»Redet, Johnson!«

»Ihr habt gestern das Besteck aufgenommen. Treibt das Eisfeld noch, oder steht es still?«

»Es hat sich nicht vom Fleck gerührt«, antwortete Hatteras.

»Gut, Kapitän! Unsre Lage ist nun klar, also fassen wir einen Entschluß.«

»So redet!« rief Hatteras und stützte den Kopf in die Hände. Er tat es, um seine Kameraden nicht ansehen zu müssen, wenn sie sprachen.

»Nun, Bell«, fragte der Doktor, »was, meint Ihr, wäre das Gescheiteste?«

»Da gibt es nichts zu überlegen«, sagte der Schiffszimmermann, »wir müssen zurück, ohne nur eine Stunde zu verlieren, entweder nach Süden oder nach Westen, und müssen zusehen, so bald wie möglich auf Menschen zu stoßen. Und sollten wir auch acht Wochen dafür brauchen.«

»Wir haben nur noch für drei Wochen Proviant«, antwortete Hatteras, ohne aufzublicken.

»Nun, dann müssen wir eben«, meinte Johnson, »den Marsch in drei Wochen schaffen, wenn es anders nicht möglich ist. Und wenn wir den Weg kriechend zurücklegen.«

»Dieser Teil der Erde ist noch unbekannt«, erwiderte Hatteras, »wir können auf Hindernisse, Gebirge, Eisberge stoßen, die uns den Weg versperren!«

»Das ist kein Grund«, entgegnete der Doktor, »um den Marsch nicht doch zu versuchen! Wir werden Strapazen zu überstehen haben, das ist keine Frage, sogar sehr viele; wir werden uns auf ein Mindestmaß an Proviant beschränken müssen, vorausgesetzt, daß wir uns nicht durch die Jagd ...«

»Wir haben nur noch ein halbes Pfund Pulver«, sagte Hatteras.

»Bitte sehr, Hatteras«, entgegnete der Doktor, »ich kenne den ganzen Wert Eurer Einwürfe und habe keine übergroßen Hoffnungen. Aber ich glaube Eure Gedanken zu lesen – Ihr habt einen Plan, der sich ausführen ließe?«

»Nein«, antwortete der Kapitän nach einer kleinen Pause des Nachdenkens.

»Ihr zweifelt nicht an unserm Mut«, nahm der Doktor wieder das Wort, »wir sind Leute, die Euch bis ans Ende der Welt folgen, das wißt Ihr. Uns bleibt nur noch eins: Alles riskieren, um England zu erreichen.«

»Nun, Kapitän?« fragte Johnson, der sich geraume Zeit still verhalten hatte.

Der Kapitän hob endlich den Kopf und sagte mit erzwungener Ruhe: »Ihr glaubt also fest, daß wir wieder bewohnte Gegenden oder befahrene Meere erreichen?«

»Wir müssen daran glauben, wenn wir uns nicht aufgeben wollen«, sagte der Doktor.

»Und wenn wir irgendwo auf ein Schiff stoßen, das gezwungen ist zu überwintern?«

»Vielleicht schaffen wir es auch«, sagte der Doktor, »bis hinüber zur Westküste von Grönland, wo wir wohl annehmen dürfen, auf irgendeine dänische Niederlassung zu stoßen? Der Weg nach England liegt dort unten, im Süden – und nicht hier oben im Norden!«

»Ja«, sagte Bell, »Mister Clawbonny hat recht! Wir müssen aufbrechen, ohne Zögern.«

»Und das ist auch Eure Ansicht, Johnson?« fragte Hatteras.

»Ja, Kapitän.«

»Auch die Eure, Doktor?«

»Ja, Hatteras.«

Noch immer verhielt sich Hatteras still. Auf seinem Gesicht stand geschrieben, was sich in dem Kapitän abspielte. Kehrte er um, so war es mit seinen Plänen für immer aus; einen vierten Versuch zu wagen, zum Pol zu gelangen, das durfte er nicht mehr hoffen.

Als der Doktor sah, daß der Kapitän noch immer schwieg, sagte er:

»Laßt mich hinzufügen, Hatteras, daß wir keinen

Augenblick verlieren dürfen! Der Schlitten muß beladen werden, und wir müssen uns beeilen. Eine Strecke von sechshundert Meilen ist unter diesen Bedingungen kein Kinderspiel, aber wenn wir ein bißchen Glück haben, dann schaffen wir es. Wir können am Tag zwanzig Meilen zurücklegen — oder vielmehr: Wir werden zwanzig Meilen täglich schaffen müssen! Dann werden wir in etwa vier Wochen, das heißt etwa am sechsundzwanzigsten März, die Küste von Grönland erreicht haben.«

»Wollen wir nicht noch einige Tage warten?« fragte Hatteras.

»Worauf?« fragte Johnson.

»Was weiß ich? Wer vermag zu sagen, was die Zukunft bringt? Nur wenige Tage noch, außerdem erholen wir uns in ihnen. Keine zwei Wegstrecken bringt ihr hinter euch, ohne erschöpft liegenzubleiben.«

»Aber hier wartet nur der Tod auf uns!« rief Bell.

»Freunde!« bat Hatteras mit flehender Stimme, »ihr gebt auf vor der Zeit! Ich möchte euch vorschlagen, die Rettung im Norden zu suchen. Wohnen in der Nähe des Pols nicht Eskimostämme so wie am Smith-Sund? Nur noch einen Tag!« wiederholte er; »nur noch eine Stunde!«

Doktor Clawbonny war schon fast bereit, dem Kapitän zuzustimen, da mahnte ihn der klügere, kühlere Johnson zur Vernunft.

»Marsch, Bell!« rief er, »zum Schlitten!«

Die beiden Seeleute begaben sich zum Ausgang der Höhle.

»Oh, Johnson! Ausgerechnet Ihr!« rief Hatteras, »nun, dann geht! Ich bleibe.«

»Kapitän!« rief Johnson und drehte sich zögernd um.

»Ich bleibe, sage ich Euch! Zieht nach Süden! Verlaßt mich wie die andern! Komm, Tell! Wir bleiben hier!«

Der Hund bellte, als wollte er Hatteras zustimmen. Johnson sah den Doktor an. Der Doktor wußte nicht, was er tun sollte. Das beste war, Hatteras zu besänftigen und ihm noch einen Tag zu geben. Der Doktor wollte diesen Ausweg vorschlagen, da fühlte er sich am Arm berührt.

Er drehte sich um. Altamont hatte die Decken von sich gestreift. Er kroch heran, richtete sich mühselig auf, und über seine kranken Lippen kamen unverständliche Töne.

Erstaunt, fast erschreckt, betrachtete ihn der Doktor. Hatteras trat zu Altamont heran und musterte ihn aufmerksam. Er versuchte, einige Worte zu erfassen. Ein Wort war zu verstehen: »Porpoise«.

»Die ›Porpoise‹!« rief der Kapitän.

Altamont nickte zustimmend.

»In dieser Gegend?« fragte Hatteras; das Herz klopfte ihm.

Wieder nickte Altamont.

»Im Norden?«

»Ja!«

»Und Ihr wißt, wo sie liegt?«

»Ja!«

»Genau?«

»Ja.«

Alle schwiegen.

»Hört mir zu!« sagte Hatteras zu dem Kranken; »wir müssen die Position des Schiffes wissen. Ich will die Grade laut abzählen; gebt mir ein Zeichen, wenn ich die richtige Gradzahl nenne.«

Der Amerikaner nickte.

»Nun«, sagte Hatteras, »zuerst also die Längengrade! – 105? Nein. – 106? 107? 108? – doch westliche Länge?«

»Ja«, nickte Altamont.

»Weiter also! – 109 – 110 – 111 – 112 – 114 – 116 – 118 – 119 – 120 –?«

»Ja«, nickte Altamont.

»120 Grad westlicher Länge?« fragte Hatteras. »Und wieviel Minuten? Ich zähle ...«

Hatteras fing mit eins an. Bei der Zahl 15 winkte ihm Altamont aufzuhören.

»Gut!« sagte Hatteras. »Nun zur Breite! Ihr versteht mich doch?«

Altamont nickte.

»80? 81? 82? 83?«

Altamont nickte.

»So? 83° also? Gut! – Und die Minuten: 5 – 10 – 15 – 20 – 25 – 30 – 35?«

Abermals nickte Altamont und lächelte schwach.

»Die ›Porpoise‹ liegt also«, sagte Hatteras, »unter 120 Grad 15 Minuten Länge und unter 83 Grad 35 Minuten Breite.«

»Jawohl!« lallte Altamont und sank, von Anstrengung erschöpft, dem Doktor in die Arme.

Die Anstrengung war über seine Kräfte gegangen.

»Freunde!« rief Hatteras, »Ihr seht, unser Ausweg liegt doch im Norden! Immer im Norden! Dort werden wir Rettung finden!«

Nach dieser Freude jedoch wurde Hatteras plötzlich von einem schrecklichen Gedanken erfaßt. Sein Gesicht verfärbte sich, er fühlte die Eifersucht.

Ein anderer, dieser Amerikaner, war ihm auf dem Weg zum Pol um drei volle Grade voraus. Warum? Was waren die Absichten Altamonts?

Zweiunddreissigstes Kapitel

Siebzehn Marschtage

Dieser neue Zwischenfall, diese ersten Worte aus Altamonts Mund hatten die Lage der Schiffbrüchigen völlig verändert. Vorher ohne jegliche Hilfsmittel, ohne Aussicht, in bewohnte Gegenden zu gelangen, bedroht vom Mangel an allem, bot sich nun auf einmal die Möglichkeit, 400 Meilen in nordwestlicher Richtung entfernt, auf ein Schiff zu stoßen, das im Eis festlag, mit allen Hilfsquellen versehen, die es den Männern erlaubten, den verwegenen Marsch zum Pol fortzusetzen. Hatteras, der Doktor, Johnson und Bell schöpften wieder Hoffnung, nachdem sie der Verzweiflung so nahe gegenübergestanden hatten. Es war eine Freude, die fast an Wahnsinn grenzte.

Aber Altamonts Mitteilungen waren noch unvollständig, und nachdem man dem Kranken ein paar Minuten Ruhe gegönnt hatte, nahm der Doktor die für sie alle so wichtige Unterhaltung mit ihm wieder auf.

Bald erfuhr er, daß die »Porpoise« ein Dreimaster aus New York war, der im Eise Schiffbruch erlitten hatte; er war mit Proviant und Brennmaterial reichlich versorgt. Auch wenn er vom Eis auf die Seite gedrückt worden war, mochte seine gesamte Ladung noch brauchbar sein.

Altamont hatte ihn mit seiner Mannschaft vor acht Wochen verlassen und seine Schaluppe auf einem Schlitten mitgenommen Es war ihre Absicht gewesen, den Smith-Sund oder irgendeinen Walfänger zu erreichen und nach Amerika zurückzukehren. Aber einer nach dem anderen erlag den Strapazen, so daß am Ende nur noch der Kapitän Altamont und drei Matrosen von insgesamt dreißig Mann am Leben waren.

Hatteras wollte erfahren, aus welchem Grunde sich Altamont mit der »Porpoise« in diese so hohe Breite hinaufgewagt hätte. Altamont gab zu verstehen, daß ihn nur die Eisschollen so weit hinaufgeschleppt hätten. Hatteras befragte ihn voller Unruhe über das Ziel seiner Reise. Altamont behauptete, die nordwestliche Durchfahrt gesucht zu haben. Hatteras drang nicht weiter in ihn und stellte keine Frage mehr in dieser Richtung. Nun nahm wieder der Doktor das Wort.

»Wir müssen alles tun, um die ›Porpoise‹ zu finden. Dort ist unsere Rettung und nirgends sonst. Was wir dann machen, überlegen wir, wenn wir die ›Porpoise‹ erreicht haben. Auf jeden Fall können wir dort den nächsten Winter überstehen.«

»Etwas anderes bleibt uns nicht«, erwiderte Bell.

»Und nun zögern wir keine Stunde mehr«, sagte der Schiffszeugmeister, »keinen Augenblick. Die Dauer unseres Marsches muß nach dem Vorrat berechnet werden, der uns noch bleibt. Laßt uns so schnell wie möglich aufbrechen.«

»Ihr habt recht, Johnson«, sagte der Doktor; »wenn wir morgen, am 25. Februar, aufbrechen, müssen wir am 15. März die ›Porpoise‹ vor uns haben, oder wir verhungern. Wie denkt Ihr darüber, Hatteras?«

»Marschieren wir ab, und zwar auf der Stelle«, antwortete der Kapitän. »Sobald wir fertig sind, brechen wir auf. Vielleicht ist der Weg doch länger und beschwerlicher, als wir meinen.«

»Warum sollte das sein?« fragte der Doktor; »Altamont scheint über die Lage seines Schiffes völlig sicher zu sein.«

»Wenn aber nun die ›Porpoise‹«, entgegnete Hatteras, »genauso auf einem Eisfeld getrieben ist, wie es uns mit der ›Vorwärts‹ gegangen ist?«

»Nun ja«, sagte der Doktor, »ausgeschlossen ist das nicht.«

Johnson und Bell schwiegen, aber Altamont, der dem Gespräch alle Aufmerksamkeit geschenkt hatte, machte dem Doktor begreiflich, daß er etwas sagen wollte, und nach einer guten Viertelstunde Hin- und Herredens und Bedenkens und Zögerns war man sicher, daß die »Porpoise« an einer Küste gestrandet war und von dort nicht habe weitertreiben können. Diese Auskunft beruhigte die Männer, nahm ihnen jedoch gleichzeitig die Hoffnung auf eine Rückkehr mit dem Schiff, es sei denn, es gelänge ihnen, aus den Trümmern ein Boot zu bauen.

Der Doktor richtete noch eine letzte Frage an Altamont: ob er dort, wo er gestrandet sei, freies, offenes Meer angetroffen habe.

»Nein«, war dessen Antwort.

Damit war die Unterhaltung mit Altamont zu Ende. Der Schlitten wurde überholt, und am nächsten Tag brachen sie auf.

Bell ging wieder an der Spitze, der Doktor und der Schiffszeugmeister rechts und links vom Schlitten; wenn es nötig war, zogen oder schoben sie mit; und Hatteras marschierte hinter dem Schlitten her. Altamont hatte man in den Schlitten gebettet.

Es war eine unermeßliche, eintönige Eisfläche, die sie zu überqueren hatten. Gegen acht Uhr abends hatten sie etwa fünfzehn Meilen zurückgelegt. Die kleine Schar machte halt, das Zelt wurde aufgeschlagen, Feuer angezündet und gegessen. Die Nacht verstrich friedlich.

Diesmal wurden Hatteras und seine Gefährten von der Witterung begünstigt; ihr Marsch vollzog sich während der nächsten Tage ohne größere Schwierigkeiten, wenn es auch sehr kalt war.

Obwohl die mutigen Männer von eiserner Willenskraft waren, begannen die Mühen des Marsches erneut sichtbar zu werden. Sie mußten häufiger haltmachen, und doch durften sie keine Stunde Zeit verlieren, denn der Proviant nahm zusehends ab.

Hatteras errechnete ihre Position, sooft ihm das möglich war.

Am 14. März, nach sechzehn Marschtagen, befanden sich die Männer noch immer am 82. Breitengrad; mit ihren Kräften ging es zu Ende. Um das Maß ihrer Leiden voll zu machen, mußten die Rationen für die Menschen auf ein Viertel herabgesetzt werden, damit den Hunden genügend blieb, denn sie hatten die schwerere Arbeit zu leisten. Auf Jagdbeute durften sie nicht rechnen, denn sie besaßen nur noch sieben Ladungen Pulver und sechs Kugeln; sie hatten vergebens auf ein paar Schneehasen und Weißfüchse geschossen; kein Schuß hatte getroffen.

Am 15. war der Doktor so glücklich, eine auf dem Eis liegende Robbe zu sehen. Er verwundete sie mit ein paar Schüssen, und da das Tier nicht mehr entweichen konnte, vermochten sie es zu töten. Johnson zerlegte das Tier, es war jedoch so mager, daß es ihnen nur wenig Fleisch brachte. Der Doktor hob das Fell des Tieres auf, ohne zu wissen, warum, und lud es auf den Schlitten.

Dreiunddreissigstes Kapitel

Der letzte Schuß Pulver

Johnson hatte den abgetriebenen Hunden Quartier in der Höhle geben müssen, in der auch die Männer übernachteten. Es war kein Schnee gefallen, und die trokkene Kälte hätten die Hunde in der Nacht nicht überstanden.

Johnson versuchte, die Tiere mit dem schwärzlichen Robbenfleisch zu füttern, das die Männer nicht genießen konnten, und zu seinem großen Erstaunen erwies sich dieses Fleisch für die Tiere als ausgesprochener Leckerbissen.

Am anderen Morgen stellte der Doktor die Position fest.

»Wir befinden uns noch immer am 82. Breitengrad«, sagte er, »und der Proviant droht uns schon jetzt auszugehen.«

»Ein Grund, keine Zeit zu verlieren!« drängte Hatteras: »Wir müssen weiter!«

»Wenn wir nur das Schiff an der bezeichneten Stelle finden!« meinte Bell, dem die Strapazen des Marsches anzusehen waren.

»Warum sollen wir daran zweifeln!« erwiderte Johnson; »warum sollte uns Altamont in die Irre führen wollen?«

Der Doktor befragte, um noch einmal Sicherheit zu erlangen, Altamont erneut, und Altamont bestätigte alle Einzelheiten, wie er sie schon genannt hatte.

»An dieser Behauptung läßt sich wohl nicht zweifeln«, sagte der Doktor später; »die Schwierigkeit liegt nicht darin, die ›Porpoise‹ zu finden, sondern bis zu ihr hin zu gelangen.«

»Was haben wir noch für Proviant?« fragte Hatteras.

»Höchstens noch für drei Tage«, antwortete der Doktor.

»Nun! Dann müssen wir in drei Tagen dort sein!« rief der Kapitän energisch.

»Das müssen wir freilich«, entgegnete der Doktor, »und wenn es uns glückt, werden wir uns nicht beklagen dürfen, denn bis jetzt sind wir von der Witterung geradezu begünstigt worden!«

Wenige Augenblicke danach lagen die Männer in tiefstem Schlaf. Am Sonnabend weckte Johnson seine Kameraden in aller Frühe. Die Hunde wurden vor den

Schlitten gespannt, und der Marsch nach Norden wurde fortgesetzt.

Der Doktor strich mit der Büchse in der Hand ein paar Meilen landeinwärts, der Kälte und der Öde trotzend. Ehe er sich entfernte, überzeugte er sich, was ihm noch an Munition zur Verfügung stand; es blieben ihm noch vier Schuß Pulver und drei Kugeln, und das war wenig, wenn man daran denkt, daß ein Eisbär oft erst beim zehnten oder zwölften Schuß fällt.

Soweit verstieg sich übrigens der Ehrgeiz des Doktors gar nicht, einen Bären zu schießen, ein paar Hasen oder Füchse wären ihm auch schon recht gewesen und hätten ihren Proviant erheblich aufgebessert. Wenn er aber im Laufe dieses Tages eins von diesen Tieren vor die Augen bekam, so gelangte er entweder nicht nahe genug heran, oder der Schuß ging ihm durch die Strahlenbrechung fehl. An diesem Tag opferte er auf diese Weise umsonst eine Ladung Pulver und eine Kugel.

Am andern Tag schien der Weg schwieriger zu werden. Es war kein Marschieren mehr, sondern man schleppte sich nur noch vorwärts. Die Hunde hatten von der Robbe aufgefressen, was sich davon auffressen ließ, und begannen nun wieder, an ihrem Lederzeug zu kauen. Ein paar Füchse strichen am Schlitten vorbei. Da der Doktor noch einen Schuß an das Raubzeug vergeudet hatte, wagte er es nicht, seine letzte Kugel und seinen vorletzten Schuß Pulver zu verknallen.

Abends wurde beizeiten haltgemacht. Die Männer waren nicht mehr imstande, die Füße zu heben.

Am Montagabend verzehrten sie ihren letzten Proviant. Wenn kein Wunder geschah, waren sie verloren. Hatteras sagte nichts, Bell dachte nichts, Johnson überlegte still vor sich hin, aber der Doktor verzweifelte noch immer nicht.

Johnson kam der Gedanke, die Nacht über ein paar

Fallen zu stellen. Freilich war die Hoffnung auf Beute gering, denn er hatte keinen Köder für die Fallen. Am anderen Morgen sah er denn auch Spuren von Füchsen, aber in die Falle gegangen war keines von den Tieren.

Enttäuscht kehrte er deshalb zurück, als er auf einmal einen riesigen Bären bemerkte, der den Schlitten gewittert haben mußte. Ohne seine Kameraden zu wekken, griff er nach der Flinte des Doktors. Als er in der richtigen Entfernung war, legte er die Flinte an; in dem Moment aber, da er losdrücken wollte, spürte er, wie ihn die dicken Handschuhe hinderten. Er streifte sie ab und packte mit sicherer Hand die Flinte.

Plötzlich entfuhr ihm ein Schmerzensschrei; er hatte sich die Hand an dem kalten Flintenlauf verbrannt, ließ die Flinte fallen, der Schuß ging los, die letzte Kugel war sinnlos verknallt.

Auf den Knall hin rannte der Doktor herbei. Er begriff alles. Und er mußte Johnson trösten, der wegen seines Mißgeschicks fast verzweifelte, und schließlich auch die Hand behandeln, die sich Johnson nicht nur verbrannt hatte, sondern die ihm nun auch noch zu erfrieren drohte.

An diesem Morgen gab es kein Frühstück. Nichts war mehr da, nur noch ein bißchen Kaffee. Dann begann wieder die Quälerei des Marsches.

Bell war nahe am Verzweifeln, er konnte nicht mehr, nicht einmal dem Doktor gelang es, ihn aufzumuntern.

An diesem Tag bezwang man keine drei Meilen. Abends wurde nicht gegessen. Die Hunde drohten einander aufzufressen. Die Menschen fühlten alle Schrekken des Hungers.

Kein einziges Tier mehr ließ sich sehen. Was hätte es ihnen auch genutzt? Nur Johnson glaubte in einer Meile Entfernung einen Riesenbären zu erkennen, der ihnen folgte.

Er wartet auf uns! sagte er sich; er sieht uns schon als seine sichere Beute.

Seinen Gefährten sagte er kein Wort davon. Abends wurde wie immer haltgemacht. Das Abendbrot bestand aus einigen Schlucken Kaffee. Vor Hunger fanden sie keinen Schlaf.

Sechsunddreißig Stunden hatten sie nichts mehr gegessen. Dennoch machten sie sich am anderen Tag, von übermenschlichem Willen getrieben, wieder auf den Marsch und zogen den Schlitten, den die Hunde nicht mehr zu ziehen vermochten, nun selbst. Nach zwei Stunden brachen sie erschöpft zusammen. Hatteras jedoch wollte weiter, immer weiter.

Er bat, und schließlich drohte er, er verlangte Unmögliches.

Als das nichts half, hieb er mit Johnsons Hilfe eine Eishütte in einen Eisberg. Die beiden Männer sahen aus, als grüben sie ihr eigenes Grab.

»Hungers will ich wohl sterben«, sagte Hatteras, »aber nicht erfrieren.«

Nach unbeschreiblichen Anstrengungen war die Eishöhle fertig, und die kleine Schar verkroch sich in ihr.

So verging der Tag. Am Abend hatte Johnson, während seine Kameraden unbeweglich lagen, eine Art Halluzination. Er träumte von Bärenungetümen. Der Doktor wurde aufmerksam und fragte schließlich den alten Seemann, weshalb er ununterbrochen von Bären fasele, und von was für Bären denn die Rede sei.

»Von dem, der hinter uns herläuft«, erwiderte Johnson.

»Der hinter uns herläuft?« wiederholte der Doktor.

»Ja, seit zwei Tagen.«

»Seit zwei Tagen. Habt Ihr ihn denn gesehen?«

»Ja! Er läuft eine Meile hinter uns her.«

»Und davon habt Ihr mir nichts gesagt, Johnson?«

»Wozu?«

»Stimmt!« antwortete der Doktor, »wir können ihm ja doch keine Kugel mehr auf den Pelz brennen.«

»Kein Stück Eisen, keinen Nagel, nichts, nichts mehr!« klagte der Alte.

Der Doktor schwieg und überlegte.

»Seid Ihr ganz sicher, daß uns das Tier folgt?«

»Mister Clawbonny, er wartet auf uns, er weiß, daß wir ihm nicht entgehen!«

»Johnson!« sagte der Doktor, er war beeindruckt von dem Ton, in dem Johnson gesprochen hatte. Es fehlt nicht viel, dachte der Doktor, und er verliert den Verstand.

Der alte Johnson wollte aus der Höhle hinaus. Der Doktor mußte ihn mit Gewalt zurückhalten. Es gelang ihm endlich dadurch, daß er mit fester Überzeugung sagte: »Morgen, Johnson! Morgen schieße ich den Kerl!«

»Ihr habt ja keine Kugel!«

»Und doch schieße ich den Kerl.«

»Blei habt Ihr auch nicht!«

»Nein, aber Quecksilber!«

Der Doktor nahm das Thermometer und legte es draußen nieder. Nach kurzer Zeit war das Quecksilber gefroren.

»Morgen«, sagte der Doktor nochmals zu Johnson ... »Jetzt aber schlaft.«

Die Nacht verging unter Hungerqualen. Nur der Schiffszeugmeister und der Doktor hatten noch ein bißchen Hoffnung.

Am andern Morgen, kaum daß die Sonne erschienen war, stürzte der Doktor, von Johnson gefolgt, hinaus und lief zu dem Thermometer. Er zerschlug es. In diesem Moment trat Hatteras aus der Hütte. Der Doktor zeigte ihm das Stück Quecksilber und erzählte ihm, was er vorhabe. Der Kapitän drückte ihm die Hand, und die drei Männer suchten eifrig den Horizont ab. Es war helles, klares Wetter. Hatteras war seinen Kameraden vorausgeschritten und entdeckte den Bären in einer Entfernung von 600 Schritt. Das Tier saß auf seinen Hinterpranken und wiegte den Kopf hin und her. Er witterte.

»Das dort ist er!« rief der Kapitän.

»Ruhe!« mahnte der Doktor.

Aber der Bär rührte sich auch nicht, als er die Männer gewahrte. Dennoch hatte es seine Schwierigkeit, noch näher heranzukommen.

»Freunde«, sagte Hatteras, »hier handelt es sich nicht um ein Vergnügen, sondern es gilt, unser Leben zu retten. Handeln wir also klug und überlegt!«

»Ja«, sagte der Doktor, »wir haben nur ein einziges Gewehr und eine einzige Kugel. Fehlen dürfen wir den Bären nicht. Wenn wir ihn nicht erwischen, ist es mit uns vorbei.«

»Nun, dann müssen wir ihm direkt auf den Pelz rükken«, sagte Johnson. »Man riskiert zwar sein Leben; aber was hilft das? Ich will das meine gern riskieren.«

»Nein, ich werde das tun!« rief der Doktor.

»Wenn, dann ich!« sagte Hatteras kaltblütig.

»Hatteras«, fragte der Doktor, »wollt Ihr wirklich dem Bären direkt zu Leibe gehen?«

»Wäre ich meiner Sache sicher, ihn niederzuschlagen, so würde ich das tun, Doktor; aber er steckt voller List; versuchen wir es also ebenfalls mit List!«

»Was habt Ihr vor?«

»Mich bis auf zehn Schritt an ihn heranzumachen, ohne daß er meine Nähe ahnt!«

»Und dann?«

»Es ist ein gewagtes, gefährliches, aber ein höchst einfaches Mittel! Ihr habt doch das Fell der Robbe aufgehoben?«

»Es liegt im Schlitten.«

»Gut! Gehen wir also wieder in unsre Eishöhle! Johnson mag draußen auf Posten bleiben!«

Der Schiffszeugmeister verbarg sich hinter einem Eisblock. Der Bär saß nach wie vor auf demselben Fleck und wiegte den Kopf, er schnupperte und schnüffelte.

Vierunddreissigstes Kapitel

Bär und Robbe

Hatteras ging mit dem Doktor wieder in die Eishöhle zurück.

»Ihr wißt«, sagte er zu ihm, »daß der Eisbär die Robbe jagt, daß er in der Hauptsache von ihr lebt. Tagelang wartet er am Rande der Risse und Spalten auf sie, um sie zu fangen. Ein Bär wird sich also über eine Robbe nicht wundern. Im Gegenteil.«

»Ich sehe schon, was Ihr vorhabt«, sagte der Doktor; »ein gefährliches Spiel!«

»Der Erfolg wird uns recht geben«, erwiderte der Kapitän, »ich will mir das Robbenfell überstreifen und auf das Eisfeld schleichen. Verlieren wir keine Zeit! Ladet die Flinte und gebt sie mir!«

Der Doktor konnte nichts darauf erwidern; er hätte auch selbst gewagt, was der Kapitän zu tun bereit war. Nun ging er, mit zwei Beilen unter dem Arm, eins für sich, das andere für Johnson, aus der Eishöhle heraus. Mit dem Kapitän zusammen wollten sie zum Schlitten.

Dort kroch Hatteras in das Robbenfell hinein, während der Doktor die Flinte mit dem letzten Pulver lud, das Quecksilber in den Lauf schob und dann die Waffe Hatteras gab, der sie unter dem Robbenfell verschwinden ließ.

»Vorwärts!« rief Hatteras dem Doktor zu, »zu Johnson! Ich warte noch ein paar Augenblicke, um meinen Gegner irrezuführen. Vor allen Dingen aber: Zeigt euch beide nicht eher, als bis ich schieße.«

Rasch lief der Doktor zu dem Eisblock, hinter dem Johnson sich verborgen hatte.

»Nun?« fragte der.

»Hatteras opfert sich, um uns zu retten.«

Der Doktor war erregt; er sah den Bären, dessen Kopf schneller hin- und herpendelte: Er war aufmerksam geworden.

Nach einer Viertelstunde etwa kroch die Robbe über das Eis. Sie hatte einen Umweg um die großen Eisblöcke gemacht. Nun war sie etwa fünfzig Schritt von ihm entfernt. Der Bär sah die Robbe und kroch in sich zusammen, als wolle er sich vor der Robbe verstecken.

Hatteras ahmte die Bewegungen der Robbe mit außerordentlichem Geschick nach, und hätte der Doktor nicht gewußt, daß sich unter dem Fell Hatteras verbarg, hätte er sich leicht selbst irreführen lassen.

»So geht's! So geht's!« rief Johnson leise.

Die Robbe, die sich dem Bären von der Seite näherte, schien den gar nicht zu bemerken, sondern einen Spalt im Eise zu suchen, durch den sie ins Wasser zurückfand. Der Bär seinerseits bewegte sich mit äußerster Vorsicht auf die Robbe zu; der Hunger funkelte in seinen Augen.

Bald war die Robbe keine zehn Schritt mehr von dem Bären entfernt, der plötzlich zum Sprung ansetzte, mit einem gewaltigen Satz an die Robbe heran war und verblüfft drei Schritt vor Hatteras zum Stehen kam, der sein Robbenfell abgeworfen hatte und, auf ein Knie gestützt, dem Bären ins Herz zielte.

Der Schuß knallte, und der Bär wälzte sich auf dem Eis.

»Vorwärts! Vorwärts!« rief der Doktor und rannte zu Hatteras. Johnson hinter ihm her.

Das gewaltige Tier hatte sich wieder aufgerichtet, schlug mit seinen Pranken in der Luft herum. Hatteras hatte sich nicht vom Fleck gerührt. Mit dem Messer in der Faust wartete er. Aber er hatte gut gezielt und mit sicherer Hand geschossen. Ehe seine Freunde heran waren, saß dem Bären das Messer des Kapitäns tief in der Kehle. Der Bär brach zusammen.

»Hurra, Hatteras! Hurra!« rief der Doktor.

»Hurra!« rief Johnson.

Hatteras zeigte keinerlei Erregung, er betrachtete den riesigen Leib des Bären.

»Jetzt bin ich an der Reihe«, sagte Johnson. »Wir dürfen nicht warten, bis er steinhart gefroren ist.«

Johnson begann das gewaltige Tier abzuhäuten, es war fast so groß wie ein Ochse. Dann schlitzte er es auf, der Magen war leer. Dennoch war es fett genug und hatte ein beträchtliches Gewicht. Der Bär wurde in mehrere Stücke zerlegt, und diese wurden dann zur Hütte geschleppt.

Heißhungrig, wie sie waren, wären sie am liebsten gleich über das rohe Fleisch hergefallen, aber der Doktor hielt sie zurück und bestand darauf, daß das Fleisch erst gekocht würde.

Aber als er in die Höhle trat, stellte er fest, daß das Feuer erloschen war. Johnsons Aufgabe war es, sich um das Feuer zu kümmern. Über das Abenteuer mit dem Bären jedoch hatte niemand mehr an den Ofen gedacht, auch Johnson nicht. Der Doktor wollte das Feuer wieder anfachen, aber unter der bereits erkalteten Asche war kein einziges Fünkchen mehr zu finden.

Na, Geduld, Geduld! sagte er sich, ging zum Schlitten, um Feuerschwamm zu holen, und verlangte von Johnson das Feuerzeug. Johnson suchte in der Tasche, fand es jedoch nicht. Er suchte die Höhle ab, drehte die Dekken um; das Feuerzeug blieb verschwunden.

»Na?« rief der Doktor.

Johnson kam zurück und sah seine Kameraden betreten an.

»Habt Ihr vielleicht das Feuerzeug, Mister Clawbonny?« fragte er.

»Nein, Johnson!«

»Ihr auch nicht, Kapitän?«

»Nein«, antwortete Hatteras.

»Ihr habt es doch immer gehabt«, meinte der Doktor.

»Freilich, freilich!« sagte Johnson, »aber ich habe es nicht mehr!«

»Ihr habt es nicht mehr!« rief der Doktor, und seine Stimme zitterte merklich.

Ein zweites Feuerzeug war nicht vorhanden, und der Verlust mußte schreckliche Folgen haben.

»Sucht doch weiter, Johnson!« riet der Doktor.

Johnson lief zu der Eisscholle, hinter der er sich versteckt gehabt hatte, dann zu der Stelle hin, wo er den Bären zerlegt hatte. Aber er fand nichts. Verzweifelt kehrte er zurück.

»Eine böse Geschichte!« sagte Hatteras zum Doktor, ohne indessen Johnson Vorwürfe zu machen.

»Ja, ja«, erwiderte der Doktor.

»Wir haben nicht einmal ein Instrument, nicht einmal ein Fernrohr, dem wir eine Linse entnehmen könnten, um uns Feuer zu beschaffen.«

»Weiß ich, weiß ich«, erwiderte der Doktor, »und das ist sehr bedauerlich, denn die Sonnenstrahlen hätten schon Kraft genug, den Schwamm zu entzünden.«

»Nun, dann essen wir eben das Fleisch roh«, sagte Hatteras; »marschieren wir weiter, damit wir so schnell wie möglich das Schiff erreichen.«

»Ja!« sagte der Doktor, in Gedanken versunken, »schlimmstenfalls muß es auch so gehen. Warum auch nicht, versuchen kann man's ja.«

»Versuchen? Was versuchen? Woran denkt Ihr?« fragte Hatteras.

»Es fällt mir was ein . . .«

»Was fällt Euch ein?« rief Johnson, »wenn Euch was einfällt, dann sind wir aus der Patsche heraus.«

»Ob es gelingt«, antwortete der Doktor, »ist freilich eine andere Frage.«

»Was habt Ihr vor?« fragte Hatteras.

»Uns fehlt eine Linse . . . Nun, machen wir uns eine!«

»Aber wie?« fragte Johnson.

»Aus einem Stück Eis, das wir zur Linse schneiden!«

»Was? Ihr glaubt . . .?«

»Warum nicht? Es kommt doch nur darauf an, die Sonnenstrahlen zu brechen. Das vermag Eis genauso zu tun wie der beste Kristall.«

»Ist das möglich?« fragte Johnson.

»Ja natürlich! Nur wäre mir Süßwassereis lieber als Salzwassereis, es ist durchsichtiger und härter.«

»Wenn ich mich nicht irre«, sagte Johnson, auf einen Eisblock in etwa hundert Schritt Entfernung zeigend, »so ist dieser Block dort mit seinen grünlichen Farben . . .«

»Ihr habt recht, Johnson! Los, Freunde! Johnson, nehmt das Beil mit!«

Die drei Männer eilten zu dem Eisblock, der tatsächlich aus Süßwassereis bestand. Der Doktor ließ ein Stück von einem Fuß im Durchmesser abschlagen und machte sich dann daran, das Stück grob mit dem Beil zu behauen. Dann polierte er die Oberfläche mit seinem Messer, zuletzt mit der Hand, und erhielt bald eine Linse, durchsichtig genug, um die Dienste zu tun, die man von ihr verlangte. Dann kehrte er zum Eingang der Eishütte zurück, nahm dort ein Stück Schwamm und begann sein Experiment.

Er hielt die Eislinse so, daß die Strahlen auf den Schwamm fielen, nach kurzer Zeit fing er tatsächlich Feuer.

»Hurra!« rief Johnson, der seinen Augen nicht zu

trauen wagte. »Ach, Mister Clawbonny!« Johnson war mehr als erleichtert, wie ein Narr sprang und hüpfte er herum.

Der Doktor war wieder in die Hütte getreten. Wenige Minuten später rumorte es im Ofen, und bald weckte leckerer Fleischgeruch den Zimmermann Bell aus seinem Brüten.

»Heute ist ein Glückstag für uns!« sagte der Doktor. »Jetzt haben wir Proviant genug für das letzte Stück unserer Reise. Aber wir müssen aufpassen, daß wir nicht zuviel davon auf einmal essen. Außerdem werden wir guttun, uns bald wieder auf den Marsch zu begeben.«

»Mehr als achtundvierzig Stunden können wir von der ›Porpoise‹ nicht mehr entfernt sein«, meinte Altamont, der inzwischen einigermaßen die Sprache wiedergefunden hatte.

»Hoffentlich finden wir dort was zum Feuermachen«, rief der Doktor und lachte.

»Aber gewiß«, antwortete Altamont.

»Denn wenn auch meine Eislinse nicht schlecht ist«, meinte der Doktor, »an Tagen, wo die Sonne fehlt, ist mit ihr nichts anzufangen.«

»Wir müssen weiter!« kommandierte Hatteras mit rauher Stimme.

Die Fleischmahlzeit kräftigte die Männer, und auch die Hunde bekamen reichlich zu fressen. Nun war das Marschtempo wieder größer. Unterwegs versuchte der Doktor von Altamont herauszukriegen, was ihn so weit nach Norden hinaufgeführt hatte, aber Altamont gab nur ausweichende Antworten.

»Wir müssen zwei Männer im Auge behalten«, flüsterte der Doktor dem alten Schiffszeugmeister ins Ohr.

»Ja«, antwortete Johnson, er hatte verstanden, was der Doktor meinte.

»Hatteras richtet nie das Wort an Altamont, und dieser scheint wenig gesonnen, sich erkenntlich zu zeigen. Zum Glück sind wir noch da.«

»Mister Clawbonny«, sagte Johnson, »seitdem dieser Yankee wieder lebendig wird, gefällt mir sein Gesicht nicht sonderlich.«

»Entweder irre ich mich sehr«, antwortete der Doktor, »oder ihm ist klar, welches Ziel Hatteras verfolgt.«

»Glaubt Ihr denn, daß Altamont dieselben Absichten hat wie Hatteras?«

»Wer will das wissen!«

»Ihr denkt also, Altamont . . .«

»Ich denke gar nichts«, sagte der Doktor.

»Aber die Position seines Schiffes auf dem Weg zum Pol gibt doch zu denken!«

»Altamont behauptet, er sei ohne sein Zutun so hoch hinaufgeschleppt worden!«

»Das sagt er; und dabei lag ein ganz merkwürdiges Lächeln um seine Lippen.«

»Teufel auch, Mister Clawbonny! Wenn sie sich dabei in die Haare gerieten, wer von beiden der erste am Pol ist!«

»Hoffentlich vergißt Altamont nicht, daß wir ihm das Leben gerettet haben!«

»Hm! Dafür rettet er jetzt das unsere! – Hoffen wir, daß wir alles zu einem guten Ende bringen.«

Die weitere Reise verlief ohne Zwischenfall. An Bärenfleisch war kein Mangel; die Männer vermochten sich tüchtig satt zu essen. Dank dem Humor und der praktischen Philosophie des Doktors herrschte sogar eine geradezu vortreffliche Stimmung.

Im Laufe des Sonnabends änderte sich das Aussehen des Eises. Riesige Blöcke lagen übereinandergetürmt. Sie verrieten, daß die Küste nicht mehr weit war.

Altamont hatte sich auf den Schlitten gestellt und suchte den Horizont ab. Er zeigte deutlich seine Ungeduld.

Die letzten Messungen hatten ergeben, daß sie auf 83° 5′ Breite und 120° 15′ Länge waren; es war die Position, unter der sie auf Altamonts Schiff zu stoßen hofften.

Dieser Tag also mußte die Entscheidung über Leben und Tod für die kühnen Männer bringen.

Endlich, gegen zwei Uhr nachmittags, wies Altamont auf eine weiße Masse, die jeder andere für einen der Eisberge gehalten hätte.

»Die ›Porpoise‹!« rief Altamont.

Fünfunddreissigstes Kapitel

Die »Porpoise«

Allen schien die Energie gewachsen, als sie ihr Ziel so greifbar dicht vor Augen hatten.

Das Marschtempo wurde beschleunigt; die Hunde waren kaum noch zu halten, und bald standen sie vor dem Schiff, das völlig unter dem Schnee begraben war. Die Takelage war, als das Schiff strandete, über Bord gegangen. Das Schiff lag auf der Seite zwischen Felsen gebettet, der Kiel war halb aufgerissen. Es würde schwierig sein, sich in dem Schiff wohnlich einzurichten. Um bis zum Proviantraum zu gelangen, mußten über fünfzehn Fuß Eis weggeräumt werden. Das Eis jedoch hatte alles Raubzeug abgehalten, und so fand man die Vorräte unangetastet.

»Es ist schon viel wert, daß wir hier Brennmaterial und Proviant vorfinden«, meinte Johnson, »wenn es anders nicht möglich ist, werden wir wieder eine Schneehütte bauen.«

»Ja«, sagte der Doktor, »aber übereilen wir nichts, sondern erkunden wir erst alle Möglichkeiten.«

»Leider vermisse ich jegliches Boot, Mister Clawbonny«, erwiderte Johnson; »und die Schiffstrümmer sind in zu schlimmem Zustand, als daß wir Aussicht hätten, ein Boot daraus zu bauen.«

»Wer weiß«, antwortete der Doktor, »mit Zeit und Überlegung läßt sich stets etwas anfangen. Kümmern wir uns erst einmal um die Behausung; später können wir immer noch sehen, wie es mit einem Boot steht.«

Die drei verließen das Schiff, kehrten zum Schlitten zurück und unterrichteten Bell und Altamont von ihrem Vorhaben. Bell versprach, alles zu tun, um die Pläne zu verwirklichen. Altamont jedoch schüttelte den Kopf, als er hörte, mit seinem Schiff wäre nichts mehr anzufangen. Da aber im Augenblick alles Reden überflüssig war, hielt man sich daran, zunächst in der »Porpoise« Zuflucht zu suchen und dann an der Küste eine geräumigere Unterkunft zu bauen.

Gegen vier Uhr nachmittags waren die fünf Männer im Zwischendeck so gut einquartiert, wie es das Schiffswrack zuließ. Bell hatte mit Balken und Masttrümmern einen fast waagerechten Fußboden aufgeschlagen, und dorthin wurden die hartgefrorenen Matratzen geschafft, die in der Wärme bald wieder auftauten. Altamont vermochte sich, auf den Doktor gestützt, ohne allzu große Mühen in die Ecke zu begeben, die für ihn hergerichtet worden war. Als er den Fuß auf sein Schiff setzte, seufzte er erleichtert; der Schiffszeugmeister hörte das und dachte sich sein Teil dabei.

Er fühlt sich hier zu Hause, sagte sich der alte Seebär, es kommt einem fast so vor, als lüde er uns bei sich zu Gaste.

Den Rest des Tages verbrachten sie damit, sich von den Anstrengungen auszuruhen; alle Anzeichen deuteten darauf hin, daß sich das Wetter verändern würde.

Fest stand, daß sich die »Porpoise« jenseits vom Kältepol und in weniger kalten Gebieten befand.

An diesem Tag wurden die letzten Reste von Bärenfleisch verzehrt; dazu gab es Schiffszwieback, den sie im Vorratsraum des Schiffes gefunden hatten, und ein paar Tassen Tee. Dann machte sich die Müdigkeit bemerkbar, und es dauerte nicht lange, da waren die Männer eingeschlafen.

Am anderen Morgen erwachten Hatteras und seine Kameraden später als sonst; ihre Gedanken bewegten sich in neuer Richtung; die Unsicherheit über den kommenden Tag war ihnen genommen; sie sannen nur noch darauf, sich so gut wie möglich einzurichten, sie vergaßen die Strapazen und Leiden des Marsches, und sie waren bestrebt, sich die Zukunft so gut zu gestalten, wie es die Umstände zuließen.

»Uff!« rief der Doktor und reckte die Arme. »Es ist doch gut, wenn man sich nicht zu fragen braucht, wo man am Abend schlafen und was man am andern Tag essen wird!«

»Sehen wir doch erst mal nach, was uns das Schiff sonst noch zu bieten hat«, erwiderte Johnson.

Die »Porpoise« war für eine lange Fahrt ausgerüstet und verproviantiert worden. Die Aufstellung ergab folgende Vorräte: 6 500 Pfund Mehl, 1 000 Pfund Fett, 100 Pfund Rosinen, 2 000 Pfund Rauch- und Pökelfleisch, 1 500 Pfund getrocknetes Fleisch, 700 Pfund Zucker, ebensoviel Schokolade, anderthalb Kisten Tee im Gewicht von 96 Pfund, 500 Pfund Reis, mehrere Fässer voll eingemachtem Obst und eingemachtem Gemüse, Zitronensaft in reichlicher Menge, ebenso Cochlearia-, Sauerampfer- und Kressesamen, 300 Gallonen Rum und Branntwein. Im Pulverraum lagen Schießpulver, Kugeln und Blei in großer Menge; ebenfalls Holz und Kohlen. Mit besonderer Fürsorge betrachtete der Doktor die wissenschaftlichen und nautischen Instrumente; er fand sogar eine vorzügliche Bunsenbatterie, die mitgenommen worden war, um Elektrizitätsexperimente durchzuführen.

Alles in allem mochte dieser Proviant zwei Jahre lang für fünf Menschen reichen. Jede Furcht, Hungers zu sterben oder zu erfrieren, war damit gebannt.

»Nun sind wir über alle Sorgen weg!« sagte der Doktor zum Kapitän. »Nichts kann uns mehr hindern, bis zum Pol vorzudringen!«

»Bis zum Pol!« antwortete Hatteras.

»Ohne Zweifel«, sagte der Doktor; »wer soll uns während des Sommers daran hindern, diese Gebiete zu erkunden!«

»Ja, das Land schon; aber die Meere?«

»Können wir nicht aus den Trümmern der ›Porpoise‹ eine Schaluppe bauen?«

»Und wem gehört sie dann, und wer befehligt sie — Altamont?« erwiderte Hatteras unzufrieden.

Der Doktor verstand, was den Kapitän bewegte, und er hielt es nicht für nötig, diese Frage weiter zu erörtern. Deshalb änderte er das Thema der Unterhaltung.

»Wir wissen nun, woran wir mit dem Proviant sind«, fuhr er fort; »jetzt gilt es, diese Vorräte und auch uns gut unterzubringen. An Baumaterial dazu fehlt es nicht. Wir können uns sogar sehr bequem einrichten. Hoffentlich tut Ihr Euer Bestes dabei, Bell«, setzte der Doktor, zum Schiffszimmermann gewandt, hinzu. »Mit ein paar guten Ratschlägen werde ich Euch durchaus zur Hand gehen können.«

»Ist mir schon recht, Mister Clawbonny«, antwortete Bell, »nötigenfalls soll's mir nicht schwerfallen, aus diesen Eisblöcken eine ganze Stadt mit Häusern und Straßen zu bauen.«

»Suchen wir zuerst den richtigen Platz aus, Kameraden«, rief der Doktor. »Kommt Ihr mit, Hatteras?«

»Ich verlasse mich ganz auf Euch, Doktor«, erwiderte der Kapitän. »Ich will zunächst einmal zur Küste.«

Altamont, noch immer zu schwach, um sich an den Arbeiten zu beteiligen, wurde an Bord seines Schiffes gelassen, und die andern begaben sich wieder an Land. Es war stürmisches und finsteres Wetter.

So weit das Auge reichte, dehnte sich nach Westen das jetzt völlig vereiste Meer. Im Osten war es durch eine zerklüftete Steilküste begrenzt. Weiter im Innern erhob sich ein nicht allzu hohes Gebirge. Nach Norden hin zog sich ein Vorgebirge ins Meer. Vor der Küste lag eine kleine Insel, in deren Nähe sie bestimmt einen sicheren und geschützten Ankerplatz gefunden hätten, wäre es nicht so gut wie unmöglich gewesen, überhaupt dorthin zu gelangen.

In einer Bucht fand sich eine weitere Ankergelegenheit; indessen war es fraglich, ob diese Bucht jemals auftauen würde. Die Berichte, auf die sich Hatteras stützte, verhießen zwar freies Wasser im Sommer, aber Hatteras war in der letzten Zeit doch sehr skeptisch geworden.

Ziemlich dicht an der Küste entdeckte der Doktor eine runde Hochebene von etwa 200 Fuß Durchmesser, die zum Teil von einer hohen senkrechten Wand begrenzt wurde. Diese Stelle schien ihm am geeignetsten, eine feste Hütte zu errichten.

Etwa zehn Fuß gefrorenen Schnee wollte der Doktor abtragen, dann hätte er einen genügend guten Untergrund, so hoffte er.

Am Montag, Dienstag und Mittwoch wurde ununterbrochen gearbeitet. Endlich zeigte sich der feste Boden, der aus sehr hartem feinkörnigem Granit bestand; seine Ränder waren scharf wie Glas.

Der Doktor hatte schon feste Vorstellungen davon, wie das Haus aussehen sollte: Vierzig Fuß lang, zwanzig Fuß breit und zehn Fuß hoch sollte es sein. Es waren drei Räume vorgesehen; ein Wohn-, ein Schlaf- und ein Kochraum; mehr brauchten sie nicht. Links lag der Koch-, rechts der Schlaf-, in der Mitte der Wohnraum.

Fünf Tage lang gab es heiße Arbeit. An Material fehlte es nicht. Die Eiswände mußten dick genug sein, einem möglichen Tauwetter zu widerstehen. Je weiter der Bau voranschritt, desto zufriedener zeigten sich die Männer. Vier Fenster hatte die Hütte auf der Landseite, zwei gehörten zum Wohn-, eins zum Koch- und eins zum Schlafraum; die Scheiben waren glatte Eistafeln; sie gaben ein mildes Licht. Vor dem Wohnraum, zwischen den beiden Fenstern, zog sich ein langer Gang hin, der ins Haus hineinführte. Eine von der »Porpoise« stammende feste Tür schloß den Gang winddicht ab.

Als das Haus fertig war, zeigte sich der Doktor sehr zufrieden mit seiner Arbeit, auch wenn sich über die Stilart des Hauses keine genauen Angaben machen ließen. In den Schlafraum wurden die Matratzen aus der »Porpoise« geschafft, die um einen geräumigen Ofen gelegt wurden. Bänke, Stühle, Sessel, Tische und Schränke wurden im Wohnraum untergebracht, der gleichzeitig als Eßraum diente. Das ganze Haus, auch der Fußboden, wurde mit Segeln ausgeschlagen, um so viel Wärme wie möglich zu halten.

Die Wände des Hauses waren fünf Fuß dick, so daß die Fensteröffnungen fast wie Geschützluken wirkten.

Als das alles getan war, gingen die Männer daran, einen Schuppen und ein Pulvermagazin zu errichten. Am 8. April war endlich alles auf dem festen Land unter Dach und Fach.

Schließlich wurde noch eine kleine Hütte neben dem Schuppen errichtet, in der die Grönländerhunde untergebracht wurden. Tell wurde mit in die Wohnhütte genommen.

Doch das alles genügte dem Doktor nicht. Unter seiner Leitung wurde die Hochebene mit einem Eiswall eingefriedet, der einen Einbruch von Bären verhüten sollte. Am 15. April war auch das getan, und besonders der Doktor war mehr als stolz auf sein Werk.

Um das Getane gebührend zu feiern, wurde ein wahres Festessen aufgetischt. Sogar frisches Fleisch gab es, nicht nur Pökelfleisch, und nach dem Essen einen guten Schnaps. Dem Doktor zu Ehren, der den größten Anteil an dem Geleisteten hatte, wurde die Hütte des »Doktors Haus« getauft.

Sechsunddreissigstes Kapitel

Ausflug zur Victoriabai

Während der Vorbereitungen für den Winter war Altamont wieder zu Kräften gekommen. Er hatte sogar mit zugegriffen, als es galt, die Vorräte der »Porpoise« an Land zu schaffen. Nach den Wochen seiner Krankheit war er nun wieder der kraftvolle, energische, intelligente Mann mit dem entschlossenen Charakter, der unternehmende, verwegene, zu allem bereite Kapitän Altamont.

Zwischen Hatteras und ihm bestanden wohl gewisse Ähnlichkeiten im Charakter, aber keine Sympathien. Daß die beiden Männer Freunde werden würden, nahm niemand an. Eher erwartete man das Gegenteil.

Der Doktor erkannte das als erster, und er hatte alle Ursache, eine Feindschaft, wenn nicht tödlichen Haß, zwischen den beiden Kapitänen vorherzusagen. Und doch konnte von diesen beiden schließlich doch nur einer kommandieren. Ohne Frage hatte Hatteras alles Recht zu verlangen, daß sich Altamont ihm unterordnete. Stand aber der eine der beiden Männer an der Spitze seiner Leute, so stand der andere an Bord seines Schiffes oder dessen Überresten, und das machte sich fühlbar.

Am Tag nach der Einweihung des Hauses erstieg Clawbonny, sobald die Sonne am Himmel war, die steilen Stufen zu der Felswand, in deren Schutz das Haus erbaut worden war. Das ging nicht ohne Mühe, aber die

Mühe lohnte sich, denn von oben hatte der Doktor einen weiten Blick über die Umgebung. Dabei kam ihm ein Gedanke, den er nach allen Seiten durchdachte, und als er wieder in die Hütte trat, teilte er ihn seinen Kameraden mit.

»Ich habe mir überlegt«, sagte er zu ihnen, »auf dem Gipfel des Bergkegels über unsern Köpfen einen Leuchtturm zu errichten.«

»Einen Leuchtturm?« riefen alle wie aus einem Munde.

»Jawohl, und er wird von doppeltem Vorteil für uns sein: Einmal wird er uns nachts, wenn wir zum Beispiel von einem Erkundungsmarsch heimkehren, als Führer dienen, und während der langen Winternacht wird er unsere Hochebene beleuchten.«

»Nun ja«, sagte Altamont, »das wäre schon eine gute Sache, aber wie wollt Ihr das machen?«

»Eine Signalstange von der ›Porpoise‹ wird dafür genügen.«

»Gut. Und wovon soll die Lampe des Turms brennen? Etwa von Robbenfett?«

»Aber nicht doch! Dieses Licht würde nie den Nebel durchdringen.«

»Meint Ihr, Leuchtgas aus unsern Steinkohlen zu gewinnen?«

»Auch nicht, auch das würde nicht reichen; außerdem würden wir damit einen Teil unseres Vorrats an Brennmaterial verbrauchen.«

»Ja, was denn sonst?«

»Sehr einfach!« sagte der Doktor, »ich will einen elektrischen Leuchtturm ...«

»Einen elektrischen Leuchtturm?«

»Gewiß! Ihr habt doch eine Bunsenbatterie an Bord?«

»Ja«, antwortete Altamont.

»Dann ist also nichts leichter, als einen elektrischen Leuchtturm zu bauen. Bei seinem Licht wird man besser sehen und kosten wird es uns auch nichts.«

»Ausgezeichnet«, rief der Schiffszeugmeister, »und je weniger wir Zeit verlieren . . .«

»Nun, wir brauchen nur anzufangen«, sagte der Doktor, »und in einer Stunde werden wir eine Eissäule von zehn Fuß Höhe errichtet haben, die ausreichen wird.«

Der Doktor ging vor die Hütte. Seine Kameraden folgten ihm bis zum Kegel hinauf; die Säule hatte bald die nötige Höhe und wurde mit einer der Signalstangen der »Porpoise« gekrönt. Dann legte der Doktor die Leitungsdrähte von der Batterie, die in der Hütte aufgestellt wurde, bis zur Laterne des Turmes.

Das alles dauerte gar nicht lange, dennoch warteten die Männer bis Sonnenuntergang mit dem Einschalten der Lampe. Es war ein prächtiges Schauspiel, als der Leuchtturm schließlich brannte. Johnson klatschte vor Freude laut in die Hände.

»Mister Clawbonny, das habt Ihr vorzüglich gemacht!« rief er.

»Ein bißchen was muß man halt von allem verstehen«, antwortete der Doktor bescheiden.

Die Kälte jedoch trieb die Männer bald wieder an den warmen Ofen zurück, und einer nach dem andern verschwand in der Hütte, um sich dort unter seine Decken zu verkriechen.

Die nächsten Tage waren stürmisch. Als der Wind nachließ, wurde ein größerer Erkundungsmarsch beschlossen.

Altamont, der Doktor und Bell rückten, jeder mit einer Doppelflinte und genügend Munition versehen, mit Beil und Schneemesser bewaffnet, in aller Frühe bei bedecktem Himmel aus.

Hatteras sollte während ihrer Abwesenheit die Küste kartographieren. Bevor sie losmarschierten, schaltete der Doktor den Leuchtturm an.

Es war bitterkalt, aber trocken und ruhig. Die Männer schritten auf Kap Washington zu. Der harte Schnee begünstigte ihren Marsch. In einer halben Stunde hatten sie die drei Meilen zurückgelegt, die sie von dem Kap trennten.

Sie begegneten keiner menschlichen Spur. Aber auch Tieren begegneten sie so gut wie nicht, die Jagd würde also unergiebig sein.

Um tiefe Schluchten und scharfe Felsengrate zu umgehen, waren die drei Männer landeinwärts abgebogen, kehrten aber nach einiger Zeit zum Strand zurück. Die Schollen waren noch nicht gebrochen, im Gegenteil. Das Meer war noch mit einer festen Eisdecke überzogen, so weit das Auge reichte. Ein paar Robbenfährten kreuzten ihren Weg.

Und dann sahen sie ein Walroß, etwa 200 Schritt vor ihnen reckte und wälzte es sich in den bleichen Sonnenstrahlen.

Die drei Jäger verteilten sich so im Kreis um das Tier, daß sie ihm den Rückzug abschnitten, und kamen, hinter Eisblöcken versteckt, bis auf wenige Fuß heran. Dann gaben sie gleichzeitig Feuer. Das Walroß überschlug sich, wollte fliehen — aber Altamont ging ihm mit dem Beil zu Leibe und hieb ihm die Rückenflossen ab. Das Walroß setzte sich immer noch verzweifelt zur Wehr; ein paar Schüsse machten ihm schließlich den Garaus.

Es war ein stattliches Exemplar. Der Doktor schnitt aus dem Fleisch die saftigsten Stücke heraus und ließ den Kadaver den Tieren zur Beute.

Die Nacht sank bereits herab; es war ratsam, zur Hütte zurückzukehren. Der Himmel war ganz hell und klar geworden, die Sterne funkelten, und der Mond ging auf.

»Vorwärts, meine ich«, sagte der Doktor, »es wird spät; im großen und ganzen ist unsre Jagd nicht sehr glücklich gewesen; aber ein Jäger, sobald er auch nur ein bißchen was erbeutet hat, hat kein Recht zu klagen.

Es wird das beste sein, wir schlagen den kürzesten Weg ein, damit wir uns nicht verirren.«

Der Doktor richtete sich nach dem Polarstern, aber er war schlecht beraten, daß er das tat, denn da der Polarstern fast genau über ihnen stand, war er nur sehr schlecht dazu angetan, ihnen die Richtung zu weisen. Das Ergebnis war, daß sich die Männer nach kurzer Zeit völlig verlaufen hatten.

Es wurde schon erwogen, die Nacht in einer Eishütte zuzubringen, sich dort auszuruhen und den Tag abzuwarten. Aber der Doktor, der fürchtete, Hatteras und Johnson in Unruhe und Sorge zu versetzen, bestand darauf weiterzumarschieren.

»Tell führt uns«, sagte er, »der Hund wird sich nicht irren; sein Instinkt ist besser als Kompaß und Polarstern. Folgen wir ihm!«

Tell lief voraus, und ihre Entscheidung erwies sich als richtig, denn bald tauchte am Horizont ein Lichtschimmer auf, der nicht mit einem Stern zu verwechseln war.

»Unser Leuchtturm!« rief der Doktor.

»Meint Ihr wirklich, Mister Clawbonny?«

»Gewiß, gewiß! Eilen wir darauf zu!«

Je näher die Reisenden kamen, desto stärker wurde das Licht.

Sie verdoppelten die Schritte, und nach einer halben Stunde hatten sie ihr Zuhause erreicht.

Siebenunddreissigstes Kapitel

Interessante Spuren

Sechs Tage saßen die Männer in der Hütte fest, ein gewaltiger Schneesturm zwang sie dazu. In der Nacht vom 26. zum 27. April jedoch schlug das Wetter wieder um.

Das Thermometer sank merklich, und die Männer spürten es empfindlich an der bis unter ihre Decken dringenden Kälte. Altamont, der die Ofenwache hatte, tat alles, damit das Feuer nicht ausging.

Am andern Morgen stand der Doktor sehr frühzeitig auf und bahnte sich einen Weg durch die Eismassen, die bis zu dem Gipfel reichten, auf dem der Leuchtturm stand.

Der Wind war nach Norden umgesprungen. Die Luft war rein und klar. Unermeßlich weit dehnte sich das Weiß des frisch gefallenen Schnees.

Die fünf Männer waren bald draußen, um die Hütte von den ringsum aufgetürmten Schnee- und Eismassen zu befreien. Auf dem Plateau fanden sie sich kaum noch zurecht, der sechs Tage lang wütende Sturm hatte alle Unebenheiten des Bodens ausgeglichen.

Zwei Stunden tüchtiger Arbeit brauchten sie, um ihre Hütte wieder frei zu schaufeln und um zu den Speichern und zum Pulvermagazin zu gelangen.

Da so ein gewaltiger Schneesturm alle Tage wieder auftreten konnte, wurde der Kochraum mit genügend Proviant versorgt. Das Bedürfnis nach frischem Fleisch wurde immer größer, und die Jäger erhielten deshalb den Auftrag, genügend Wild zu schießen. Da aber noch nicht einmal der Frühling da war, war auch nicht damit zu rechnen, viel Beute zu machen. Auf mehr als auf ein paar vorwitzige Schneehühner wagte niemand zu hoffen.

In östlicher Richtung drangen sie in die unermeßlich weiten Flächen vor; aber wider alles Erwarten brauchten sie nicht weit zu laufen, denn kaum 200 Schritt von ihrer Hütte entfernt stießen sie auf zahlreiche Fährten, die zur Victoriabucht hinunterführten und ihre Hütte wie mit konzentrischen Kreisen einzuschließen schienen. Nachdem sie die Spuren betrachtet hatten, sahen sich die Männer verdutzt an.

»Hm«, meinte der Doktor, »die Geschichte scheint mir klar zu sein.«

»Mehr als klar«, erwiderte Bell, »Bärenfährten!«

»Ein vorzügliches Wild«, sagte Altamont, »aber die Sache hat einen Haken.«

»Und der wäre?« fragte der Doktor.

»Es sind zu viele, meine ich«, erwiderte Altamont.

»Was soll das heißen?« fragte Bell.

»Das hier sind wenigstens die Fährten von fünf Bären«, sagte Altamont, »und fünf Bären für fünf Menschen sind entschieden zuviel!«

»Sind es wirklich so viele?« fragte der Doktor.

»Urteilt doch selbst! Diese Fährte hier ist doch nicht von einem Tier! Vergleicht die Eindrücke nur genau, es sind fünf.«

»Ohne Frage«, bestätigte Bell, nachdem er die Spuren eingehend gemustert hatte.

»Dann heißt es also vorsichtig sein«, meinte der Doktor. »Wenn der Winter zu Ende geht, werden die Bären heißhungrig und können äußerst gefährlich werden.«

»Sie werden auch ihre Absichten haben«, ergänzte Altamont.

»Glaubt Ihr, sie hätten uns aufgespürt?« fragte der Doktor.

»Ganz sicher! Diese Fährten, die im Kreise verlaufen, sprechen eine beredte Sprache. Seht doch! Die Bären sind aus Südosten gekommen, haben hier haltgemacht und das Gelände abgesucht.«

»Ihr habt recht«, bestätigte der Doktor, »sicher sind die Biester heute nacht gekommen.«

»Sie sind sicher schon vorher dagewesen«, entgegnete Altamont, »nur hat der Schnee ihre Spur verwischt.«

»Nein«, behauptete der Doktor, »es ist wohl wahrscheinlicher, daß sie den Sturm abgewartet haben. Vom Hunger getrieben, sind sie zur Küste gelangt, vielleicht waren sie hinter ein paar Robben her, und dabei haben sie uns gewittert.«

»Das bleibt sich gleich«, sagte Altamont; »übrigens werden wir leicht erfahren, ob sie in der nächsten Nacht wieder auftauchen.«

»Und wie?« fragte Bell.

»Wir werden die Spuren auf einem Teil der Strecke verwischen. Sind dann morgen neue Spuren da, ist es auch sicher, daß es die Bären auf uns abgesehen haben.«

»Recht so«, meinte der Doktor; »wir werden dann wenigstens wissen, woran wir uns zu halten haben!«

Die drei Männer machten sich ans Werk und verwischten auf einer Strecke von zweihundert Fuß die Spuren der Bären. Dann setzten sie ihren Marsch fort, nicht ohne das Gelände verstärkt zu beobachten, damit sie keine unliebsame Überraschung erlebten.

Als sie auf der Hochfläche über ihrer Hütte waren, ließen sie die Blicke vom Kap Washington bis zu der Insel hinüberschweifen, die in der Victoriabucht lag. Aber sie sahen nichts, alles war unbeweglich und weiß – sie hörten nichts, alles war still.

Sie traten wieder in ihre Hütte, unterrichteten Kapitän Hatteras und Johnson von dem Gesehenen und beschlossen, in der Nacht doppelte Wache zu halten.

Die Nacht brach herein; nichts störte die Ruhe, nichts ließ auf eine Gefahr schließen. Am Morgen, kaum daß es dämmerte, erkundete Hatteras mit seinen Kameraden, alle wohlbewaffnet, und sie fanden frische Spuren, identisch mit denen vom Tage vorher, aber diesmal dichter an der Hütte.

»Vermeiden wir es, uns zu zeigen«, riet der Doktor.

»Wo mögen diese vermaledeiten Biester nur stekken?« fragte Bell.

»Hinter ein paar Schollen werden sie uns auflauern – wagen wir uns lieber nicht in ihren Bereich!«

»Und was wird aus der Jagd?« fragte Altamont.

»Die verschieben wir um ein paar Tage!« sagte der Doktor. »Wir verwischen die Spuren noch einmal, und dann werden wir morgen sehen, ob sie wieder da sind. Auf diese Weise wissen wir zumindest genau, woran wir sind.«

Der Rat des Doktors wurde befolgt, man kehrte zur Hütte zurück und wollte abwarten, was geschah. Solange sie von den Bären belagert wurden, war jeder Ausflug unmöglich. Die Umgebung der Victoriabucht wurde aufmerksam überwacht. Der Leuchtturm wurde außer Betrieb gesetzt, denn zur Zeit hätte er tatsächlich nur die Aufmerksamkeit der Bären erregt. Die Signalstange und die elektrischen Leitungen wurden im Haus untergebracht; dann bezog jeder reihum auf dem oberen Plateau Wache.

Der 28. April verstrich, ohne daß sich die Bären durch irgendein Lebenszeichen verraten hätten. Am 29. morgens hielt man gespannt Ausschau nach neuen Fährten, aber nicht eine einzige war mehr zu sehen. Der Schnee war, so weit das Auge reichte, unberührt.

»Gut!« rief Altamont, »die Bären sind verschwunden, sie haben weniger Ausdauer gezeigt als wir. Dann gehen wir also wieder auf die Jagd!«

»Oho, wer weiß?« sagte der Doktor; »ich wäre dafür, lieber noch einen Tag lang abzuwarten. Wenn sich die Bären auch heute nicht haben sehen lassen, wenigstens nicht auf dieser Seite hier . . .«

»Gehen wir doch mal um das Plateau herum!« meinte Altamont; »wir werden dann mehr wissen.«

»Mir recht!« antwortete der Doktor.

Aber so aufmerksam sie auch im Umkreis von zwei

Meilen suchten, sie fanden keine Spur mehr von den Bären.

»Wann ziehen wir denn nun auf die Jagd?« fragte Altamont ungeduldig.

»Warten wir bis morgen«, entschied der Doktor.

»Meinetwegen bis morgen«, sagte Altamont, dem es schwer wurde, still in der Hütte zu sitzen.

Die Männer begaben sich zur Hütte zurück. Wie am Tag zuvor mußte jedoch jeder eine Stunde lang oben auf dem Plateau auf Wache ziehen. Als die Reihe an Altamont kam, erklomm er, um Bell abzulösen, den Gipfel des Kegels. Sobald er die Hütte verlassen hatte, rief Hatteras seine Kameraden zusammen. Die anderen dachten, der Kapitän wolle über die Gefahren der gegenwärtigen Lage sprechen, aber das bewegte ihn nicht.

»Freunde«, begann er, »machen wir uns die Abwesenheit Altamonts zunutze, um einmal über unsere Angelegenheiten zu sprechen. Es gibt Dinge, die ihn nichts angehen dürften und in die er sich, solange ich das zu verhindern vermag, auch nicht einmischen soll!«

Die Kameraden des Kapitäns sahen einander an; sie wußten nicht, worauf Hatteras hinauswollte.

»Ich möchte mit euch über unsere zukünftigen Pläne sprechen«, sagte Hatteras.

»Recht so!« antwortete der Doktor; »reden wir, solange wir unter uns sind.«

»Binnen vier, höchstens sechs Wochen«, nahm Hatteras wieder das Wort, »wird der Augenblick gekommen sein, an unser Ziel zu denken. Seid ihr euch darüber klar, was wir im Laufe des Sommers unternehmen wollen?«

»Ihr doch jedenfalls, Kapitän?« fragte Johnson.

»Von mir kann ich mit Sicherheit sagen, daß keine Stunde meines Lebens vergeht, die mich nicht mit meinem Ziel beschäftigt fände! Meiner Meinung nach hat niemand von euch die Absicht aufzugeben!«

Diese Unterstellung blieb zunächst ohne Erwiderung.

»Ich meinerseits«, fuhr Hatteras fort, »werde, und sollte ich auch allein gehen müssen, bis zum Nordpol vordringen. Wir sind höchstens noch dreihundertsechzig Meilen von ihm entfernt. Nie sind Menschen diesem Ziel so nahe gewesen, und ich werde mir eine solche Gelegenheit niemals entgehen lassen. Was sagt ihr dazu?«

»Nichts anderes als Ihr, Kapitän!« antwortete der Doktor lebhaft.

»Und Ihr, Johnson?«

»Ich halte es mit dem Doktor«, erwiderte der Schiffszeugmeister.

»Nun, bitte, Ihr, Bell!« sagte Hatteras.

»Kapitän«, sagte der Schiffszimmermann, »auf uns wartet zwar niemand in England; aber schließlich ist die Heimat doch eben die Heimat! Denkt Ihr denn gar nicht an eine Rückkehr?«

»Die Rückkehr wird sich vom Pol aus genauso durchführen lassen wie von hier aus«, erklärte Hatteras. »Sogar noch besser! Die Schwierigkeiten werden nicht gewachsen sein, denn auf dem Hinmarsch entfernen wir uns ja von den kältesten Punkten der Erde. Wir haben noch genügend Brennmaterial und Proviant. Also wird kein Aufenthalt nötig. Wir würden uns ewig Vorwürfe machen, ließen wir diese Gelegenheit ungenutzt.«

»Nun, Kapitän«, erwiderte Bell, »wir sind alle Eurer Meinung!«

»Gut«, antwortete Hatteras; »gezweifelt an Euch und den andern habe ich nie! Freunde, es wird uns gelingen, und wir werden den Ruhm des Erfolges für uns haben!«

»Aber Altamont!« meinte Johnson.

Hatteras' Gesicht verfinsterte sich bei diesem Namen.

»Ja, Altamont«, sagte er mit ernster Stimme.

»Hier im Stich lassen können wir ihn nicht«, bemerkte der Doktor.

»Nein, im Stich lassen können wir ihn nicht«, wiederholte Hatteras mechanisch.

»Wird er denn mitkommen?«

»Ja, mitkommen wird er; aber wer wird den Befehl haben?«

»Ihr, Kapitän.«

»Und wenn ihr mir gehorcht, ihr drei – wird mir da dieser Altamont den Gehorsam verweigern?«

»Das glaube ich nicht«, sagte Johnson; »wer möchte sich Eurem Befehl nicht unterstellen wollen?«

»Es würde vielleicht Reibereien geben zwischen ihm und mir!«

Die drei Engländer schwiegen und blickten Hatteras an. Dann nahm der Doktor das Wort.

»Wie denkt Ihr Euch den Weitermarsch?« fragte er.

»Möglichst immer an der Küste entlang«, antwortete Hatteras.

»Wenn wir aber ans freie Meer gelangen, wie es doch wahrscheinlich ist?«

»Nun, dann müssen wir hinüber!«

»Wir haben kein Fahrzeug!«

Hatteras gab keine Antwort; er war sichtlich in Verlegenheit.

»Vielleicht ließe sich«, meinte Bell, »aus den Trümmern der ›Porpoise‹ eine Schaluppe bauen?«

»Nie und nimmer!« rief der Kapitän heftig.

»Nie und nimmer?« wiederholte Johnson.

Der Doktor schüttelte den Kopf; er begriff den Kapitän.

»Nie und nimmer!« rief der Kapitän abermals. »Eine Schaluppe, aus dem Holz von Altamonts Schiff gebaut, wäre immer Altamonts Schaluppe. Und Altamont ist kein Engländer wie wir, Altamont ist Amerikaner.«

»Aber, Kapitän ...«, bemerkte Johnson.

Der Doktor winkte dem alten Seebär, jetzt nicht auf seiner Ansicht zu bestehen. Die Frage mußte für einen günstigeren Augenblick aufgeschoben werden. Der Doktor begriff wohl die Abneigung des Kapitäns, teilte sie aber nicht und gelobte sich, den Freund von seiner Ansicht zu überzeugen.

Deshalb redete er von anderen Dingen, von der Unmöglichkeit, die Küste direkt bis nach Norden hinaufzufahren, und von jenem unbekannten Punkt der Erdkugel, den man den Nordpol nennt.

Kurz, er lenkte die Unterhaltung von den gefährlichen Klippen weg, bis sie durch Altamonts Rückkehr ein plötzliches Ende fand.

Altamont hatte nichts Neues zu melden.

So verstrichen der Tag und ebenso die Nacht in Ruhe.

Offensichtlich waren die Bären verschwunden.

Achtunddreissigstes Kapitel

Im Eiskerker

Am anderen Morgen sollte die Jagd wiederaufgenommen werden. Hatteras, Altamont und Bell wollten ihr Glück versuchen. Die beunruhigenden Fährten hatten sich nicht wieder gezeigt. Die Bären hatten offensichtlich auf ihre Beute verzichtet.

Der Doktor sollte währenddessen die Küste der Victoriabucht auf ihre Beschaffenheit hin untersuchen und einige hydrographische Untersuchungen anstellen; Johnson aber war dazu ausersehen, das Haus zu hüten.

Gut verproviantiert, gut bewaffnet und gut geschützt durch warme Kleidung, rückten die Jäger gegen acht Uhr morgens aus, Tell sprang ihnen voraus. Der Marsch ging den östlichen Hügel hinauf, um den Leuchtturmkegel herum und dann in südlicher Richtung über die Schneeflächen. Der Doktor dagegen stieg, nachdem er mit Johnson für alle Fälle ein Alarmsignal verabredet hatte, zum Strand hinunter. Johnson blieb allein in der Hütte zurück. Aber er war nicht müßig. Zuerst ließ er die Grönländerhunde ins Freie. Dann befaßte er sich mit dem Haushalt. Neues Brennmaterial mußte herbeigeschafft werden, neuer Proviant; die Speicher mußten aufgeräumt, manches zerbrochene Hausgerät repariert, die Schlafdecken geflickt und das Schuhwerk für die lange Sommerwanderung instand gesetzt werden. An Arbeit fehlte es ihm nicht.

Während er so beschäftigt war, überdachte er das gestrige Gespräch, dachte darüber nach, weshalb der trotz allem doch so ehrenhafte Kapitän sich hartnäckig wehrte, mit Altamont etwas gemeinsam zu unternehmen.

Mir scheint es doch nicht so leicht, sagte er sich, das Meer ohne Fahrzeug zu überqueren. 300 Meilen lassen sich doch nicht schwimmen, und wäre man auch der beste Schwimmer der Welt.

So weit waren Johnsons Überlegungen gediehen, die Jäger waren seit etwa einer Stunde unterwegs, als ein lauter, scharfer Knall etwa zwei bis drei Meilen unterm Wind erdröhnte.

»Gut, gut!« meinte der alte Seebär, »sie haben was erwischt und haben nicht allzu weit laufen müssen, man hört sie ja ganz deutlich. Freilich, wir haben sehr reine, klare Luft!«

Ein erneuter Knall, dann ein dritter, und zwar beide fast zu gleicher Zeit.

»Hm«, brummte Johnson, »die scheinen was Gutes erwischt zu haben.«

Dreimal hintereinander knallte es jetzt wieder, diesmal in weit größerer Nähe.

»Sechs Schüsse!« sagte Johnson; »wie's scheint, hat's ein kleines Gefecht gegeben. Sollten am Ende gar ...«

Bei dem Gedanken, der ihm auf einmal durch den Kopf fuhr, wurde Johnson leichenblaß. Rasch trat er aus der Hütte und kletterte bis zum Gipfel des Kegels hinauf. Was er dort sah, machte ihn schaudern ... »Die Bären!« schrie er ... Von fünf ungetümen Bären gehetzt, rannten die drei Jäger, Tell hinter ihnen her, so rasch ihre Beine sie trugen; die sechs Kugeln hatten die Bären nicht zur Strecke gebracht, im Gegenteil, die Tiere waren den Jägern dicht auf den Fersen. Hatteras, der um einige Schritte zurück war, konnte den Abstand zwischen sich und den Bären nur dadurch halten, daß er erst seine Kappe, dann sein Beil, zuletzt sogar sein Gewehr von sich warf. Die Bären machten halt, beschnupperten die Gegenstände und ließen Hatteras dadurch entkommen.

Völlig außer Atem erreichten Altamont, Bell und Hatteras Johnson und ließen sich die steile Böschung hinunter zur Hütte gleiten.

Um ein Haar wären sie von den Bären erwischt worden, der Kapitän hatte sogar einen Prankenhieb mit dem Messer parieren müssen. Im Nu war Hatteras mit allen Kameraden im Innern der Hütte. Auf dem von dem Kegelstumpf gebildeten oberen Plateau hatten die Bären haltgemacht.

»Endlich, endlich«, rief Hatteras, »werden wir uns besser zur Wehr setzen können — fünf gegen fünf!«

»Vier gegen fünf!« rief Johnson entsetzt.

»Wieso?« rief Hatteras.

»Der Doktor fehlt!« antwortete Johnson.

»Was?!«

»Der Doktor ist noch drüben am Meer!«

»Der Unglücksmensch!« rief Bell.

»Im Stich lassen dürfen wir ihn nicht!« rief Altamont.

»Vorwärts! Vorwärts!« befahl Hatteras.

Rasch riß er die Tür auf, fand aber kaum noch Zeit, sie wieder zu schließen. Wenig fehlte, und einer der Bären hätte ihm mit einem Prankenhieb den Schädel zertrümmert.

»Die Bären sind da!« schrie er.

»Alle?« fragte Bell.

»Alle!« rief Hatteras.

Altamont rannte zu dem Fenster und füllte die Nischen mit Eisstücken aus. Seine Kameraden folgten diesem Beispiel. Die Stille wurde nur von dem dumpfen Japsen Tells unterbrochen. Aber diese vier Männer hatten nur einen Gedanken: Der Doktor muß aus dieser tödlichen Gefahr gerettet werden. Sie wagten es sich nicht vorzustellen, was geschähe, wenn der Doktor nichtsahnend zurückkehrte und den Bären in den Rachen liefe.

Und keinerlei Mittel und Wege, ihn zu benachrichtigen.

»Aber«, meinte Johnson, »ich müßte mich sehr irren, wenn der Doktor nicht auf der Hut sein sollte! Die Schüsse hat er doch hören müssen. Er wird sich denken, daß es etwas Besonderes gegeben hat.«

»Aber wenn er zu weit weg war?« fragte Altamont, »er sieht doch die Bären nicht, der Wall ist doch zwischen ihm und den Bären.«

»Wir müssen die Bären verjagen oder noch besser töten, bevor er die Küste verläßt!« sagte Hatteras.

»Aber wie nur? Wie?« fragte Bell.

Niemand hatte eine Antwort auf diese Frage. Einen Ausbruch zu wagen, das schien keinen Erfolg zu versprechen. Man hatte wohl vorsorglich den Gang verbarrikadiert, aber wer sagte ihnen, daß die Bären dieses Hindernis nicht doch überwänden!

Die Männer hatten sich in den drei Räumen des Gebäudes verteilt, um jedem Einbruchsversuch begegnen zu können. Mit gespanntem Ohr hörten sie, wie die Bären draußen vor der Hütte rumorten.

Nichtsdestoweniger galt es zu handeln, denn die Zeit drängte. Altamont schlug vor, eine Luke zu schlagen und dann auf die Angreifer zu schießen. Binnen weniger

Minuten war ein Loch in die Eiswand gehackt, aber kaum hatte er das Gewehr hindurchgesteckt, als es ihm mit unwiderstehlicher Gewalt aus den Händen gerissen wurde, ohne daß er zum Feuern kam.

»Teufel und Tod!« rief er, »gegen solche Gewalt vermögen wir nichts auszurichten!« Und schleunigst verstopfte er die Luke wieder.

Diese Lage dauerte wohl schon eine Stunde, und noch war kein Ende abzusehen. Da fiel dem Kapitän ein anderes Verteidigungsmittel ein ... Er nahm den Haken, mit dem der Schiffszeugmeister das Feuer zu schüren pflegte, und hielt ihn in die Glut. Dann schlug er eine Öffnung in die Schneewand, aber so, daß sie nicht bis draußen reichte, sondern durch eine dünne Schicht geschlossen blieb. Die andern verfolgten sein Tun aufmerksam. Als der Feuerhaken weißglühend geworden war, sagte Hatteras:

»Ich werde den Bären mit dem glühenden Eisen auf den Pelz rücken; das Ding festzuhalten werden sie wohl sein lassen, und wenn sie erschrocken stehenbleiben, werden wir ihnen mit gutgezieltem Feuer leicht das Fell versengen, ohne daß wir riskieren, daß sie uns die Gewehre aus den Händen reißen.«

»Gut ausgedacht!« rief Bell und stellte sich neben Altamont.

Nun nahm Hatteras den Haken aus dem Feuer und stieß ihn rasch durch die Wand. Zwei Bären kamen heran, packten das Eisen, stießen jedoch sofort ein schmerzliches Gebrüll aus, und gleich darauf knallten vier Schüsse.

»Getroffen!« rief Altamont.

»Getroffen!« rief Bell.

»Das gleiche noch einmal!« befahl Hatteras und verstopfte im Nu wieder die Öffnung.

Das Eisen wurde wieder ins Feuer gelegt, bis es

glühte. Altamont und Bell stellten sich mit den Gewehren bereit, und Hatteras stieß den weißglühenden Haken durch die Wand.

Aber diesmal gelang es ihm nicht, das Eis zu durchbohren.

»Verdammt!« schrie Altamont.

»Was gibt's?« fragte Johnson.

»Die verfluchten Bären schichten Block auf Block! Einmauern wollen sie uns, lebendig begraben wollen sie uns!«

»Nicht möglich!«

»Da, seht doch! Mit dem Haken kommen wir nicht mehr durch! Die Geschichte wird wirklich lächerlich!«

Mehr als lächerlich, beängstigend wurde die Geschichte. Die Lage verschlimmerte sich zusehends. So hoch türmten sich die Schollen schon, daß alle Flucht unmöglich wurde.

»Das ist doch stark!« rief der alte Johnson. »Wenn einem die Menschen so was einbrocken, mag's noch angehen, aber Bären!«

Zwei Stunden verstrichen, ohne daß sich die Lage der Männer in der Hütte änderte. Der Plan auszubrechen war unausführbar geworden; die dicken Wände ließen kein Geräusch mehr von außen hereindringen. Altamont lief mit der Erregtheit des verwegenen Menschen auf und ab, der sich einer Gefahr gegenübersieht, gegen die sein Mut nichts auszurichten vermag. Hatteras dachte voller Entsetzen an den Doktor und an die große Gefahr, die ihm drohte.

»Ha!« rief Johnson, »wäre bloß Mister Clawbonny hier!«

»Und was sollte der machen?« fragte Altamont.

»Der würde uns schon aus der Patsche helfen!«

»Ich kann mir denken«, sagte Johnson, »was er uns raten würde.«

»Na! Und was wohl?«

»Was zu essen würde er uns raten! Schlecht bekommen kann uns das keinesfalls – im Gegenteil! Was meint Ihr dazu, Mister Altamont?«

»Wenn es Euch Spaß macht, Johnson, dann können wir ja etwas essen«, sagte Altamont, »wiewohl mir unsere Situation nicht gerade sehr geeignet dafür scheint.«

»Ich wette«, sagte Johnson, »daß wir nach dem Essen irgendeinen Ausweg finden werden, der uns aus der Verlegenheit hilft.«

Man gab dem Schiffszeugmeister keine Antwort, sondern setzte sich an den Tisch. Johnson, vom Doktor erzogen, versuchte, als Philosoph in der Gefahr zu erscheinen, hatte aber kein rechtes Glück damit, die Scherze blieben ihm in der Kehle stecken. Übrigens spürten die Männer nun auch schon, wie die Luft knapp wurde, sie waren ja wie hermetisch von der Außenwelt abgeschnitten; es würde also auch das Feuer bald erlöschen. Hatteras bemerkte diese neue Gefahr als erster und machte die Freunde darauf aufmerksam.

»Es heißt also ausbrechen um jeden Preis!« antwortete Altamont.

»Ja!« erwiderte Hatteras; »aber warten wir, bis es Nacht ist. Wir wollen ein Loch in die Decke hacken, damit wir wieder Luft bekommen; dann mag einer von uns von dieser Stelle aus auf die Bären feuern.«

»Einen anderen Ausweg gibt's nicht!« pflichtete ihm Altamont bei.

Es blieb also nichts, als zu warten, bis es dunkel war.

Neununddreissigstes Kapitel

Die Mine

Die Nacht kam, und schon begann die Lampe im Wohnraum wegen des Luftmangels zu blaken.

Gegen acht Uhr trafen sie die letzten Vorbereitungen. Die Gewehre wurden geladen, in die Decke der Hütte wurde ein Loch gehackt.

Die Arbeit dauerte schon einige Minuten, sie wurde von Bell durchgeführt, als Johnson rasch aus dem Schlafraum kam, wo er auf Posten gestanden hatte. Die Unruhe war ihm anzusehen.

»Was ist?« fragte der Kapitän.

»Still! Hört Ihr nicht auch das seltsame Geräusch?«

»Wo denn?«

»Dort! An der Schlafraumwand geht irgend etwas vor!«

Bell hörte auf mit seiner Arbeit. Sie lauschten alle.

Ein fernes Geräusch war zu vernehmen, und zwar anscheinend in der Seitenwand; es war ganz so, als wenn ein Loch ins Eis geschlagen würde.

»Es kratzt jemand draußen«, sagte Johnson.

»Das läßt sich nicht bezweifeln«, erwiderte Altamont.

»Etwa die Bären?« fragte Bell.

»Sicher die Bären!« sagte Altamont.

»Die Biester haben ihre Taktik verändert«, stellte der alte Seebär fest. »Ersticken wollen sie uns, scheint es, nicht mehr!«

»Oder sie meinen, wir seien es schon«, sagte Altamont, den der Zorn packte.

»Wir müssen uns auf einen Angriff gefaßt machen«, meinte Bell.

»Nun, dann werden wir kämpfen«, sagte Hatteras.

»Tod und Teufel!« rief Altamont, »mir ist das sowieso

lieber, ich habe das unsichtbare Gesindel mehr als satt! So sieht man sich und schlägt sich und gelangt schließlich an ein Ende!«

»Ja«, erwiderte Johnson, »aber schießen können wir in einem so engen Raume nicht!«

»Nun, dann mit dem Beil oder mit dem Messer!«

Das Geräusch wurde stärker; deutlich ließ sich das Kratzen hören; die Bären hatten sich genau die Stelle ausgesucht, wo die Hütte an den Felsen stieß.

»Das Tier wütet keine sechs Fuß entfernt von uns«, sagte Johnson.

»Stimmt, Johnson!« antwortete Altamont; »aber es bleibt uns Zeit, uns zu seinem Empfang vorzubereiten.«

Altamont packte das Beil mit der einen, das Messer mit der andern Hand; er wartete auf das, was da auf sie zukam. Hatteras und Bell taten es ihm nach. Johnson lud seine Flinte.

Das Geräusch wurde immer stärker. Das losgerissene Eis knackte unter den scharfen, stahlharten Krallen. Endlich trennte nur noch eine dünne Schicht den Angreifer von seinen Gegnern; plötzlich riß diese wie Papier, und ein schwarzer, großer Leib zeigte sich in dem Halbdämmer des Raumes.

Altamont riß die Hand, die schon zum Schlag ausgeholt hatte, blitzschnell zurück.

»Nicht schießen!« rief eine wohlbekannte Stimme, »nicht schießen, beim Himmel!«

»Der Doktor, der Doktor!« schrie Johnson.

Der Doktor war es tatsächlich, der jetzt mit aller Wucht mitten in den Schlafraum hineinkollerte.

»Hallo, Kameraden!« rief er und rappelte sich langsam wieder auf.

Die vier Männer waren sprachlos, aber auf die Verblüffung folgte Freude. Jeder wollte den Doktor in die Arme schließen.

»Nanu! Ihr, Mister Clawbonny!« sagte der Schiffszeugmeister.

»Jawohl, ich! Und wahrlich, ich habe mich um euch hier mehr geängstigt als ihr am Ende um mich!«

»Aber wie habt Ihr denn bemerkt, daß wir von den Bären belagert wurden?« fragte Altamont; »unsre größte Furcht war, Ihr würdet ohne alle Ahnung von der Gefahr ruhig zu unserer Hütte marschieren.«

»Oh, mir ist nichts entgangen«, erwiderte der Doktor, »eure Flintenschüsse hatten mich alarmiert; in diesem Augenblick stand ich gerade neben dem Wrack der ›Porpoise‹ – da bin ich auf einen Eisblock gestiegen und habe beobachtet, wie euch die fünf Bären auf Trab brachten. Ja, war das eine Angst, aber schließlich sah ich euch die Böschung hinunterpurzeln. Dann bin ich langsam herangeschlichen, immer vorsichtig zwischen den Schollen bis ans Haus heran, und habe die Bären belauert.«

»Aber habt Ihr Euch denn sicher gefühlt in dieser Nachbarschaft, Mister Clawbonny«, rief Bell, »hätten die Bären nicht auch über Euch herfallen können?«

»Daran haben die wohl nicht gedacht! Die Grönländerhunde, die Johnson losgebunden hatte, sind ein paarmal dicht in ihrer Nähe gewesen, aber es ist den Bären nicht eingefallen, Jagd auf sie zu machen, sosehr waren sie mit der Hütte beschäftigt. Und als ich erst einmal das bemerkt hatte, nahm ich mir vor, mich zu euch durchzuarbeiten. Natürlich mußte ich dazu die Nacht abwarten; sobald es dämmerte, bin ich also geräuschlos die Böschung hinabgerutscht, dorthin, wo das Pulvermagazin liegt, habe mich an die Arbeit gemacht und bin dem Eis mit meinem Messer zu Leibe gerückt. Drei Stunden lang habe ich gehackt, gegraben, geschuftet ... Und verhungert, gliederlahm bin ich nun da ... Aber ich bin da!«

»Um unser Schicksal zu teilen?« meinte Altamont.

»Um uns zu retten!« rief der Doktor; »aber gebt mir erst ein bißchen Zwieback und Fleisch! Ich falle um vor Hunger!«

Bald biß der Doktor in ein stattliches Stück Pökelfleisch, und beim Essen war er gern bereit, auf alle Fragen zu antworten.

»Um uns zu retten?« hatte Bell wiederholt.

»Ohne Zweifel«, antwortete der Doktor.

»Freilich«, meinte Bell, »wenn Mister Clawbonny hereingekommen ist, dann können wir auch auf demselben Weg hinaus!«

»Und dann lassen wir diese vermaledeite Brut unsre Speicher plündern? – Nicht wahr?« Der Doktor lachte.

»Hierbleiben müssen wir«, sagte Hatteras.

»Gewiß«, bestätigte der Doktor, »nur, um uns von den Bären zu befreien.«

»Gibt es denn Mittel und Wege?« fragte Bell.

»Ein sicheres Mittel«, sagte der Doktor.

»Wußte ich's doch!« rief Johnson und rieb sich die Hände; »wenn Mister Clawbonny da ist, dann ist es aus mit der Verzweiflung; er hat immer eine praktische Idee!«

»Doktor«, fragte Altamont, »ist es den Bären möglich, durch den Gang, den Ihr gegraben habt, hereinzudringen?«

»Nein; ich habe die Öffnung wieder gut verschlossen; und wir können jetzt von hier bis zum Pulvermagazin kriechen, ohne daß sie was merken!«

»Gut! Nun sagt uns aber, wie wir diese lästigen Gäste loswerden!«

»Durch ein höchst einfaches Mittel, und ein Teil der Arbeit ist übrigens schon gemacht!«

»Wieso?«

»Ihr werdet ja sehen. Doch ich vergesse, daß ich nicht

allein hergekommen bin!« rief der Doktor lachend und zog einen frisch erlegten Fuchs aus dem Gang.

»Ein Fuchs!« rief Bell.

»Meine Jagdbeute von heute morgen«, erklärte der Doktor bescheiden, »und ihr sollt sehen, nie wurde ein Fuchs zu einem besseren Zweck erlegt.«

»Was wollt Ihr denn damit?« fragte Altamont.

»Was ich damit will?« fragte der Doktor, »die Bären allesamt mit hundert Pfund Pulver in die Luft sprengen – das will ich, nichts mehr und nichts weniger.«

Wie versteinert sahen die Männer den Doktor an.

»Aber das Pulver?« fragten sie.

»Ist im Magazin!«

»Und das Magazin?«

»... erreichen wir auf meinem Schlupfweg! Ich habe doch nicht ohne Grund einen Weg von zehn Klaftern Länge gegraben.«

»Wie denkt Ihr Euch das, die Mine zu legen, und wo?« fragte Altamont.

»Direkt an die Böschung, das heißt an den Punkt, der vom Haus, vom Pulvermagazin und von den Speichern gleich weit entfernt, und zwar am weitesten entfernt ist.«

»Und Ihr seid sicher, daß die Bären gerade auch dort sind?«

»Dafür laßt mich sorgen«, erwiderte der Doktor. »Geschwatzt ist nun genug, handeln wir jetzt! Wir müssen in der Nacht einen Gang von hundert Fuß Länge graben; eine mühsame Arbeit, aber wir fünf können uns ablösen, werden die Arbeit also schaffen! Bell mag beginnen; wir werden uns unterdessen ausruhen.«

»Donnerwetter!« rief Johnson, »je mehr ich mir das durch den Kopf gehen lasse, desto besser scheint mir des Doktors Mittel!«

»Es wird nicht fehlschlagen«, meinte der Doktor.

»Wenn Ihr das sagt, sind die Bären schon so gut wie

tot – und ich spüre schon ihren dicken Pelz auf meinen Schultern!«

»Ans Werk also!«

Der Doktor kroch in den finsteren Gang hinein, und Bell folgte ihm. Was der Doktor vorschlug, das wußte jeder, war für alle gut. Der Doktor und Bell drangen bis zum Pulvermagazin vor, und dort erst gab der Doktor Bell die nötigen Anweisungen; der Zimmermann unterhöhlte die entgegengesetzte Wand, auf die sich die Böschung stützte, und der Doktor rutschte zur Hütte zurück.

Bell arbeitete eine Stunde lang und grub einen Gang von annähernd zehn Fuß Länge, in dem man sich auf Händen und Füßen bewegen konnte. Nach dieser Zeit kam Altamont an die Reihe. Der aus dem Gang gegrabene Schnee wurde zum Kochraum geschafft, wo ihn der Doktor auf dem Feuer schmolz, damit er so wenig Platz wie möglich einnahm.

Auf Altamont folgte der Kapitän, dann Johnson, so daß in zehn Stunden, ungefähr gegen acht Uhr morgens, der Gang fertig war.

Sobald der Morgen graute, hielt der Doktor durch eine Luke, die er in die Wand des Pulvermagazins geschlagen hatte, Umschau nach den Bären. Sie waren immer noch da; knurrend liefen sie auf und ab. Indessen war schließlich doch der Augenblick da, wo sie die Geduld zu verlieren schienen, denn der Doktor sah sie plötzlich die aufgetürmten Schollen wieder wegräumen.

»Vorzüglich!« meinte er zu dem Kapitän, der neben ihm stand.

»Was ist denn nun los?« fragte dieser.

»Mir sieht es ganz so aus, als wenn sie Lust hätten, ihre Arbeit wieder einzureißen und zu uns zu kommen! Aber einen Augenblick, sie müssen vorher daran glauben! Auf alle Fälle gilt es, keine Zeit zu verlieren!«

Der Doktor schlüpfte bis zu der Stelle, wo die Mine gelegt werden sollte.

Ein Pfahl diente als Galgen, an den der Kadaver des Fuchses gehängt wurde, und ein langes Tau wurde durch den Gang bis zur Pulverkammer gelegt und an den Pfahl gebunden. Der Pfahl stützte gleichzeitig die Decke der Höhle. Die Kameraden des Doktors folgten seinen Weisungen, ohne sie recht zu verstehen.

»Das hier ist der Köder«, erklärte er und zeigte auf den Fuchs. Dann ließ er an den Fuß des Galgens ein Fäßchen mit etwa 100 Pfund Pulver stellen. – »Und das ist die Mine«, ergänzte er.

»Werden wir nicht zusammen mit den Bären in die Luft fliegen?« fragte Hatteras.

»Nicht doch! Wir sind ja weit genug von der Explosion entfernt. Übrigens ist unser Haus fest und sicher. Geht es trotzdem ein bißchen aus den Fugen, werden wir es leicht wieder ausbessern.«

»Gut«, erwiderte Altamont. »Und wie nun weiter?«

»So: Wir ziehen an dem Strick hier, kippen damit den Pfeiler um, der über der Mine die Eisdecke hält. Die Decke stürzt ein, die Bären nehmen den Fuchskadaver wahr, und ich bin sicher, daß sie sich im selben Augenblick darüber hermachen.«

»Einverstanden.«

»In diesem Augenblick lege ich Feuer an die Lunte und sprenge Tischgäste und Braten zusammen in die Luft.«

»Famos, famos!« rief Johnson, der den Erläuterungen mit lebhaftem Interesse folgte

»Und wie bemeßt Ihr die Brenndauer Eurer Lunte so genau, daß die Explosion im rechten Augenblick erfolgt?«

»Sehr einfach«, antwortete der Doktor, »ich rechne überhaupt nicht.«

»Also habt Ihr eine Lunte von hundert Fuß Länge?«

»Nein.«

»Ihr wollt eine Pulverschleppe ziehen?«

»Keinesfalls, die könnte versagen.«

»Dann muß sich einer von uns opfern und Feuer an die Mine legen?«

»Wenn Freiwillige nötig sind«, rief Johnson eifrig, »ich bin Euer Mann!«

»Nicht nötig, mein Lieber«, sagte der Doktor; »unser aller Leben ist zu kostbar und braucht nicht aufs Spiel gesetzt zu werden.«

»Dann gebe ich das Raten auf«, sagte Altamont.

»Ei«, meinte der Doktor und lachte, »wenn man sich in solchem Falle nicht aus der Patsche sollte ziehen können, wozu hätte man dann Physik studiert?«

»Aha!« rief Johnson freudestrahlend: »Physik. Physik!«

»Jawohl! Besitzen wir nicht eine elektrische Batterie und Drähte?«

»Na – und?«

»Na – und! Mit diesen beiden Dingern werden wir Feuer an die Mine legen, wann's uns beliebt – im Nu und ohne Gefahr!«

»Hurra!« rief Johnson.

Nun wurden die Drähte gezogen.

Um neun Uhr in der Frühe war alles fix und fertig. Es war höchste Zeit, denn die Bären vollbrachten ihr Zerstörungswerk mit äußerster Energie.

Der Doktor hielt den Augenblick für gekommen. Johnson wurde ins Pulvermagazin geschickt. Ihm fiel die Aufgabe zu, das Tau wegzureißen. Er begab sich auf seinen Posten.

»Und nun die Büchsen geladen!« rief der Doktor seinen Kameraden zu, »für den Fall, daß die Bären nicht auf den ersten Schuß fallen. Gleich nach der Explosion müssen wir bereit sein zum Schießen.«

»Verstanden«, sagte Altamont.

»Was Menschen tun können, haben wir getan. Nun brauchen wir noch ein bißchen Glück.«

Hatteras, Altamont und Bell schlichen ebenfalls zur Pulverkammer. Der Doktor allein blieb bei der Batterie. Bald hörte er Johnsons Stimme von weitem: »Achtung!«

»Alles fertig!« rief er zurück.

Johnson riß an dem Tau, der Pfeiler fiel; dann stürzte er an die Luke vor und sah: Die Decke der Minenhöhlung war eingestürzt, der Kadaver des Fuchses wurde für die Bären sichtbar. Die Bären, zunächst verdutzt, stürzten sofort über die bequeme Beute her.

»Zünden!« rief Johnson.

Der Doktor setzte die Drähte unter Strom, eine gewaltige Explosion erfolgte. Die Hütte wankte wie bei einem Erdbeben. Die Mauern zeigten Risse.

Hatteras, Altamont und Bell verließen mit schußbereiten Flinten das Pulvermagazin. Aber sie brauchten ihre Waffen nicht; vier Bären brachen tot zusammen, und der fünfte nahm Reißaus. Auch er war verletzt.

»Hurra!« riefen Clawbonnys Kameraden, während dieser lachend aus den Armen des einen in die Arme des andern wanderte.

Vierzigstes Kapitel

Frühling in der Arktis

Die Männer waren endlich von der Gefahr befreit. Der alte Johnson bedauerte zwar, daß die Bärenfelle versengt und unbrauchbar geworden waren, ließ sich aber dadurch nicht die gute Laune verderben.

Der Tag verstrich mit der Instandsetzung der Hütte,

die durch die Explosion sehr mitgenommen worden war. Die von den Bären aufgetürmten Eisblöcke wurden beiseite geräumt und die Wände wieder dicht gemacht. Unter den Anweisungen des Schiffszeugmeisters ging die Arbeit schnell vonstatten.

Am andern Tage stieg die Temperatur merkwürdig hoch. Der Wind aus Süden brachte die ersten Anzeichen des polaren Frühlings.

Diese verhältnismäßig hohe Temperatur hielt mehrere Tage lang an, die Symptome von nahendem Tauwetter wurden immer häufiger. Das Eis begann zu brechen, und nach ein paar Tagen fiel sogar Regen. Die Sonne stieg mit jedem Tag höher.

Ein anderes nicht weniger deutliches Zeichen war das Auftauchen von Schneehühnern, Polargänsen, Eistauchern und anderen Vögeln.

Unter dem zerrinnenden Schnee sproß überall neues Leben hervor. Aber mit den harmlosen Tieren kehrten auch Füchse und Wölfe zurück. Ihr unheimliches Geheul und Gebrüll raubte den Männern den Schlaf.

Vierzehn Tage lang wurde eifrig gejagt, und es fehlte nicht an frischem Fleisch. Die übrige Zeit in diesen vierzehn Tagen wurde mit allerhand Arbeiten ausgefüllt. Das Tauwetter wurde immer stärker. In den Schluchten gurgelte das zu Tal fließende Wasser.

Der Doktor machte ein Stück Land von etwa einem Morgen Größe eis- und schneefrei und säte Kresse, Sauerampfer und Löffelkraut aus, um wieder Mittel gegen den Skorbut zu erhalten. Schon sah er kleine grünende Blättchen aus dem Boden sprießen, als plötzlich über Nacht die Kälte zurückkam.

In einer einzigen Nacht sank das Thermometer um annähernd 40 Grad. Die Tiere verschwanden, Robbenlöcher und Eisspalten schlossen sich, das Eis wurde hart wie zuvor. Die Wasserfälle waren wie im Sturz erstarrt.

»Wird diese Kälte noch lange dauern?« fragte Johnson.

»Nein, mein Lieber!« antwortete Clawbonny, »es ist bald vorbei.«

»Der Winter wehrt sich, so gut er kann«, meinte Bell, indem er sich das Gesicht rieb.

»Nun ja, das hätten wir uns auch denken können«, sagte der Doktor, »wir sind eben Esel gewesen, daß wir den ersten wärmeren Tagen vertraut haben.«

Der Winter wurde wieder so heftig, daß sie auf die Jagd verzichten mußten. Kein Tier zeigte sich mehr. Zum Glück war der Vorrat an frischem Fleisch groß genug, daß die Männer keinen Mangel zu leiden brauchten.

Wieder waren sie zur Untätigkeit gezwungen. Vierzehn Tage lang, vom 11. bis zum 25. Mai, wurde ihr eintöniges Dasein nur durch einen Zwischenfall gestört. Der Schiffszimmermann Bell erkrankte an Rachenbräune, die ihn ganz plötzlich befiel. Dem Doktor jedoch war diese Krankheit nicht gewachsen, und schon am anderen Tag war Bell wieder auf der Höhe.

Während dieser unfreiwilligen Mußezeit hatte der Doktor eine wichtige Unterredung mit dem Kapitän. Es galt, Hatteras davon abzubringen, sich ohne eine Schaluppe auf den Weg nach Norden zu begeben. Hatteras war immer noch dagegen, aus den Trümmern von Altamonts Schiff eine Schaluppe zu bauen. Der Doktor wußte nicht recht, welche Argumente er noch ins Feld führen sollte, denn Hatteras zeigte sich mehr als hartnäkkig in diesem Punkt, und die Zeit drängte allmählich. Er versuchte es schließlich auf einem Umweg:

»Hatteras, glaubt Ihr, daß ich Euer Freund bin?«

»Aber gewiß«, antwortete der Kapitän lebhaft und entschieden.

»Wenn ich Euch nun einen Rat gebe, Hatteras«, fuhr

der Doktor fort, »einen Rat, ohne daß Ihr mich darum gebeten habt, würdet Ihr meinen, daß ich ihn gebe, ohne dabei persönliches Interesse zu vertreten?«

»Natürlich, denn ich weiß, daß das bei Euch niemals der Fall ist. Aber worauf wollt Ihr hinaus?«

»Nun gut – Euer Ziel ist der Nordpol«, sagte der Doktor, »ich begreife Euern Ehrgeiz, ich teile ihn auch, aber um dorthin zu gelangen, muß man auch haben, was man braucht.«

»Habe ich nicht alles geopfert, um mein Ziel zu erreichen?«

»Nein, Hatteras, Ihr habt Eure persönliche Abneigung nicht geopfert, und grade diese ist es, die es sehr in Frage stellt, daß Ihr Euer Ziel erreicht.«

»Aha!« meinte Hatteras, »das ist es also!«

Der Doktor ließ sich nicht aus der Ruhe bringen; er fuhr fort: »Wenn sich die Angaben, die Euch bisher geführt haben, bewahrheiten, dann müssen wir während der Sommermonate auf eine weite Fläche eisfreien Wassers stoßen. Was jedoch habt Ihr vor, wenn Ihr vor diesem Wasser steht, ohne jedes Fahrzeug?«

Hatteras gab keine Antwort.

»Dann habt Ihr den Nordpol greifbar vor Euch, ohne ihn jemals erreichen zu können.«

Hatteras hatte den Kopf in die Hände sinken lassen.

»Weiter«, sagte der Doktor, »ich verstehe ja, daß Ihr alles tut und opfert, um der erste am Nordpol zu sein. Aber mindert es denn die Ehre der Entdeckung, wenn Ihr Euch dabei der Planken eines gescheiterten Schiffes bedient, das einem andern gehört, der Planken eines Schiffes, das sonst für niemanden mehr den geringsten Nutzen hat?«

Hatteras schwieg noch immer.

»Nein«, sagte Clawbonny, »reden wir freiheraus!

Nicht die Schaluppe ist es, die Euch stört, sondern der Mann!«

»Jawohl, Doktor, jawohl!« erwiderte der Kapitän. »Diesen Kapitän hasse ich, weil er mir meinen Ruhm streitig machen will. Wozu sonst mag er mit seinem Schiff diese nördlichen Breiten aufgesucht haben!«

»Er ist Eure und unsere Rettung!«

»Er ist unser Verderben! Ich habe immer den Eindruck, als spräche er hier wie der Herr, als bilde er sich ein, er hielte mein Schicksal in seinen Händen, als wäre er nur hier, um meine Pläne zunichte zu machen.«

»Altamont ist hier; beweist das denn aber unbedingt, daß auch sein Ziel der Pol ist? Vielleicht geht es ihm tatsächlich nur um die nordwestliche Durchfahrt! Auf alle Fälle weiß Altamont absolut nichts von Euren Plänen, denn weder Johnson noch Bell, noch Ihr, noch ich haben in seiner Gegenwart ein einziges Wort darüber gesprochen.«

»Gut, dann soll er auch in Zukunft kein Wort davon hören.«

»Das wird nicht zu verhindern sein. Oder wollt Ihr ihn etwa allein hierlassen?«

»Warum nicht?« fragte Hatteras heftig. »Kann er nicht in der Hütte bleiben?«

»Er wäre nicht damit einverstanden, Hatteras! Und dann, meine ich, diesen Mann zu verlassen, ohne die Gewißheit, ihn bei unserer Rückkehr noch anzutreffen, das wäre unmenschlich! Altamont wird mitkommen, und er muß mitkommen! Da es aber überflüssig ist, ihm unser Vorhaben zu verraten, werden wir ihm nichts davon sagen, sondern eine Schaluppe bauen, die dem Anschein nach nur dazu bestimmt ist, neue Küsten zu erforschen.«

Hatteras jedoch brachte es immer noch nicht fertig,

auf diesen Gedankengang einzugehen. Clawbonny wartete auf eine Antwort, aber er erhielt keine.

»Und wenn sich Altamont weigert, aus seinem Schiff eine Schaluppe bauen zu lassen?« fragte Hatteras nach einer kleinen Pause.

»Dann hätten wir alles Recht für uns, die Schaluppe gegen seinen Willen zu bauen.«

»Dann hoffe ich, daß er sich weigert!« rief Hatteras.

»Der Weigerung muß aber die Frage um Zustimmung vorausgeschickt werden!« sagte der Doktor; »ich werde ihm diese Frage stellen.«

Tatsächlich brachte der Doktor am Abend die Rede auf gewisse Exkursionen, die für die Sommermonate geplant wären. Ihr Zweck sei, hydrographische Untersuchungen an der Küste vorzunehmen.

»Ihr macht doch da mit, Altamont?« fragte er.

»Natürlich mache ich da mit«, antwortete Altamont, »man muß doch wissen, wie weit sich dieses neuentdeckte Land erstreckt!«

Hatteras faßte seinen Rivalen scharf ins Auge.

»Wäre es dann nicht das beste«, fuhr Altamont fort, »das Wrack der ›Porpoise‹ so gut zu verwenden, wie es nur möglich ist – ich meine, eine feste Schaluppe daraus zu bauen, damit wir mehr Bewegungsfreiheit haben?«

»Hört Ihr, Bell«, rief der Doktor lebhaft, »morgen beginnen wir mit der Arbeit!«

Einundvierzigstes Kapitel

Die Nordwestliche Durchfahrt

Am Tage darauf gingen Bell, Altamont und der Doktor zur »Porpoise«. An Holz fehlte es nicht. Der Zimmermann überlegte und sinnierte schon, wie aus diesem Holz ein Fahrzeug gebaut werden könnte, das seetüchtig und zugleich doch leicht genug wäre, um auch auf dem Schlitten transportiert werden zu können.

In den letzten Maitagen stieg die Temperatur. Das Thermometer erreichte wieder den Gefrierpunkt. Und diesmal war es mit dem Frühling ernst. Es begann zu regnen, und überall rann es und gurgelte und floß bergab.

Hatteras' Laune stieg wie das Thermometer, als er auf den Eisfeldern die unverwechselbaren Anzeichen des Tauwetters bemerkte. Für ihn bedeutete das offene Meer die Freiheit. Ob seine Vorgänger im Irrtum waren oder nicht, ob es das eisfreie Polarmeer gab, das hoffte er nun bald zu erfahren. Davon hing der Erfolg seines Unternehmens ab.

Eines Abends nach einem recht warmen Tag brachte er die Unterhaltung auf dieses ihn so sehr bewegende Thema des freien Meeres.

Er griff alle die Gründe wieder auf, mit denen er vertraut war, und der Doktor bestärkte ihn in seinen Überlegungen, sogar Altamont pflichtete ihm in starkem Maße bei.

Erst als Hatteras behauptete, daß sich freies Meer sowohl im Osten als auch im Westen befinde, sprach sich Altamont gegen Hatteras aus.

»Auf alle Fälle kümmert uns diese Frage sehr wenig!« meinte Hatteras.

»Das will ich nicht sagen, Hatteras«, erwiderte Altamont, »für uns ist diese Frage nicht ohne Bedeutung.«

»Wieso das, bitte?«

»Wenn wir an die Umkehr denken müssen!«

»An Umkehr denken!« rief Hatteras. »Ha! Und wer denkt daran?«

»Vorläufig niemand«, sagte Altamont, »einmal aber werden wir doch wohl haltmachen, meine ich.«

»Wo denn?« fragte Hatteras.

Zum erstenmal wurde Altamont vor diese Frage gestellt. Der Doktor hätte, um der Diskussion ein Ende zu bereiten, Gott weiß was geopfert. Da Altamont mit der Antwort auf sich warten ließ, stellte Hatteras noch einmal die Frage: »Wo denn?« Die Schärfe in der Betonung war nicht zu überhören.

»Dort, wohin wir unterwegs sind!« sagte Altamont in aller Ruhe.

»Und wer weiß das?« fragte Clawbonny, der vermitteln wollte.

»Ich denke mir«, sagte Altamont, »daß es um die nordwestliche Durchfahrt geht.«

»So? Meint Ihr?« fragte Hatteras ironisch.

»Natürlich; irgendeinen Nutzen muß Euer Unternehmen doch haben!«

»Wirklich!« meinte Hatteras und biß sich vor Ärger über Altamonts Rechenhaftigkeit, wie er das bei sich nannte, auf die Lippen.

»Ja«, sagte der Doktor, »da ist durchaus etwas dran.«

»Und schließlich haben einige meiner Landsleute schon vor mir den Versuch unternommen, diesen Weg zu erkunden«, setzte Altamont hinzu.

»Ich meine aber«, entgegnete Hatteras, »daß wir ihnen voraus sind.« Er wollte es nicht wahrhaben, daß irgendein anderer seinem Ziel näher wäre als er selbst — Hatteras.

Das Gespräch schien gefährlich zu werden. Hatteras beargwöhnte eifersüchtig Altamont, von dem er befürchtete, er wolle ihm den Ruhm streitig machen, und Altamont ging nichtsahnend auf Hatteras' Eifersüchteleien ein. Der Doktor begann allmählich zu schwitzen, er tat alles, damit kein ernsthafter Streit zwischen den beiden ausbrach.

Hatteras vermochte nicht mehr still sitzen zu bleiben; was ihn so sehr ärgerte, das war die vermeintliche Dickfelligkeit Altamonts, mit der er seine wahren Absichten verdeckte und immer nur von der Nordwestlichen Durchfahrt sprach. Es bedurfte nur eines Wortes, seine Galle zum Überlaufen zu bringen. Und wer weiß, was dann geschehen wäre.

Zu allem Unglück spitzte sich der Streit – das war es inzwischen geworden – darauf zu, worauf es bei einer Bezwingung dieser Gegenden mehr ankäme, auf Schiff, auf Schlitten oder worauf sonst.

»Nun, meine Herren«, rief Altamont, auch er schien jetzt erregt, »bei einer Durchquerung zu Wasser kommt's auf das Schiff an, das ist doch völlig eindeutig. Wenn die Nordwestliche Durchfahrt jemals möglich werden sollte, dann zu Schiff, nicht mit dem Schlitten! Also muß das Schiff die Reise durchführen oder, wenn kein Schiff mehr da ist, eine Schaluppe!«

»Eine Schaluppe!« rief Hatteras, der aus diesen Worten Altamonts eine offene Kampfansage heraushören zu müssen glaubte.

»Behaltet Eure Meinung doch für Euch!« rief Hatteras wütend, »ich will davon kein Wort mehr hören!«

»Mit welchem Recht verbietet Ihr mir das Wort!« rief Altamont, nun ebenfalls wütend.

»Mit dem Recht des Kapitäns!« antwortete Hatteras heftig.

»Seit wann stehe ich unter Euerm Befehl?« fragte Altamont und sprang auf.

Der Doktor, Johnson und Bell legten sich ins Mittel.

Es war höchste Zeit, denn die beiden maßen einander schon mit wilden Blicken.

Nach einigen begütigenden Worten begab sich Altamont schließlich zu Bett und ließ, ob er nun schlief oder nicht, kein Wort mehr hören. Hatteras aber trat aus der Hütte und ging mit weiten Schritten draußen im Freien auf und ab. Erst nach einer Stunde etwa ließ er sich wieder sehen und legte sich, ebenfalls ohne ein Wort zu sprechen, auf sein Lager.

Zweiundvierzigstes Kapitel

Vorbereitungen

Am 29. Mai ging die Sonne zum erstenmal nicht unter, sie strich über den Horizont und stieg dann wieder höher. Bald war die Luft wieder vom Lärm der Vögel erfüllt, sogar ein Schwan zeigte sich.

Die Robbenlöcher öffneten sich wieder, Risse im Eis taten sich auf. Große Lachen bildeten sich, und aus dem kahlen Boden begann es zu sprießen.

Der Doktor versuchte es noch einmal mit seinen Sämereien, und zu seiner nicht geringen Verwunderung bemerkte er sogar zwischen dem abgetrockneten Gestein eine wild wachsende Sauerampferart.

Die Triebe der Kresse, die er gesät hatte, waren nach drei Wochen schon fast einen Fuß lang geworden.

Endlich begann es wirklich warm zu werden. Am 15. Juni maß der Doktor eine Temperatur von 14 Grad.

Hatteras hatte auf den Märschen, die er unternahm, alles Land bis über das Kap Washington hinaus sorgfältig erkundet, aber mit jedem Tag veränderte sich dessen Aussehen mehr, er erkannte es fast nicht wieder.

Hütte und Speicher schienen sich in Wasser auflösen

zu wollen und mußten wiederholt ausgebessert werden; zum Glück für diese Bauten sind die Temperaturen in diesen Breiten jedoch nur selten so hoch; meistens übersteigen sie den Gefrierpunkt im Sommer nur wenig.

Um den 15. Juni herum hatte die Schaluppe schon Gestalt angenommen. Johnson und Bell arbeiteten fast ununterbrochen an ihr. Auf ihren Jagdzügen erlegten die Männer sogar ein paar Rentiere.

Ein größerer Ausflug galt der Erforschung des Landes in östlicher Richtung. Hatteras hatte zwar noch nicht vor, durch diesen Teil des Festlandes zum Pol vorzudringen, er wollte sich nur einen Gesamteindruck von dem Land verschaffen. Altamont rechnete auf gute Jagd, und auch deshalb wurde natürlich Tell mitgenommen.

Am Montag, dem 17. Juni, bei gutem, ruhigem Wetter, verließen die drei Jäger, mit Doppelflinten, Beil und Schneemessern bewaffnet, mit Proviant für zwei bis drei Tage versehen, gegen sechs Uhr morgens die Hütte.

Um acht hatten sie schon etwa sieben Meilen hinter sich gebracht. Wild jedoch war ihnen bisher noch nicht vor die Flinte gekommen.

In weiten, endlosen Ebenen dehnte sich das Land, durchzogen von Bächen, die erst gestern entstanden waren. Teiche hatten sich gebildet, das Wasser glitzerte unter dem schräg einfallenden Sonnenlicht.

Der Doktor trieb seine geologischen Studien und erklärte, was er fand. Er war der einzige, der sprach. Wäre er nicht gewesen, hätte Stillschweigen geherrscht, denn Altamont verspürte keine Lust, mit dem Kapitän zu reden, und bei dem Kapitän war es nicht anders.

Gegen zehn Uhr morgens hatten die Jäger ein Dutzend Meilen zurückgelegt, das Meer war hinter dem Horizont verschwunden, und der Doktor schlug vor zu rasten. Schnell aßen sie ein paar Bissen, und nach einer halben Stunde ging es schon wieder weiter. Die Landschaft zeigte unverändert dasselbe Bild: weite Ebenen, in denen sich kein einziges Tier fand.

»Viel Glück haben wir mit unserer Jagd nicht«, sagte Altamont.

»Geben wir die Hoffnung nicht auf«, erwiderte der Doktor, »der Sommer fängt ja erst an, warum sollten wir am Ende nicht doch etwas finden!«

»Wir sind schon viel zu weit nördlich«, sagte Hatteras.

»Ohne Frage, aber wir entfernen uns damit auch vom Kältepol, das heißt, wir müßten bald auf Wild stoßen.«

Die drei Männer gelangten in eine große Talschlucht, in deren Tiefe ein fast eisfreier Bach floß. Da das Tal nach Süden offen lag, hatte sich an den Ufern des Baches eine spärliche Vegetation entwickelt.

»Donnerwetter!« rief der Doktor plötzlich, »da sind ein paar Polarhasen!«

Altamont nahm sofort die Flinte von der Schulter.

»Abwarten!« rief der Doktor, »nur nicht ungeduldig werden! Die Hasen denken ja gar nicht an Flucht. Laßt die armen Kerle noch in Ruhe! Sie kommen direkt auf uns zu.«

Endlich waren die Hasen dicht genug heran, und Altamont schoß. Einer der Hasen blieb tot liegen, die anderen nahmen Reißaus.

Als der Abend hereinbrach, legten sich die drei Jäger in der Höhlung eines Felsens schlafen.

Dreiundvierzigstes Kapitel

Altamonts Revanche

Am andern Morgen wachten die drei Jäger auf, es fröstelte sie.

Da sich das Wetter hielt, beschlossen sie, auch diesen Tag noch weiter zu erkunden.

Tell lief weit voraus und geriet bald auf Spuren, die von einer Bisonherde herrührten; er blieb auf ihren Spuren und geriet den Jägern bald aus den Augen, aber sein lautes Gebell zeigte ihnen die Richtung, in der er verschwunden war.

Nach anderthalbstündigem Marsch endlich hatten sie die Bisons vor sich. Die Tiere schienen über Tells Angriff höchst verwundert, zeigten sich aber nicht im mindesten beunruhigt. Sie weideten auf einer Art rötlichen Mooses, das auf dem schneefreien Boden wuchs.

Der Doktor erkannte sie leicht an ihrer mittleren Größe, ihrem weit gebogenen, an der Grundfläche zusammensitzenden Gehörn, an jenem Kuriosum von fehlender Schnauze, an ihrem kurzen Schweif.

Sobald sie die Menschen gewahrten, nahmen die Bisons Reißaus, und die Jäger verfolgten sie, kamen jedoch nicht wieder näher an sie heran.

»Donnerwetter!« rief Altamont. Alle drei blieben schwitzend und schweratmend stehen.

Auch die Bisons verharrten, als sie sahen, daß niemand mehr hinter ihnen her war.

»So kriegen wir sie nicht«, sagte der Doktor, »wir müssen sie einkreisen.«

Die Jäger schlichen nun, während die Tiere durch Tell beschäftigt wurden, durch ein paar Schluchten heran. Altamont und der Doktor versteckten sich hinter Felsvorsprüngen an einem Ausläufer der Hochfläche, während Hatteras an der anderen Seite heraufstieg und ihnen die Bisons zutreiben sollte.

Nach einer halben Stunde stand jeder auf seinem Posten. Bald kamen die Bisons heran, von Tell und Hatteras getrieben.

Als sich der Doktor und Altamont ihnen entgegenstellten, stutzten sie und machten wieder kehrt. Nun legte Hatteras an, schoß, ohne daß der Bison von der Kugel Notiz nahm, die ihn traf. Hatteras' zweiter Schuß zeigte keine andere Wirkung, als daß er die Tiere nur wütend machte. Sie überrannten Hatteras, dessen Gewehr abgeschossen war.

»Er ist verloren!« schrie der Doktor.

Altamont kam Hatteras zu Hilfe, blieb jedoch, im Kampf mit sich selbst und seinen Vorurteilen, stehen. Nein! sagte er sich dann, das geht nicht! Und mit Clawbonny zusammen rannte er weiter. Nur eine halbe Sekunde hatte sein Zaudern gedauert. Wenn aber der Doktor sah, was in Altamont vorging, so begriff es auch Hatteras! Er, der sich lieber hätte umbringen lassen, als daß er von seinem vermeintlichen Nebenbuhler Hilfe angenommen hätte.

Hatteras lag auf dem Rücken und versuchte sich gegen die Bisons zu wehren. Viel Aussicht auf Erfolg hatte er freilich nicht. Ohne Frage wäre er im nächsten Augenblick zu Tode getrampelt worden, wenn nicht zwei Schüsse eines der Tiere getötet hätten. Dem anderen fuhr Altamont mit dem Schneemesser in den geöffneten Rachen, und dann spaltete er ihm mit einem gewaltigen Beilhieb den Schädel.

»Gerettet!« rief Clawbonny.

Hatteras war tatsächlich gerettet. Und er verdankte sein Leben dem Manne, den er bisher zu allen Teufeln gewünscht hatte. Was ging wohl in diesem Augenblick in Hatteras vor? Ohne zu zaudern, trat er auf seinen Riva-

len zu und sagte ernst: »Altamont, Ihr habt mir das Leben gerettet!«

»Wie Ihr mir!« antwortete Altamont. Einen Augenblick lang herrschte Stille, dann setzte er hinzu: »Hatteras, nun sind wir quitt!«

»Nein, Altamont!« entgegnete Hatteras, »als Euch der

Doktor aus Euerm Eisgrab zog, wußte ich nicht, wer Ihr wart – Ihr jedoch habt gewußt, wer ich bin! Und nun werdet Ihr mit mir den Ruhm teilen, der auf uns wartet.«

»Den Ruhm, als erster am Nordpol zu stehen!« rief Altamont.

»Ja!« bestätigte Hatteras.

»Also habe ich es doch erraten«, sagte Altamont. »Ihr habt es gewagt, diesen Plan zu fassen, Ihr habt es gewagt. Es ist ein großartiger Plan!«

»Hattet Ihr etwa nicht dasselbe vor?« fragte Hatteras.

Altamont schien mit der Antwort zu zögern.

»Na?« fragte der Doktor.

»Nun denn, nein«, sagte Altamont endlich. »Euer Plan ist groß, Hatteras, er wird Euch Ruhm bringen für ewig. Doch so weit gingen meine Pläne nicht. Ich hatte nichts anderes im Sinn, als einen bequemen Weg für die Schiffahrt zu suchen. Mich interessierte weniger der Ruhm als der Nutzen, den die Entdeckung der nordwestlichen Durchfahrt dereinst für unsere Schiffe bedeuten kann.«

»Altamont!« rief Hatteras und reichte ihm die Hand. »Ihr sollt teilhaben an meinen Ruhm, Ihr werdet mit mir zusammen am Nordpol stehen.«

Bewegt drückten sich die beiden Männer die Hand, und der Doktor war es sehr zufrieden. Nun war beseitigt, was er als die größte Gefahr für das Gelingen des Planes angesehen hatte: die Eifersucht auf den Ruhm, die Hatteras schon richtig krank gemacht hatte.

Voller Energie machte er sich daran, die besten Fleischstücke aus den Bisons herauszuschneiden, soviel die Männer zu tragen vermochten, und dann traten sie den Rückmarsch an.

Gegen zehn Uhr abends erreichten sie die Hütte, und bald war ein gutes Mahl bereit. Bevor sie jedoch aßen, berichtete der Doktor den beiden anderen, wie sie zu den Bisons gekommen waren und daß nun an keine Rivalität mehr zwischen Hatteras und Altamont zu denken war.

Vierundvierzigstes Kapitel

Die letzten Tage vor dem Aufbruch

Am anderen Morgen schlug das Wetter von neuem um, und abermals kehrte die Kälte zurück. Mehrere Tage hintereinander schneite, regnete und stürmte es.

Bell war mit seiner Schaluppe fertig. Sie entsprach durchaus dem Zweck, für den sie gedacht war, und alle fünf Männer hatten die beste Meinung von ihr, noch bevor sie im Wasser schwamm. Sie war auch leicht genug, daß sie, ohne das Hundegespann allzusehr zu belasten, auf dem Schlitten transportiert werden konnte.

Und dann brach das Eis in der Bucht. Beim nächsten Sturm würde es vom Wind hinweggetrieben werden. Doch darauf wollte Hatteras nicht mehr warten. Da die Reise zunächst zu Lande vor sich gehen sollte, war es ihm im Augenblick gleich, ob das Meer eisfrei war oder nicht. Er setzte also für den Aufbruch den 25. Juni fest. Bis dahin würden alle Vorbereitungen abgeschlossen sein. Johnson und Bell unterzogen noch einmal den Schlitten einer gründlichen Untersuchung.

Ein paar Tage vor dem Aufbruch, am 20. Juni, zeigten sich zwischen den Schollen ein paar Kanäle, die man zu einer Probefahrt für die Schaluppe ausnutzte. Das Meer war allerdings noch lange nicht frei, und über diese gebrochenen Eisfelder hinweg den Fußmarsch zu versuchen wäre nicht möglich gewesen.

Einen halben Tag dauerte der Ausflug zu Wasser,

und er erbrachte, daß Bell und Johnson gute Arbeit geleistet hatten.

Auf ihrer Rückkehr waren die Männer Zeugen der Jagd eines Bären auf eine Robbe. Der Bär stand neben dem Spalt eines Eisfelds, wo die Robbe untergetaucht war. Er rückte nicht vom Fleck und rührte kein Glied und gab kein Lebenszeichen von sich.

Plötzlich begann das Wasser zu brodeln, die Robbe wollte heraus, um Luft zu holen. Der Bär legte sich auf das Eis und wartete auf den besten Augenblick. Jetzt kam die Robbe mit dem Kopf aus dem Wasser, hatte aber keine Zeit mehr, wieder zu tauchen, denn der Bär packte blitzschnell zu und zog die Robbe aus dem Wasser heraus.

Es war ein Kampf, der schnell zu Ende ging. Die Robbe wehrte sich ein paar Sekunden lang, wurde aber von dem Bären zerdrückt. Dann packte er die Robbe, so groß und schwer sie auch war, sprang von einer Scholle zur andern, bis er festes Land unter den Füßen hatte, und verschwand dort mit seiner Beute.

Die Schaluppe erreichte bald wieder die kleine Bucht, in der sie wie in einem geschützten Hafen lag. Vier Tage noch waren es bis zu dem für den Abmarsch festgesetzten Tag. Hatteras beschleunigte die letzten Vorbereitungen, er hatte es eilig, von hier wegzukommen, wo er sich nie so recht wohl gefühlt hatte. Am 22. Juni begannen sie den Schlitten zu beladen; Lagergerätschaften, Zelt und Proviant wurden verfrachtet. 200 Pfund Pökelfleisch, 3 Kisten voller Konservengemüse und Konservenfleisch wurden mitgenommen, ferner 40 Pfund Salzlake und Zitronensaft, 380 Pfund Mehl, verschiedene Packen Kresse und Löffelkraut, die von den Beeten des Doktors geerntet worden waren, dazu 200 Pfund Schießpulver, die Instrumente, Waffen, das Handgepäck, so daß einschließlich der Schaluppe, des Gummibootes und der Eigenlast des Schlittens eine beträchtliche Fracht zusammenkam, die für vier Hunde wohl eher zu schwer als zu leicht war. Aber die Männer waren bereit, sich im Notfall mit vor den Schlitten zu spannen und nur kurze Tagesmärsche zu machen. Die Entfernung von der Victoriabucht zum Pol betrug höchstens noch 350 Meilen, und bei einer täglichen Marschleistung von zwölf Meilen durften sie rechnen, die Strecke in einem Monat zu bezwingen. Außerdem hofften sie, ein gutes Stück dieser Strecke mit der Schaluppe zurückzulegen.

Der Gesundheitszustand der Männer war ausgezeichnet. Der Winter war wohl hart und rauh gewesen, hatte sie jedoch nicht überfordert. Außerdem hatten sie sich streng nach den Ratschlägen des Doktors gerichtet und waren auf diese Weise allen Fährlichkeiten des Winters entgangen. Um einige Pfund magerer waren sie wohl geworden, was vor allem dem Doktor eher zum Vorteil gereichte, und damit mochten sie den Strapazen widerstehen, die auf sie warteten.

Am 23. Juni waren die Vorbereitungen abgeschlossen. Der Tag war ein Sonntag, und deshalb wurde er zum Ausruhen bestimmt.

Fünfundvierzigstes Kapitel

Der Marsch nach Norden

Frühmorgens an dem festgesetzten Tag gab Hatteras das Zeichen zum Aufbruch. Die Hunde wurden vor den Schlitten gespannt. Sie hatten den ganzen Winter über ausgeruht und brauchten nicht angetrieben zu werden.

Um sechs Uhr morgens, bei schönem Wetter, ging es los. Nachdem die Bucht umwandert und das Kap Washington erreicht worden war, marschierten die Männer direkt nach Norden. Gegen sieben verloren sie die Leuchtturmspitze aus den Augen.

Die Reise ließ sich gut an, vor allem weit besser als jene andere, mitten im Winter unternommene Suche nach Kohlen. An Bord seines Schiffes ließ Hatteras damals Aufruhr und Verzweiflung hinter sich, ohne sicher zu sein, sein Ziel auch zu erreichen. Damals verließ er eine halberfrorene Mannschaft und brach mit Kameraden auf, die von dem Elend und von den Strapazen eines arktischen Winters hart mitgenommen worden waren – und er selber, der Mann, der nach Norden wollte, war auf dem Weg nach Süden! Jetzt dagegen waren sie alle in bester Verfassung und voller Zuversicht, und Hatteras war seinem Ziel, dem Nordpol, näher denn je.

Nicht minder als Hatteras freute sich der Doktor, und das vor allem deshalb, weil es nun keinen Gedanken mehr an Haß, Wettstreit und Eifersucht zwischen Hatteras und Altamont gab. Was wird aus dieser Reise werden, dachte er, was wird sie uns bringen! Er wußte es nicht; aber sie nahm einen guten Anfang, und das war schon viel!

Die westliche Küste dehnte sich weit über das Kap Washington hinaus, sie war jedoch durch viele kleinere Buchten zerklüftet und beschrieb einen großen Bogen. Um diesen Bogen abzuschneiden, begannen die Männer die Hügelketten zu überqueren. Dadurch sparten sie zwar ein erhebliches Stück Weges, riskierten jedoch, plötzlich vor einem unübersichtlichen Hindernis zu stehen. Aber Hatteras zog den kürzesten Weg zum Nordpol vor.

Vorerst ging die Reise bequem vonstatten; auf den Hochebenen lag Schnee, und sie hatten keine Mühe mit dem Schlitten.

Das Wetter war verhältnismäßig gut, es gab zwar immer wieder Nebel, aber Kälte oder Schneestürme behinderten sie zum Glück nicht.

Während der ersten beiden Marschtage wurden in etwa zwölf Stunden je zwanzig Meilen zurückgelegt.

Die Temperatur stieg noch weiter, und stellenweise mußten sie mit dem Schlitten große Wasserlachen passieren. Bis zu den Knien wateten die Männer zuweilen durch das Wasser. Die Jagd wurde während des Marsches auch nicht vergessen, denn ihren Proviant wollten sie möglichst täglich auffrischen, und es fand sich auch immer wieder ein Schneehuhn, ein Taucher, eine Gans oder ein Hase.

Hatteras' Sorge war, daß sich die Jäger ja nicht weiter als eine Meile vom Schlitten entfernten, denn er mochte keine Stunde, geschweige denn einen ganzen Tag verlieren; ließ sich doch höchstens für ein Vierteljahr mit schönem Wetter rechnen!

Am dritten Tag, einem Mittwoch, dem 26. Juni, stießen die Männer auf einen See von beträchtlicher Größe, er war noch ganz mit Eis bedeckt, das dick genug war, die gesamte Expedition zu tragen.

Als sie den See überquert hatten, senkte sich das Land; der Boden wurde flacher und ebener, und nur noch weit im Westen erhoben sich ein paar niedrige Hügel.

Bisher war der Marsch ohne Strapazen vonstatten gegangen; die Männer litten höchstens unter dem gleißenden Licht der sich auf den Schneefeldern brechenden Sonne.

Am 28. Juni stieg die Temperatur auf 7°, und es begann heftig zu regnen. Das bedeutete allerdings, daß sie mit dem Schlitten nicht mehr ganz so schnell vorankamen.

Von anderen Menschen fanden sie keine Spur.

Die fünf Männer waren offensichtlich die ersten, die ihren Fuß in diese Einsamkeit setzten. Bären dagegen vermochten sie jetzt häufiger zu beobachten, manchmal auch Bisons und Rentiere.

Am 29. erlegte Bell einen Fuchs, und Altamont brachte einen Bison zur Strecke.

Vom 30. an, entgegen aller Erwartung, wurde das Land ausgesprochen gebirgig. Und je höher die Expedition gelangte, desto stürmischer wurde es, bald wuchs sich der Sturm zum regelrechten Orkan aus.

Auf den Sturm jedoch folgte wieder warmes, feuchtes Wetter. Es taute, und von allen Seiten her dröhnte das Krachen des berstenden Eises und das Getöse stürzender Lawinen.

Drei Tage später, am 3. Juli, befanden sich die Männer wieder in bequemer zu passierendem Gelände.

Sechsundvierzigstes Kapitel

Eindrücke im Schnee

Am 4. Juli zog undurchdringlicher Nebel heran. Kaum noch war es, trotz Kompaß, möglich, die genaue Marschrichtung festzustellen. Zum Glück passierte an diesem Tag nichts anderes, als daß Bell seine Schneeschuhe zerbrach, mit denen er gegen einen Felsvorsprung stieß.

»Donnerwetter«, sagte Johnson, »wer auf der Themse zu Hause ist, sollte sich durch das bißchen Nebel eigentlich nicht irremachen lassen, aber ich sehe doch, daß ich mich geirrt habe.«

»Na ja«, erwiderte Bell, »hier können wir auch keine Fackeln anzünden, die uns die Dunkelheit etwas aufhellen.«

»Warum sollen wir das denn nicht?« fragte der Doktor, »das ist ein brauchbarer Gedanke, dann sehen wir wenigstens den Führer.«

»Wie kommen wir denn hier zu Fackeln?« fragte Bell.

»Wir tauchen Watte in Weingeist und befestigen das an den Spitzen unserer Stöcke.«

»Gut erdacht«, erwiderte Johnson, »dann los!«

Nach einer Viertelstunde setzten sie ihren Marsch unter Fackelschein fort. Nachdem sich der Nebel nach ein paar Tagen endlich wieder verzogen hatte, wurde sofort die genaue Position festgestellt: kaum acht Meilen pro Tag hatten sie während des schlechten Wetters zurückgelegt.

Hatteras tat alles, um das Tempo zu beschleunigen, um den Zeitverlust wieder wettzumachen. Sie brachen noch eher auf als sonst. Altamont und Bell waren dem Schlitten um zwei Meilen voraus, um etwaiges Wild aufzuspüren. Der Doktor staunte, als sie plötzlich haltmachten und wie erstarrt stehenblieben. Dann schien Bell vorstürzen zu wollen; aber Altamont hielt ihn zurück.

»Nanu, was treiben die denn da?« fragte der Doktor den Schiffszeugmeister.

»Ich werde aus ihnen auch nicht klug, Mister Clawbonny«, antwortete der alte Seebär.

»Vielleicht haben sie Tierspuren gefunden«, meinte Hatteras.

»Kann nicht sein«, antwortete der Doktor.

»Warum nicht?«

»Weil Tell dann bellen würde.«

»Spuren sind es aber, die sie beobachten«, sagte Johnson.

»Beeilen wir uns!« mahnte Hatteras, »dann werden wir bald wissen, woran wir sind.«

Johnson spornte die Hunde zu rascherem Tempo an.

Nach zwanzig Minuten waren die fünf Männer wieder beieinander, und Hatteras, der Doktor und Johnson teilten bald Bells und Altamons Staunen.

Menschenspuren waren es, deutlich sichtbar, unbestreitbar Menschenspuren, und sie waren so frisch, als seien sie erst am Tag vorher getreten worden.

»Es sind Eskimos«, sagte Hatteras.

»Ja«, bestätigte der Doktor, »es sind die Abdrücke von Eskimoschuhen.«

»Meint Ihr?« fragte Altamont.

»Ganz gewiß.«

»Ei – und das da?« fragte Altamont, auf eine andere Spur weisend. »Das da?«

»Ja, stammt das auch von einem Eskimo?«

Der Doktor sah aufmerksam hin und war verdutzt. Die Spuren eines europäischen Schuhes mit seinen Nägeln, seiner Sohle und seinem Absatz waren tief in den Schnee eingedrückt; jeder Zweifel war ausgeschlossen.

»Europäer hier?« rief Hatteras.

»Ganz offensichtlich«, sagte Johnson.

»Die Sache ist aber doch so unwahrscheinlich, daß man zweimal hinsehen muß, ehe man einmal ja sagt.«

Robinson kann nicht mehr erstaunt gewesen sein, als er die Spur eines menschlichen Fußes im Sand seiner Insel sah; aber wenn es bei ihm überwiegend Furcht war, so war es bei Hatteras überwiegend Verdruß. Ein Europäer, dicht vor ihm, auf dem Weg zum Pol.

In aller Eile drangen sie weiter vorwärts, um die Richtung dieser Spuren festzustellen. Nach einer Viertelstunde bogen die Spuren in westlicher Richtung ab. Nun erhob sich die Frage, ob man ihnen weiter folgen sollte.

»Nein«, sagte Hatteras, »vorwärts, nach Norden!«

Ein Ausruf des Doktors unterbrach ihn. Mit einem Gegenstand, dessen Beweiskraft nicht zu widerlegen war, der Linse aus einem Taschenfernrohr – kam er herangelaufen.

»Nun«, sagte er, »läßt sich die Anwesenheit eines Europäers auf diesem Stück Erde nicht mehr bezweifeln.«

»Marsch, vorwärts!« rief Hatteras, und diesmal so energisch, daß sich alle in Bewegung setzten.

Sorgfältig suchten sie den Horizont ab, ausgenommen Hatteras, der voller Zorn war und nichts sehen wollte. Da man aber Gefahr lief, auf eine andere Expedition zu stoßen, mußten Vorsichtsmaßregeln getroffen werden, es hieß doch wirklich mit dem Unglück spielen, wenn sie von anderen so dicht vor dem Ziel überflügelt würden. Selbst der Doktor und auch Altamont waren betroffen; Johnson und Bell brummten bedrohliche Worte zwischen den Zähnen.

»Vorwärts!« meinte schließlich auch der Doktor, »wappnen wir uns gegen das Schicksal, so gut wir können.«

»Das muß man schon sagen«, meinte Johnson, ohne von Hatteras gehört zu werden, »der ganze Spaß vergeht einem, wenn man befürchten muß, daß man am Nordpol von andern freundlich begrüßt wird.«

»Es gibt aber doch keinen Zweifel mehr«, meinte Bell.

»Nein«, antwortete der Doktor, »sosehr ich mir das auch durch den Kopf wandern lasse, soviel ich mir einrede, es sei unwahrscheinlich, unmöglich, ich muß mich dreinfinden. Ein solcher Schuh hat sich nicht in den Schnee eingedrückt, ohne daß er an einem Fuß gesteckt hat, und der Fuß hat zu einem Bein gehört, das wiederum den Leib eines Menschen getragen hat.«

Dennoch marschierten sie weiter.

Der Tag ging zu Ende, ohne daß die fünf Männer neue Spuren gesehen hätten. Endlich schlugen sie ihr Nachtlager auf.

Ein ziemlich heftiger Wind aus Norden fegte über das Land, so daß sie für das Zelt einen sicheren Platz auf dem Grund einer Schlucht suchten. Der Himmel sah bedrohlich aus. Lange Wolkenfetzen zogen darüber hin.

»Eine böse Nacht wird das werden!« meinte Johnson nach dem Abendbrot.

»Sie wird nicht sehr kalt sein, aber dafür laut«, meinte der Doktor darauf, »treffen wir alle Maßnahmen, damit das Zelt nicht weggeweht wird.«

»Das wird nötig sein, Mister Clawbonny! Wenn der Orkan unser Zelt einmal wegreißt, werden wir es kaum wiederfinden.«

Nachdem sie das Zelt mit Steinen beschwert hatten, versuchten die fünf zu schlafen. Aber das war unmöglich! Der Orkan tobte mit ganzer Gewalt; Lawinen donnerten zu Tal, das Echo vergrößerte den unheimlichen Lärm noch mehr.

Mitten in diesen Lärm tönte aber noch etwas anderes hinein, es klang wie Stahl, und die Männer vermochten sich das nicht zu erklären.

»Das hört sich ja fast so an«, meinte der Doktor schließlich, »als wenn Eisberge oder Eisfelder aneinanderstießen.«

»Ja«, erwiderte Altamont, »so etwas könnte es sein. Achtung, hört ihr?«

»Wären wir am Meer«, sagte der Doktor, »würde ich glauben, es fänden Eisbrüche über Eisbrüche statt.«

»Eine andere Erklärung wüßte ich auch nicht«, sagte Johnson.

»Sollten wir etwa die Küste erreicht haben?« fragte Hatteras.

»Unmöglich ist das nicht«, erwiderte der Doktor. »Donnerwetter«, setzte er hinzu, als es wieder mit unheimlichem Getöse krachte, »das müssen ja wahre Türme von Eisschollen sein! Vielleicht sind wir tatsächlich schon an der Küste.«

»Wenn das so ist«, sagte Hatteras entschieden, »werde ich mich keinen Augenblick besinnen, quer durch die Eisfelder vorzudringen.«

»Na, na!« erwiderte der Doktor, »nach solch einem Sturm werden die nicht mehr besonders gut tragen! Wir werden ja morgen sehen.«

Zehn Stunden lang wütete der Orkan, und keiner der fünf Männer fand den Schlaf, die Angst hatte sie gepackt. Ein unbedeutender Zwischenfall vermochte allem ein Ende zu bereiten.

Zum Glück legte sich der Orkan während der ersten Morgenstunden, und endlich durfte man daran denken, das Zelt zu verlassen. Der Doktor, Hatteras und Johnson begaben sich zu einem etwa 300 Fuß hohen Hügel, der sich leicht ersteigen ließ. Weit reichte der Blick über eine Landschaft, die ihr Aussehen völlig verändert hatte. Nirgends mehr war Eis, weit im Norden, am Horizont, lag dunkler Dunst.

»Das könnte das Meer sein«, meinte der Doktor.

»Ihr werdet recht haben«, erwiderte Hatteras, »dort muß das Meer sein.«

»Nun, dann zum Schlitten!« rief Hatteras, »und dem Meer entgegen.«

»Das tut Euch wohl, was?« fragte Clawbonny.

»Aber sicher«, antwortete Hatteras voller Freude, »binnen kurzem werden wir am Pol sein, und Euch, Doktor, macht Euch das nicht auch glücklich?«

»Mich? Oh, ich bin immer glücklich — vor allem dann, wenn es andere sind.«

Die Männer gingen zur Schlucht zurück, der Schlitten wurde bespannt, das Lager abgebrochen, und der Marsch wurde fortgesetzt. Jeder fürchtete, die Spuren vom Vortag wiederzufinden, aber nirgends war davon etwas zu sehen. Drei Stunden später standen sie an der Küste.

»Das Meer, das Meer!« riefen die Männer wie aus einem Munde.

»Das freie Meer, das offene Meer!« wiederholte Hatteras.

Es war zehn Uhr morgens.

Tatsächlich hatte der Orkan die Eisschollen weggetrieben. Das bißchen Eis, das am Strand übriggeblieben war, sah wie morsch aus; auf den von der Brandung umspülten Felsen hingen breite lange Algen und Büschel eines farblosen Tangs.

Das Meer dehnte sich weiter, als der Blick reichte; keine Insel, kein Land begrenzte den Horizont. Die Küste beschrieb einen langgestreckten Bogen, an beiden Enden des Bogens schob sich ein Kap in das Meer hinein. Dicht bei ihnen war ein Einschnitt in das Land, es war wie ein kleiner, nach drei Seiten geschützter Hafen. Schmelzwasser floß hier durch ein breites Strombett ins Meer.

Nachdem sich Hatteras Klarheit über diese Küste verschafft hatte, beschloß er, noch am selben Tag mit den Vorbereitungen zur Fahrt über das Meer zu beginnen; er befahl, die Schaluppe ins Meer zu setzen, den Schlitten zu entladen und für mögliche spätere Gelegenheiten in der Schaluppe mitzunehmen.

Natürlich würden die Vorbereitungen an diesem Tag nicht zu beenden sein. Deshalb wurde das Zelt aufgeschlagen, und am andern Morgen wurden die Arbeiten weitergeführt. Unterdessen holte der Doktor, um die Position zu bestimmen und um einen Teil der Bucht zu kartographieren, seine Instrumente.

Hatteras trieb zur Eile, er wollte aufbrechen, wollte keine Minute opfern, er fürchtete noch immer eine andere Expedition, die ihm zuvorkommen könnte.

Um fünf Uhr abends hatten Johnson und Bell ihre Vorbereitungen beendet. Die Schaluppe schaukelte auf den Wellen des kleinen Hafens; ihr Mast war aufgerichtet, Klüver und Focksegel waren angeschlagen; Proviant und Schlittenteile waren untergebracht, nur das Zelt und einiges Lagergerät mußten am andern Morgen noch an Bord genommen werden.

Als der Doktor zurückkam und die Schaluppe, ruhig, vor dem Wind geschützt, liegen sah, schlug er vor, den kleinen Hafen »Altamont Harbour« zu nennen. Niemand hatte dagegen etwas einzuwenden, und so wurde der Hafen denn auf diesen Namen getauft. Nach den Berechnungen des Doktors lag er unter 87° 5′ Breite und 118° 35′ östlicher Länge von Greenwich, das heißt knapp 3° vom Pol entfernt. Die Männer hatten von der Victoriabucht bis zum Altamonthafen eine Strecke von 200 Meilen bezwungen.

Siebenundvierzigstes Kapitel

Das offene Meer

Am anderen Morgen verluden Johnson und Bell die letzten Lagergerätschaften. Um acht Uhr war man zur Abfahrt bereit. In dem Augenblick, als sie den Hafen verlassen wollten, erinnerte sich der Doktor der Fußspuren, auf die sie gestoßen waren: ein Vorfall, der ihm nicht aus dem Sinn ging. War hier wirklich jemand außer ihnen auf dem Weg zum Nordpol? Besaßen diese Unbekannten ein Mittel, dieses Polarmeer zu überqueren? Würde man ihnen abermals begegnen? Seit drei Tagen hatten sie nichts wieder von ihnen bemerkt; und wer sie auch waren, so viel stand fest, am Altamonthafen waren sie nicht gewesen. Hier war noch keines anderen Menschen Fuß gewesen.

Obwohl Hatteras drängte, konnte der Doktor, von seinen Gedanken verfolgt, nicht umhin, einen letzten Blick über das Land schweifen zu lassen; er stieg auf eine Kuppe von etwa hundert Fuß Höhe, von dort aus vermochte er den ganzen südlichen Horizont zu überblikken.

Auf dem Gipfel angelangt, setzte er das Fernrohr vor die Augen, aber er sah nichts, absolut nichts, weder in der Ferne noch in der Nähe. Er schüttelte den Kopf, er blickte wieder in sein Fernrohr, aber wieder nur Nebel, nichts als Nebel. Das kam ihm denn doch mehr als seltsam vor. Und als er schließlich sein Fernrohr untersuchte, mußte er feststellen, daß eine Linse fehlte.

»Donnerwetter!« rief er. Nun war ihm alles klar.

Mit einem Schrei, laut genug, daß ihn seine Kameraden hörten, rannte er, so rasch ihn die Beine trugen, den Hügel hinab. Seine Freunde waren bestürzt, als sie ihn so laufen sahen.

»Nanu! Was gibt's denn?« fragte Johnson.

Der Doktor, außer Atem, brachte kein Wort hervor. Endlich keuchte er mühsam: »Die Spuren ..., die Tritte ..., die Fremden ...«

»Was denn? Was?« rief Hatteras. »Habt Ihr sie gesehen?«

»Nein! Nein!« antwortete der Doktor. »Mein Fernrohr, die Linse, mir ist ...« und er hielt ihnen sein unbrauchbares Fernrohr vor die Augen.

»Ach, ich verstehe!« rief Altamont, »Ihr habt die Linse verloren?«

»Ja.«

»Aber jene Spuren ...«

»Sind unsre Spuren. Freunde, unsre Spuren!« rief der Doktor. »Wir haben uns im Nebel verirrt – sind im Kreis herumgelaufen und auf unsre eigne Spur zurückgelangt!«

»Aber dieser Eindruck von Schuhen?« fragte Hatteras.

»Der stammt von Bells Stiefeln«, rief der Doktor, »von Bell, der doch seine Schneeschuhe zerbrochen hatte und einen ganzen Tag lang Stiefel angehabt hat.«

»Stimmt!« rief Bell. »Genauso war es!«

Der Irrtum, dem die Männer verfallen waren, lag so klar auf der Hand, daß alle laut auflachten, bis auf Hatteras, der doch am glücklichsten über diese Entdeckung sein mußte.

»Vorwärts, los!« kommandierte er.

Keine Viertelstunde verging mehr, und jeder hatte seinen Platz an Bord der Schaluppe eingenommen. Mit klatschendem Focksegel verließ sie den Altamonthafen.

Am Mittwoch, dem 10. Juli, begann die Überfahrt. Die Männer befanden sich nur noch 175 Meilen vom Pol entfernt.

Der Wind war schwach, aber er war günstig. Das Thermometer zeigte 10 Grad. Die Schaluppe hatte bei dem Transport auf dem Schlitten nicht gelitten, sie befand sich in vorzüglichem Zustand und ließ sich leicht führen. Johnson nahm das Ruder, der Doktor, Bell und Altamont hatten sich, so gut es möglich war, zwischen das Reisegepäck gesetzt, das zum Teil auf, zum Teil unter Deck verstaut war.

Hatteras stand am Bug, den Blick auf jenen geheimnisvollen Punkt gerichtet, der seit Jahren schon sein Ziel war. Falls sich irgendeine Küste zeigt, wollte er der erste sein, der sie betrat und erkundete.

Das Polarmeer schien nirgends Grenzen zu haben; weit vor ihnen, im Dunst, verschmolzen unmerklich Himmel und Wasser. Nur ein paar Eisberge unterbrachen die Eintönigkeit und Einsamkeit dieses Meeres.

Gegen Abend verloren die Männer die Küste aus den Augen.

Seit der Abfahrt aus dem Altamonthafen war die Schaluppe um einen Grad weiter in nördlicher Richtung vorgedrungen, aber noch immer wurde nichts sichtbar am Horizont, keine Bergspitzen, die das Land von weitem künden, keins jener Zeichen, an denen der Seemann genau erkennt, daß er sich einer Insel oder dem Festland nähert.

Der Wind stand gut, aber er wehte nicht heftig; die Wellen schlugen nicht sehr hoch. Ein paar Vögel begleiteten die Schaluppe. Fern am Horizont standen immer noch die Eisberge. Es waren so wenige, daß sie kein Schiff in seiner Fahrt behinderten.

Gegen Mittag wurde es noch dunstiger, und der Doktor begann schon daran zu zweifeln, daß sie, so weit im Norden, wieder auf Festland stoßen könnten.

Nur Hatteras zweifelte nicht daran. Er blieb weiter am Bug und versuchte den Dunst am Horizont zu durchdringen. Er nahm das Fernrohr nicht mehr von den Augen. An der Färbung des Wassers, an der Form der Wellen, am Wehen des Windes forschte er nach den bekannten Anzeichen, die ihm das Land verheißen würden.

Achtundvierzigstes Kapitel

In der Nähe des Nordpols

Die Zeit verstrich, aber die Ungewißheit blieb. Nicht ein einziges Anzeichen deutete auf nahes Land.

Und immer noch stand Hatteras am Bug und blickte unverwandt nach Norden.

Endlich, gegen sechs Uhr abends, wurde er eines unbestimmbaren Dunstes gewahr, der sich von dem Dunst bisher unterschied. Er stieg höher, man hätte ihn fast für einen Rauchfetzen halten können. Er verschwand und war dann wieder da. Eine Wolke war das nicht, dessen war sich Hatteras gewiß. Ihm taten schon die Augen weh, sie brannten ihm von dem ununterbrochenen konzentrierten Hinblicken.

Nun jedoch war er sicher, er streckte den Arm aus und legte all seinen Triumph in die Stimme:

»Land! Land!«

Wie von einem elektrischen Schlag getroffen, fuhren die Männer in der Schaluppe auf.

Über dem Meer stieg, deutlich sichtbar jetzt auch dem unbewaffneten Auge, etwas wie Rauch empor.

»Ich sehe es, ich sehe es!« rief der Doktor.

»Ja, ganz deutlich!« bestätigte Johnson.

»Eine Wolke!« meinte Altamont.

»Nein, das ist Land«, antwortete Hatteras mit unerschütterlicher Überzeugung und Sicherheit.

Noch einmal prüften die fünf Männer mit der größten Aufmerksamkeit. Und wie es oft vorkommt, wenn man allzu sicher ist: Auf einmal war nichts mehr zu sehen. Doch schließlich bemerkten sie es wieder, und der Doktor meinte sogar, in zwanzig bis fünfundzwanzig Meilen Entfernung, wie er schätzte, in nördlicher Richtung einen jähen Lichtschein wahrgenommen zu haben.

»Dort ist ein Vulkan!« rief er.

»Ein Vulkan?« fragte Altamont.

»Ohne Zweifel!«

»So hoch im Norden?«

»Und warum nicht?« sagte der Doktor, »ist denn nicht Island auch vulkanisches Land, aus Vulkanen entstandenes Land?«

»Ja, Island!« entgegnete Altamont, »aber so dicht am Pol?«

»Nun, hat James Roß nicht festgestellt, daß die beiden feuerspeienden Berge Erebus und Terror unter hundertsiebzig Grad Länge und achtundsiebzig Grad Breite am Südpol in voller Tätigkeit stehen? Warum sollten also am Nordpol nicht auch Vulkane existieren?«

»Möglich ist das schon«, sagte Altamont überlegend.

»Ha!« rief der Doktor, »jetzt sehe ich es ganz deutlich: Es ist tatsächlich ein Vulkan!«

»Nun gut!« rief Hatteras, »fahren wir direkt auf ihn los!«

»Der Wind dreht, er kommt von vorn«, bemerkte Johnson.

»Refft die Segel, so dicht wie möglich.«

Aber dieses Manöver genügte, daß die Männer den beobachteten Punkt aus den Augen verloren, selbst Hatteras fand ihn nicht wieder. An der Nähe der Küste ließ sich jedoch nicht mehr zweifeln. Nun also lag das Ziel der Expedition dicht vor ihnen. Und war es auch noch nicht erreicht, so würden doch keine vierundzwanzig Stunden mehr verstreichen, und sie würden den Fuß auf diesen Boden setzen, den vor ihnen noch nie jemand betreten hatte. War ihnen bis hierher das Glück geneigt gewesen, würde es sie in den letzten Stunden nicht mehr verlassen, das war Hatteras' feste Überzeugung.

Wider alles Erwarten herrschte keine laute Freude an Bord der Schaluppe, jeder war zu sehr mit seinen eigenen Gedanken beschäftigt, versuchte sich vorzustellen, wie es wohl auf dem Land aussehen würde. Tiere schien es dort nicht zu geben, es mußte wohl sehr unwirtlich sein, denn gegen Abend strebten die Vögel alle nach Süden.

Den Männern wurden allmählich die Augen schwer, die Nachtruhe kam heran, und Hatteras übernahm die erste Wache.

Er griff nach dem Ruder, der Doktor, Altamont, Johnson und Bell schliefen, auf den Bänken hingestreckt, einer nach dem andern ein.

Hatteras war genauso müde, aber er mußte dem Schlaf widerstehen, er durfte keine Sekunde in seiner Wachsamkeit nachlassen, vor allem jetzt nicht, so kurz vor dem Ziel. Die langsame Bewegung der Schaluppe jedoch wiegte auch ihn, ohne daß er es spürte, in den Schlaf; und wider Willen sank er in einen Halbschlummer.

Die Schaluppe machte indessen kaum Fahrt. In der Ferne, im Westen, spiegelten sich die Lichtstrahlen auf ein paar Schollen, die mitten im Meer glühende Flecke bildeten.

Hatteras geriet ins Träumen. In raschen Bildern zog sein bisheriges Leben an ihm vorüber. Er durchlebte noch einmal die letzten Monate, sah sich wieder im Winterlager, sah die Victoriabucht, das »Doktor-Haus«, fand noch einmal, unter Schollen verborgen, Altamont.

Dann kehrte er weiter zurück in die Vergangenheit, träumte von seinem Schiff, der in Brand geratenen »Vorwärts«, sah, die ihn verlassen hatten. Was war aus ihnen geworden? Er dachte an Shandon, an Wall, an den rauhen und rohen Pen. Wo waren sie? War es ihnen geglückt, quer durch das Eis die Baffinbai zu erreichen?

Dann führte ihn seine Phantasie noch weiter zurück: Er sah sich in England, sah sich auf seinen früheren Reisen, seine mißlungenen Versuche, all das Unglück, das ihn bisher verfolgt hatte. Angst packte ihn, daß auch diese Fahrt mit einem Unglück enden würde, daß sich seine Hoffnungen in Verzweiflung wandelten.

Während er so träumte und träumte, stieg eine ungeheure Wolke am Horizont herauf und verfinsterte den Ozean. Ein Orkan zog heran.

Beim ersten Windstoß fuhren der Kapitän und seine Kameraden aus ihrem Schlummer auf und waren im Nu hellwach.

Das Meer ging hoch, die Schaluppe, von den gewaltigen Wellen hin und her geschleudert, stürzte bald in tiefe Wellentäler, bald schwebte sie auf einem Wogenkamm.

Hatteras hatte das Ruder mit fester Hand gefaßt, er brauchte seine ganze Kraft, um es zu halten. Johnson und Bell arbeiteten ununterbrochen, das in die Schaluppe eingedrungene Wasser auszuschöpfen.

»Solch ein Sturm hat uns gerade noch gefehlt«, meinte Altamont und klammerte sich an seiner Bank fest.

»Hier muß man auf alles gefaßt sein«, erwiderte der Doktor.

Sie hatten große Mühe, den Kurs zu halten; dichter

Nebel verwehrte ihnen die Sicht. Nirgends mehr hatten sie einen festen Punkt, nach dem sie sich hätten richten können. War ihnen der Weg, so kurz vor dem Ziel, erneut verstellt? Mußten sie wieder aufgeben? Das durfte nicht sein.

Aber man brauchte die Männer nur zu sehen, ihre Entschlossenheit, und man hätte begriffen, daß sie nicht dem Sturm und nicht den Wellen weichen, daß sie ihr Ziel erreichen würden.

Den ganzen Tag lang kämpften sie gegen das Wetter an, obwohl sie den Tod vor Augen hatten, drangen zwar nicht weiter nach Norden vor, gaben aber auch keinen Zollbreit auf. Sie wurden von Regen überschüttet und von Meerwasser, das ihnen der Sturm ins Gesicht schleuderte. In der Luft heulte und schrillte es.

Gegen sechs Uhr abends, mitten im wildesten Toben des Orkans, trat plötzlich Windstille ein; es war wie ein Wunder. Das Meer lag ruhig und glatt, als wäre es nicht zwölf Stunden lang aufgewühlt gewesen.

Der Nebel wurde, ohne zu steigen, von seltsamen Lichtern beleuchtet. Die Schaluppe schwamm in einer Zone gleißenden Lichts, einem funkelnden Sankt-Elms-Feuer von unermeßlicher Ausdehnung, aber dieses Feuer wärmte nicht. Der Mast, das Segel, das Takelwerk zeichneten sich schwarz ab vor dem phosphoreszierenden Hintergrund des Himmels, die Gesichter der Männer färbten sich im Flammenschein.

Die in Flammen stehende Atmosphäre rief in Hatteras einen Gedanken wach. »Der Vulkan!« rief er.

»Ist das möglich?« fragte Bell.

»Nein, nein!« erwiderte der Doktor, »wenn die Flammen bis zu uns herreichten, würden wir ersticken und verbrennen!«

»Ist es vielleicht der Widerschein im Nebel?« fragte Altamont.

»Auch das nicht. Dann müßten wir dem Land so nahe sein, daß wir auch das Getöse des Ausbruchs hörten.«

»Aber was ist es dann?« fragte der Kapitän.

»Es ist eine kosmische Naturerscheinung«, erwiderte der Doktor, »wie sie bisher nur selten beobachtet wurde! Wenn wir unsere Fahrt fortsetzen, werden wir diese leuchtende Sphäre bald verlassen, und dann sind wieder Sturm und Finsternis um uns.«

»Was es auch sein mag — vorwärts, vorwärts!« rief Hatteras.

»Vorwärts«, riefen die anderen.

Mit Hilfe des Kompasses korrigierte Hatteras den Kurs nach Norden.

Allmählich verlor sich die Lichterscheinung, wurde der Nebel wieder dichter, eine Kabellänge weiter brüllte der Sturm, und bald war auch die Schaluppe wieder in seinem Bereich. Aber zum Glück hatte er nach Süden gedreht, so daß die Schaluppe unter dem Wind direkt auf den Pol zu segeln konnte; von Minute zu Minute fuhr die Schaluppe schneller. Es brauchte nur plötzlich eine Klippe vor dem Bug aufzutauchen, und das Schicksal der fünf Männer war besiegelt. Ein Ausweichen war bei diesem Nebel nicht mehr möglich. Niemand jedoch wollte an diese Gefahr denken, alle hatten sie nur ein Ziel: den Pol.

Sie spürten es überdeutlich, sie hatten die Küste dicht vor sich. Auf einmal brach der Nebel auf, wie ein vom Wind zerrissener Vorhang, und, jäh wie ein Blitz, bemerkten die Männer am Horizont eine ungeheure Flammengarbe, die hoch in den Himmel stieg.

»Der Vulkan! Der Vulkan!«

Wie ein Schrei kam es von ihren Lippen, aber schon war die gespenstische Vision wieder verschwunden, der Wind, der nach Südost umsprang, riß die Schaluppe herum und führte sie wieder von der Küste weg.

»Verdammt!« schrie Hatteras und kappte die Segel; »keine drei Meilen mehr waren wir von der Küste entfernt!«

Hatteras konnte gegen die Gewalt des Sturmes nicht ankämpfen, aber er wich nicht, sondern lavierte am Wind, der sich erneut mit unbeschreiblicher Heftigkeit entfesselte. Die Schaluppe drohte wiederholt zu kentern, aber jedesmal richtete sie sich trotz allem wieder auf.

Hatteras hatte das Fahrzeug fest in der Hand – immer noch.

Plötzlich lief vor seinen Augen ein entsetzliches Schauspiel ab. Kaum zehn Fuß weit schaukelte eine Scholle hoch auf einem Wellenkamm, sie sank und stieg genau wie die Schaluppe, bedrohte sie jedoch mit ihrem Sturz und mußte sie zermalmen, wenn sie sie auch nur streifte. Aber nicht nur das: Zehn, zwölf Eisbären versuchten sich auf dieser haushohen, wie wild tanzenden Scholle zu halten. Sie standen eng aneinandergedrückt und gebärdeten sich wie toll.

»Bären! Bären!« rief Bell mit einer Stimme, die ihm vor Schreck fast versagte.

Von Entsetzen gebannt, sahen sie nun alle, was Bell als erster gesehen hatte. Manchmal neigte sich die Scholle so sehr, daß die Eisbären durcheinanderkugelten. Ihr furchtbares Gebrüll übertönte das Heulen des Sturmes.

Eine Viertelstunde lang – sie schien den Männern ein Jahrhundert zu dauern – trieben Schaluppe und Scholle nebeneinanderher, bald dreißig Fuß weg, bald zum Greifen dicht neben der Schaluppe; die Bären hätten nur herunterzuspringen brauchen. Endlich wurde der Zwischenraum größer, trieb die Scholle schneller als die Schaluppe. Und dann war es, als würde sich der

Sturm verhundertfachen, es war, als wären alle Höllen entfesselt. Die Schaluppe wurde aus dem Wasser herausgerissen und drehte sich mit rasender Geschwindigkeit um sich selbst. Das Focksegel riß und flog davon. Ein Wasserstrudel, ein tiefes Loch, bildete sich, ein neuer Maelstrom. Die Schaluppe wurde hineingerissen, drehte sich immer noch wie rasend, geriet tiefer und tiefer in den Sog, auf den Grund des Strudels.

Die Männer hielten sich fest, so gut sie konnten, und sahen sich mit verstörten Blicken an. Dann stieg die Schaluppe wieder empor, drehte sich noch immer und wurde wie aus dem Lauf einer Kanone aus dem Strudel hinausgeschossen.

Altamont, der Doktor, Johnson und Bell wurden zu Boden geschleudert. Als sie sich wieder aufrichteten, war Hatteras verschwunden. Das war zwei Uhr morgens.

Neunundvierzigstes Kapitel

Am Ziel

Ein Schrei des Entsetzens wurde laut.

»Hatteras!« rief der Doktor.

»Verschwunden!« riefen Johnson und Bell.

»Verloren!« rief Altamont.

Sie sahen sich um, nichts! Nichts war zu sehen auf dem hochgehenden Meer! Tell bellte verzweifelt. Er wollte in die Fluten hinein, und Bell vermochte ihn nur mit Mühe zu halten.

»Altamont, ans Ruder!« befahl der Doktor. »Versuchen wir alles, unsern unglücklichen Kapitän wiederzufinden!«

Johnson und Bell setzten sich wieder auf die Bänke. Altamont faßte das Ruder, und die treibende Schaluppe kam erneut vor den Wind. Johnson und Bell ruderten kräftig, wohl eine Stunde lang, sie blieben im Bereich der Unglücksstätte, sie suchten unablässig, aber alles war umsonst. Vom Orkan weggerissen, war der unglückliche Kapitän verloren! Verloren! So dicht vor seinem Ziel! Es sollte ihm nicht beschieden sein, sein Ziel auch zu erreichen.

Der Doktor rief, schrie, schoß, Tell heulte, aber sie bekamen keine Antwort. Niemand mehr rechnete damit, den Kapitän jemals wiederzusehen, es war keine Hoffnung mehr.

Nach einstündigem Suchen nahmen die Männer in der Schaluppe wieder Nordkurs auf und versuchten, gegen die Wut des Sturmes anzukämpfen.

Um fünf Uhr morgens, am 11. Juli, legte sich der Wind. Die See beruhigte sich langsam, und in etwa drei Meilen Entfernung sichteten sie Land.

Dieses Land war eine Insel, eine Vulkaninsel, die, einem Leuchtturm gleich, am Nordpol aus dem Wasser emporragte. Es war offensichtlich nur ein einziger Krater, aus dessen Schlund eine gewaltige Feuersäule stieg. Über den Flammen schwebte eine unermeßliche Rauchsäule, deren rote und schwarze Schwaden sich weit bis zum Horizont wälzten.

Der Himmel sah aschgrau aus, die Finsternis, die vor dem Sturm geherrscht hatte, über die sich die Männer nicht hatten klarwerden können, hier fanden sie deren Ursache.

Dieser ungeheure Berg war mehrere tausend Fuß hoch. Er war kahl, und seine Flanken fielen fast senkrecht ins Meer.

»Wollen wir hier landen?« fragte der Doktor.

»Der Wind treibt uns«, antwortete Altamont.

»Ich finde keine Möglichkeit, wo wir den Fuß an Land setzen könnten«, bemerkte der Doktor.

»Das sieht nur so von weitem aus«, erwiderte Johnson, »ein Plätzchen für unsere Schaluppe wird es schon geben. Weiter brauchen wir ja nichts!«

»Vorwärts also!« antwortete der Doktor traurig.

Er hatte keinen Blick mehr für dieses fremdartige Schauspiel, das sich vor ihm auftürmte. Da war der Nordpol, aber der Mann, der zu ihm hin wollte, war nicht mehr an Bord. 500 Schritt von den Felsen entfernt schien das Meer von dem unterirdischen Feuer zu kochen. Die Insel mochte acht bis zehn Meilen im Umfang haben. Und den Messungen zufolge, die der Doktor anstellte, mußte auf ihr der Nordpol liegen.

Als die Männer an die Insel herankamen, gewahrten sie einen kleinen Fjord, der Raum genug bot, die Schaluppe aufzunehmen. Dorthin steuerten sie, von Furcht erfüllt, den Leichnam des Kapitäns an die Küste getrieben zu finden. Das Meer brandete an die schroffen Felsen, eine dicke Ascheschicht, auf die noch kein Mensch den Fuß gesetzt hatte, bedeckte ihre Oberfläche.

Endlich glitt die Schaluppe durch eine schmale Rinne, die von zwei Klippen flankiert war, und dort fand sie Schutz vor der Brandung. Tell begann zu winseln, als er an Land springen sollte, die Männer fröstelten bei diesem kläglichen Gewinsel.

Der Doktor streichelte ihn, aber er mochte ihn nicht zu beruhigen. Mit einemmal tat das Tier einen gewaltigen Satz und sprang auf die Felsen hinüber, mitten in den Aschestaub hinein, der wie eine Wolke um ihn her aufflog.

»Tell! Hierher, Tell!« rief der Doktor.

Aber Tell hörte nicht auf ihn, sondern verschwand. Nun gingen auch die Männer an Land und machten die Schaluppe fest. Altamont erkletterte einen mächtigen Steinhaufen, da hörte er nicht weit weg von sich Tells Gebell, das lauter und lauter wurde.

»Horcht!« rief der Doktor.

»Hat er etwa ein Tier aufgescheucht?« fragte Johnson.

»Nein, nein!« antwortete der Doktor und zitterte, »es ist etwas anderes; er wird Hatteras gefunden haben.«

Die Männer stürzten hinter Tell her mitten durch die Asche hindurch. Die Spur des Hundes führte sie zu einer Stelle an der Küste, wo sich die Wellen schwächer brachen. Dort stand Tell neben einem Toten und bellte. Er stand neben Hatteras.

»Hatteras! Hatteras!« rief der Doktor und stürzte zur Leiche seines Freundes. Im selben Augenblick aber stieß er einen Schrei aus, der sich nicht wiedergeben läßt. Der scheinbar leblose Körper hatte unter seiner Hand gezuckt. »Er lebt! Er lebt!« rief er.

»Ja«, sagte Hatteras mit matter Stimme. »Ich lebe, und ich bin am Pol!«

»Hurra, Hatteras!« riefen die anderen, ihre Freude war unbeschreiblich.

Sofort untersuchte der Doktor den Kapitän. Schwere Verletzungen hatte er nicht erlitten. Der Sturm hatte ihn an die Küste getrieben, hatte ihn wiederholt ins Wasser zurückgeworfen, und dann war es Hatteras schließlich geglückt, sich an einem Felsstück festzuhalten und aus dem Wasser herauszuarbeiten. Dann hatte er das Bewußtsein verloren. Durch Tells Gebell war er ins Leben zurückgerufen worden.

Nach wenigen Minuten schon vermochte Hatteras aufzustehen und, auf den Doktor gestützt, zur Schaluppe zu gehen.

»Der Pol! Der Nordpol!« murmelte er ununterbrochen. Hatteras war wie im Fieber, er war erregt, und vergebens bemühte sich der Doktor, ihn zu beruhigen. Hatteras' Augen strahlten in ungewöhnlichem Glanz, in seinem Innern schien es zu kochen und zu brodeln. Clawbonny führte diesen Zustand auf die furchtbaren Gefahren zurück, die der Kapitän eben überstanden hatte.

Was Hatteras brauchte, war Ruhe, nichts als Ruhe, und man kümmerte sich schleunigst darum, ihm ein Lager zu bereiten. Unter Felsen fand sich eine kleine Grotte, und Johnson und Bell brachten Proviant in diese Grotte. Dann ließen sie die Grönländerhunde frei. Gegen elf Uhr war das Essen angerichtet, die Zeltleinwand diente als Tafeltuch; das Frühstück bestand aus Pökelfleisch, Tee und Kaffee, alles stand auf der Erde, man brauchte nur zuzulangen.

Zuvor jedoch verlangte Hatteras, daß die genaue Position ermittelt wurde, obwohl das der Doktor schon einmal getan hatte, aber damit gab sich Hatteras nicht zufrieden.

Der Doktor und Altamont nahmen also die Instrumente zur Hand, und ihre Messungen ergaben 89° 59′ Breite. Die Länge hatte bei dieser Höhe keine Bedeutung mehr, denn nur wenige hundert Fuß weiter trafen sich alle Längengrade in einem Punkt, und das war der Nordpol.

Allem Anschein nach lag dieser Punkt genau am Gipfel des Berges, am Gipfel des Berges oder, genauer, im Krater des Vulkans.

Als Hatteras vom Ergebnis dieser Messung hörte, sprach er den Wunsch aus, ein Protokoll in doppelter Ausfertigung abzufassen, von denen eins in einem Steinmal an der Küste der Insel hinterlegt werden sollte.

Sofort griff der Doktor zur Feder und schrieb das folgende Dokument nieder, das heute noch im Archiv der Königlichen Geographischen Gesellschaft zu London aufbewahrt wird:

»Am 11. Juli 1861, unter 89° 59′ 15″ nördlicher Breite, ist die ›Insel der Königin‹ am Nordpol durch den Kapitän Hatteras, Kommandanten der Brigg ›Vorwärts‹ von Liverpool, entdeckt worden. Kapitän Hatteras hat dieses Dokument unterzeichnet zusammen mit seinen Kameraden.

Wer immer dieses Dokument findet, wird ersucht, es an die britische Admiralität gelangen zu lassen.

Unterzeichnet: John Hatteras, Kommandant der ›Vorwärts‹; Dr. Clawbonny; Altamont, Kommandant der ›Porpoise‹; Johnson, Schiffszeugmeister; Bell, Schiffszimmermann.«

»Und nun wollen wir endlich essen«, rief der Doktor; nachdem er dieses Dokument fertiggestellt hatte.

Fünfzigstes Kapitel

Der Berg Hatteras

Nach der Mahlzeit machte es sich jeder in der kleinen Grotte so bequem wie möglich und fand auch bald den Schlaf – nur Hatteras nicht.

Warum fand dieser seltsame Mensch keinen Schlaf? Hatte er nicht das Ziel seines Lebens erreicht? Hatte er nicht die Pläne ausgeführt, die ihm am Herzen lagen? Konnte er jetzt nicht endlich ausruhen von den ununterbrochenen Strapazen, von den unglaublichen Anstrengungen und Gefahren?

Aber nein, die Erregung hatte eher zu- als abgenommen. Und es war nicht etwa der Gedanke an die Rückkehr, der ihn so erregte. Wollte er noch weiter vordringen? Aber wo hätte er nun noch hingehen können?

Wie dem auch sei, er fand keinen Schlaf, und doch war diese erste, am Nordpol verbrachte Nacht hell und klar und ruhig. Die Insel trug kein Lebewesen außer ihnen. Kein Vogel war hier, kein Tier auf diesem Aschenboden, kein Fisch in diesen kochenden Gewässern. Nur der Berg grollte dumpf; um seine Spitze hingen die schwellenden Rauchmassen.

Als Bell, Johnson, Altamont und der Doktor aufwachten, fanden sie Hatteras nicht mehr an ihrer Seite. Unruhig verließen sie die Grotte und fanden ihn draußen auf einem Felsen. Sein Blick war auf die Spitze des Vulkans gerichtet. In der Hand hielt er seine Instrumente.

Der Doktor ging auf ihn zu und richtete mehrmals das Wort an ihn, ehe es ihm gelang, ihn aus seinen Betrachtungen zu reißen. Endlich schien ihn der Kapitän zu verstehen.

»Vorwärts!« rief ihm der Doktor zu, der ihn mit aufmerksamen Blicken musterte; »vorwärts! Umschreiten wir die Insel, das ist das letzte, was uns hier zu tun noch übrigbleibt.«

»Es ist noch nicht das letzte«, sagte Hatteras mit einem seltsamen Ton in der Stimme.

In diesem Augenblick traten Altamont, Johnson und Bell heran. Hatteras schien wie aus einem Traum zu erwachen.

»Freunde!« sagte er ergriffen, »ich danke euch für euern Mut, für eure Ausdauer und für eure übermenschlichen Anstrengungen; ohne sie hätten wir nie den Fuß auf dieses Land gesetzt.«

»Kapitän«, sagte Johnson, »wir haben nur Euren Befehlen gehorcht. Euch, Euch allein gehört die Ehre!«

»Nein, nein!« antwortete Hatteras entschieden, »euch gehört die Ehre so gut wie mir! Altamont und dem Doktor nicht minder.«

Hatteras drückte seinen Kameraden reihum die Hand. Er lief auf und ab, er schien nicht mehr Herr über sich.

»Wir haben nur unsere Pflicht getan«, sagte Bell.

»Unsere Pflicht als Freunde«, ergänzte der Doktor.

»Ja«, sagte Hatteras, »aber diese Pflicht haben nicht alle so gut erfüllt wie ihr. Manche von uns sind schwach geworden. Und dennoch muß ich denen, die schwach geworden sind, ja die uns verraten haben, verzeihen. Ich verzeihe ihnen – Doktor, Ihr versteht mich doch?«

»Ja«, antwortete der Doktor, den die erregte Stimmung des Kapitäns zu beunruhigen begann.

»Deshalb will ich auch nicht«, fuhr der Kapitän fort, »daß ihnen jenes kleine Vermögen, um dessen Gewinn sie so weit mit mir gezogen sind, verlorengeht. Nein, nichts soll an meinen Verfügungen geändert werden ... Sie sollen haben, was ihnen verheißen wurde ... Sie sollen reich sein, wenn sie ..., wenn sie je Englands Boden wiedersehen sollten!«

»Aber Kapitän«, sagte Johnson und versuchte zu scherzen, »das hört sich ja ganz so an, als wenn Ihr Euer Testament machtet!«

»Vielleicht könnte es nötig sein«, erwiderte Hatteras ernst.

»Aber Ihr habt noch viele Jahre zu leben«, meinte Johnson.

»Wer weiß das schon!« erwiderte Hatteras.

Auf diese Worte folgte Schweigen. Der Doktor wagte es nicht, sich den Sinn dieser letzten Worte zu erklären, aber Hatteras erklärte sie bald selbst, denn mit hastiger Stimme fuhr er fort:

»Freunde, hört mich an, wir haben viel zusammen vollbracht, und doch bleibt immer noch der entscheidende Schritt.«

Die Kameraden des Kapitäns sahen einander erstaunt an.

»Ja, Freunde, wir sind dicht am Pol, aber auf dem Pol selbst stehen wir noch nicht!«

»Wieso?« fragte Altamont.

»Nanu?« rief der Doktor, der zu erraten schien, was Hatteras beabsichtigte.

»Jawohl!« fuhr Hatteras bestimmt fort, »ich habe mir geschworen, als erster Mensch den Fuß auf den Pol zu setzen, und ich werde meinen Schwur halten.«

»Was?« rief der Doktor.

»Wir sind noch fünfundvierzig Sekunden vom Pol entfernt«, sagte Hatteras, »und dort, wo er liegt, dorthin werde ich gehen.«

»Aber das ist ja der Gipfel dieses Vulkans!« rief der Doktor.

»Das ist mein Ziel!«

»Es ist ein unersteigbarer Kegel!«

»Ich werde ihn ersteigen!«

»Es ist ein in Flammen stehender Krater!«

»Ich werde ihn ersteigen!«

Die Energie und Entschlossenheit, mit der Hatteras diese Worte sprach, läßt sich nicht wiedergeben. Seine Freunde waren wie vom Donner gerührt, sie betrachteten den Berg mit Entsetzen, der hoch in den Lüften seine Rauchfahne schwang.

Der Doktor bestürmte und beschwor Hatteras, von seinem Vorhaben abzustehen, aber er erreichte nichts. Hatteras blieb bei seinem Entschluß, der ihn das Leben kosten konnte.

Der Doktor sah kein Mittel mehr, Hatteras zu bewegen, sein Vorhaben aufzugeben. Er hoffte nur noch darauf, daß sich die steilen Wände des Berges als unersteigbar erwiesen.

»Wenn es denn so sein soll«, sagte er, »dann werden wir Euch folgen.«

»Ja«, antwortete der Kapitän, »bis zur halben Höhe, nicht weiter! Ihr müßt das Protokoll nach Hause bringen, falls ...«

»Aber ...!«

»Abgemacht!« rief Hatteras mit unerschütterlichem Ton. »Und da die Bitten des Freundes nicht genügten, befehle ich es so als euer Kapitän!«

Der Doktor gab es auf, mit Hatteras zu rechten.

Schon nach wenigen Augenblicken befanden sich die Männer auf dem Weg. Hatteras stapfte mit seinem Hund voran, Bell und Altamont, der Doktor und Johnson hinter ihm her.

»Ich habe Furcht«, sagte Johnson.

»Nein, nein, es ist keine Ursache zur Furcht«, antwortete der Doktor, »wir sind ja auch noch da.«

Der Doktor, der Hatteras dicht auf folgte, nahm alle Eigentümlichkeiten des Vulkanberges mit scharfem Blick wahr. Mit dem Fuß stieß er an den vulkanischen Tuff und die aus Schlacke, Asche und Eruptivgestein bestehenden bimssteinartigen Ablagerungen, die an den Boden Islands erinnerten.

Je höher die Männer gelangten, desto schwieriger wurde der Aufstieg. Oft standen sie in einem wahren Aschenregen, der sie zu ersticken drohte, dann wieder versperrten ihnen Lavaströme den Weg. Groß war die Gefahr, in der nur an der Oberfläche schon erkalteten Lava zu versinken. Vor jedem Schritt mußte der Boden erst mit einem Stock abgetastet werden. Dann und wann spie der Krater rotglühende Felsstücke aus, die wie Bomben in der Luft zerplatzten und ihre Trümmer in alle Richtungen hin schleuderten.

Der Aufstieg war mit unendlichen und zahllosen Gefahren verbunden, und es grenzte schon an Wahnsinn, diesen Aufstieg fortzusetzen. Hatteras aber kletterte mit erstaunlicher Behendigkeit höher und höher. Er erreichte ein rundes Plateau von etwa zehn Fuß Umfang, ein weißglühender Strom umfloß das Plateau, dieser Strom ließ nur eine schmale Rinne frei, durch die Hatteras hindurchschlüpfte.

Dort machte er halt, damit ihn seine Kameraden einholten. Er maß die Strecke mit den Augen, die ihn noch vom Pol trennte. In der Waagerechten waren es keine dreihundert Fuß mehr, in der Senkrechten jedoch mindestens 1 500.

Drei Stunden lang dauerte bereits der Aufstieg;

Hatteras schien nichts von Ermüdung zu spüren, seine Kameraden jedoch waren längst am Ende ihrer Kräfte.

Der Gipfel des Vulkans schien unbezwinglich zu sein. Der Doktor nahm sich vor, Hatteras um jeden Preis am weiteren Aufstieg zu hindern.

»Hatteras«, sagte der Doktor, »genug, wir können nicht weiter.«

»Dann bleibt zurück!« sagte der Kapitän mit seltsamer Stimme, »ich muß bis zum Gipfel!«

»Nein, nein, das ist doch Unsinn; wir sind ja hier am Pol!«

»Nein, nein! Höher hinauf!«

Und schon hatte er den Lavastrom übersprungen. Die andern glaubten ihn von dem Lavastrom verschlungen, aber er war nur hinter einem Rauchvorhang verschwunden, gefolgt von Tell, die vier anderen vermochten ihm nicht mehr zu folgen. Altamont versuchte es vergeblich, es fehlte nur wenig, so wäre er in den Lavastrom hineingeraten, als er ihn überspringen wollte – seine Kameraden vermochten ihn nur mit äußerster Mühe zu retten.

»Hatteras! Hatteras!« rief der Doktor.

Aber der Kapitän antwortete nicht. Nur von Zeit zu Zeit wurde er für Sekunden zwischen den Rauchsäulen und unter dem Aschenregen sichtbar. Dann verschwand er für eine ganze Weile und kam weiter oben wieder zum Vorschein.

Eine Stunde lang war Hatteras schon allein unterwegs; der Doktor und seine Freunde vermochten nur noch zu ahnen, welchen Gefahren sich der Kapitän aussetzte.

Nun wurde Hatteras wieder sichtbar; er hatte den Kraterrand erreicht. Der Doktor hoffte, Hatteras würde das genügen, er hoffte, er würde umkehren, und wieder rief er: »Hatteras! Hatteras!«

»Ich werde ihn zurückholen!« rief Altamont entschlossen, sprang mit einem gewaltigen Satz über den Lavastrom hinweg und verschwand zwischen den Felsen wie zuvor Hatteras. Clawbonny hatte keine Zeit mehr, ihn zu halten Inzwischen war Hatteras auf den Gipfel des Berges gelangt und stand auf einem überhängenden

Felsen über dem Krater. Steine regnete es um ihn her. Tell war ihm bis hierher gefolgt.

Hatteras hatte den Union Jack mitgebracht, aber er schwankte, wo er die Flagge aufpflanzen sollte. Der genaue Punkt lag unter ihm, tief im Krater.

Plötzlich wankte der Fels unter ihm. Hatteras verschwand. Ein Schrei des Entsetzens wurde laut – die Freunde hatten Hatteras fallen sehen. Eine Sekunde – ein Jahrhundert – verstrich. Clawbonny hielt seinen Freund für verloren, für begraben auf ewig in den Tiefen des Vulkans. Aber Altamont war rechtzeitig zur Stelle. Altamont und Tell. Und beide hatten den Unglücklichen in dem Augenblick gepackt, als er im Abgrund zu verschwinden drohte. Hatteras war gerettet, und eine halbe Stunde später lag der Kapitän der »Vorwärts« ohne Besinnung in den Armen des Doktors.

Als er wieder zu sich kam, war er dennoch wie geistesabwesend. Er reagierte auf nichts, er schien nichts zu hören, und er sprach kein Wort. Die Anstrengungen und das Erlebte waren zuviel gewesen. Dem Doktor war es klar, es würde lange dauern, bis Hatteras den Schock überwand, aber er wollte alles tun, daß Hatteras wieder wachen Geistes würde.

Einundfünfzigstes Kapitel

Die Rückkehr

Drei Stunden nach dem Ende der Abenteuer des Kapitäns Hatteras saßen Clawbonny, Johnson, Bell und Altamont wieder beisammen in der Grotte am Fuße des Vulkans.

Der Doktor wurde gebeten, seine Meinung zu sagen, was nun zu tun sei.

»Unsern Aufenthalt hier auf diesem Eiland zu verlängern geht nicht, liebe Freunde!« sagte er. »Vor uns liegt freies Meer. Unser Proviant ist knapp. Wir müssen aufbrechen und schleunigst die Victoriabucht erreichen, wo wir bis zum nächsten Sommer überwintern.«

»Das ist auch mein Rat«, sagte Altamont, »der Wind ist günstig, segeln wir morgen in aller Frühe ab.«

Der Tag verstrich in tiefer Niedergeschlagenheit. Hatteras zeigte noch kein Anzeichen der Besserung, teilnahmslos ließ er mit sich geschehen, was die andern mit ihm machten.

Am andern Tag, am Sonnabend, dem 13. Juli, wurde das Lager abgebrochen, wurde alles wieder an Bord der Schaluppe gebracht. Ehe sie aber das Land verließen, errichtete der Doktor ein Steinmal, das die Inschrift erhielt:

JOHN HATTERAS
1861

Das Doppel des Dokuments wurde im Innern des Steinmals, in einer festverschlossenen Blechbüchse, geborgen, dann schifften sich die vier Mann und der Kapitän zur Rückfahrt ein. Es war zehn Uhr morgens. Ein neues Segel wurde aus der Zeltleinwand hergestellt und gesetzt. Die Schaluppe, vorm Wind fahrend, verließ die Insel der Königin.

Die Überfahrt ging schnell vonstatten. Das nach wie vor freie Meer bot keinerlei Gefahren.

Hatteras war immer noch nicht wieder zu sich gekommen. Er lag in der Schaluppe, die Arme über der Brust gekreuzt, Tell kauerte zu seinen Füßen. Der Doktor sprach eindringlich auf ihn ein, aber Hatteras hörte ihn nicht.

Am 15. Juli bekamen sie den Altamonthafen in Sicht.

Da aber das Polarmeer nach allen Seiten hin offen war, beschlossen sie, die Victoriabucht auf dem Wasserweg zu erreichen. Auch diese Fahrt vollzog sich ohne besondere Ereignisse. Nach kaum acht Tagen waren sie in der Victoriabucht. Montags, am 23. Juli abends, landeten sie in der Bucht.

Die Schaluppe wurde am Strand festgemacht. Alles stürzte zum Eishaus. Aber welch ein Anblick bot sich ihren Augen; die Hütte, die Speicher, das Pulvermagazin, alles war geschmolzen, der Proviant war von irgendwelchen Tieren vertilgt worden.

Ein trostloser, kläglicher Anblick.

Die Männer hatten ihren Proviant so gut wie aufgebraucht und hatten darauf gerechnet, hier zu finden, was sie zurückgelassen hatten. Nun hatten sie keine Möglichkeit mehr zu überwintern. Jetzt galt es, so schnell es ging, die Baffinbai zu erreichen.

»Etwas anderes bleibt uns nicht«, sagte der Doktor, »die Baffinbai ist keine sechshundert Meilen entfernt, solange es uns nicht an freiem Wasser fehlt, können wir es schaffen, vielleicht sogar bis zum Jones-Sund und von dort aus zu den dänischen Ansiedlungen.«

»Ja«, erwiderte Altamont, »suchen wir allen Proviant zusammen und beeilen wir uns, von hier wegzukommen.«

Was der Zerstörung entgangen war, ein paar Büchsen getrocknetes Fleisch und zwei Fäßchen Pökelfleisch, wurde an Bord genommen. Für sechs Wochen etwa mochten sie zu essen haben, und auch Schießpulver hatten sie noch genügend. Dann wurde die Schaluppe kalfatert, und am anderen Tag, am 24. Juli, stachen sie wieder in See.

Die Schaluppe segelte ohne größere Schwierigkeiten, die treibenden Schollen bedeuteten nur eine geringe Gefahr für sie. Um unvorherzusehenden Ereignissen zu begegnen, gab der Doktor nur halbe Rationen aus, aber auch die waren noch immer ausreichend genug, so daß niemand Hunger zu leiden brauchte.

Natürlich wurden, wenn es die Gelegenheit ergab, ein paar Schüsse auf Enten und auf ein paar Tauchervögel abgegeben, damit die Männer dann und wann frisches Fleisch zu essen hatten. Wasser erhielten sie leicht von den Süßwasserschollen, auf die sie unterwegs stießen, denn sie bemühten sich, so dicht wie möglich an der Küste zu bleiben, weil ihre Schaluppe für das offene Meer nicht recht geeignet war.

Zu dieser Jahreszeit war das Thermometer schon wieder unter den Gefrierpunkt gesunken. Zunächst war es regnerisch gewesen, dann hatte es geschneit und wieder getaut, die Sonne rückte dem Horizont immer näher, und ihre Scheibe wurde mit jedem Tag schmaler. Am 30. Juli sank sie zum erstenmal hinter den Horizont, das heißt, es wurde für einige Minuten Nacht.

Aber die Schaluppe kam gut vorwärts und schaffte zuweilen sechzig bis fünfundsechzig Meilen in vierundzwanzig Stunden. Den Männern war das sehr recht, wußten sie doch, welche Strapazen ihnen noch bevorstanden, welche Hindernisse noch zu überwinden waren, wenn sie erst den Marsch über das Land antreten mußten. Und auch das Meer würde sich bald wieder schließen. Stellenweise bildete sich schon Neueis, in den hohen Breiten folgt der Winter fast ohne Übergang auf den Sommer, es gibt weder Frühling noch Herbst; die Männer hatten also allen Grund zur Eile.

Am 31. Juli sahen sie zum erstenmal wieder Sterne, und in den folgenden Tagen herrschte Nebel, der ihre Fahrt sehr behinderte. Bei diesen greifbar nahen Anzeichen des kommenden Winters wurde der Doktor unruhig. Er wußte, wie schwierig es war, die Baffinbai zu erreichen. Schafften sie es nicht, dann waren sie verloren. Der Doktor bemühte sich zwar, seine Beunruhigung nicht zu zeigen, aber er bestürmte seine Kameraden, keine Minute Zeit zu verlieren.

Endlich, am 15. August, nach dreißig Tagen guter Fahrt, nach einem achtundvierzigstündigen Kampf gegen die Schollen, die von Minute zu Minute dichter wurden, nachdem die Schaluppe immer wieder Gefahr gelaufen war, von den Schollen eingeklemmt oder zerdrückt zu werden, gelangten sie nicht mehr weiter. Nirgends mehr war freies Wasser. Was sie trotz allem beruhigte, war, daß sie sich noch immer in Sicht der Küste befanden, und solange das noch der Fall war, brauchten sie auch nicht zu fürchten, kein Trinkwasser mehr zu haben.

Altamont stellte die Position fest; ihr Standort war 76° 15′ Breite und 85° 2′ westlicher Länge.

»Dann sind wir also auch tatsächlich dort, wo wir sein sollten«, erklärte der Doktor, »wir sind am Kap Eden, im Jones-Sund, hätten wir ein klein wenig mehr Glück gehabt, hätten wir bis zur Baffinbai freies Wasser gehabt. Aber wir haben keinen Grund zum Klagen. Hätte Hatteras von Anfang an eine eisfreie Straße gefunden, würde er schneller den Pol erreicht haben, seine Gefährten hätten nicht zu verzagen brauchen, und ihm selbst ginge es heute sicher besser.«

»Was uns jetzt noch bleibt«, rief Altamont, »wir müssen die Schaluppe verlassen und mit dem Schlitten die Ostküste von Devon zu erreichen suchen.«

»Einverstanden, aber ich würde empfehlen, auf dem Eis über den Jones-Sund zu marschieren.«

»Und warum das?«

»Weil wir dann größere Chancen haben, auf Walfänger zu stoßen; wir kommen dann näher an den Lancaster-Sund heran.«

»Stimmt, Doktor, aber ich fürchte, das Eis ist noch nicht fest!«

»Versuchen wir es«, antwortete Clawbonny.

Die Schaluppe wurde ausgeladen. Bell setzte mit Johnsons Hilfe den Schlitten zusammen, am nächsten Tag wurden die Hunde vorgespannt, und der Marsch über das Eisfeld begann. Altamont hatte recht gehabt, der Jones-Sund ließ sich noch nicht überqueren, sie mußten wieder zurück zur Küste von Devon.

Sie glaubten schon, sie hätten die größten Schwierigkeiten hinter sich, da schlug das Wetter um. Es wurde kalt, Schneestürme fegten über sie hin, die Kräfte der Männer ließen nach, und der Proviant ging zur Neige. Damit die Hunde wenigstens noch imstande waren, den Schlitten zu ziehen, wurden die Rationen für die Männer noch einmal erheblich herabgesetzt.

Endlich, am 30. August, hatten sie die Berge von Devon hinter sich, aber welche Mühen und welche Qualen hatte das gekostet. Die Männer waren nicht nur halb verhungert, sie waren auch halb erfroren. Der Doktor fühlte sich nicht mehr imstande, seine Gefährten zu ermuntern, er spürte, daß er mit seinen Kräften am Ende war. Es mußten unbedingt ein paar Ruhetage eingelegt werden, denn keiner war mehr in der Lage, einen Fuß vor den andern zu setzen, zwei Hunde waren schon vor Erschöpfung eingegangen. Die Männer suchten Zuflucht hinter einer Scholle, niemand mehr war noch kräftig genug, das Zelt aufzustellen. Der Proviant war so gut wie verbraucht, bei der äußersten Sparsamkeit mochten sie noch etwa eine Woche reichen, Wild kam ihnen nicht mehr vor die Flinte, die Tiere waren schon seit einiger Zeit nach Süden gezogen. Der Hungertod stand drohend vor den Männern.

Altamont, der noch in der besten Verfassung war, überwand sich und seine Erschöpfung. Er nahm alle seine Energie zusammen und griff zur Büchse, um zu versuchen, etwas Proviant für seine Kameraden zu schießen. Mit Tell zusammen zog er los, und Johnson, Bell und auch der Doktor sahen ihm fast teilnahmslos nach, als er sich entfernte ... Eine Stunde verging, sie hörten keinen einzigen Schuß. Dann sahen sie ihn zurückkehren, aber er kam, und das Entsetzen stand ihm ins Gesicht geschrieben.

»Was ist denn los?« fragte der Doktor mühsam.

»Dort unten, unterm Schnee!« antwortete Altamont und zeigte auf einen Punkt am Horizont.

»Was denn?«

»Ein ganzer Trupp Leute.«

»Lebendig?«

»Tot ..., erfroren ..., ja sogar ...«

Altamont sprach nicht aus, was er gesehen hatte, aber in seinem Gesicht stand namenloses Grauen. Das jedoch gab den andern die Kraft, sich zu erheben, und auf Altamonts Spuren schleppten sie sich dorthin, wo Altamont hergekommen war.

In einer kleinen Schlucht sahen sie, was Altamont gesehen hatte. Leichen, halb verborgen unter dem Schnee, lagen dort.

Der Doktor trat heran – wich aber sofort wieder zurück, bleich, mit verzerrten Zügen.

»Entsetzlich, entsetzlich!« stammelte er.

»Was denn?« fragte Johnson.

»Erkennt Ihr sie denn nicht?«

»Was meint Ihr?«

»Da – seht nur!«

Diese Schlucht war vor kurzem der Schauplatz des letzten Kampfes von Menschen gegen Kälte, Verzweiflung, Hunger und Durst gewesen. Die hier den Tod gefunden hatten, das waren die Leute von der »Vorwärts«, die den Kampf um den Nordpol aufgegeben hatten, die geglaubt hatten, sie würden mit dem Leben davonkommen, wenn sie rechtzeitig umkehren würden.

Die Männer wandten sich müde um, sie vermochten nichts mehr zu tun, und sie konnten diesen Anblick nicht länger mehr ertragen.

ZWEIUNDFÜNFZIGSTES KAPITEL

Der Empfang in London

Wie die Männer die nächsten Tage überstanden hatten, wußte später niemand mehr von ihnen zu sagen. Der letzte Schlittenhund war aufgegessen worden, achtundvierzig Stunden lang hatten sie überhaupt nichts mehr gehabt, aber nun waren sie am Kap Horsburg. Bell konnte nicht weiter, und Johnson fühlte sich dem Tode nahe. Hatteras ließ immer noch teilnahmslos über sich ergehen, was geschah.

Sie waren an der Küste der Baffinbai, die zum Teil schon gefroren war, das heißt also auf dem Marsch nach Europa. Drei Meilen vor der Küste brandeten die Wellen gegen die scharfen Grate des Eisfeldes ... Sie mußten auf einen Walfänger warten, der vielleicht hier vorbeikäme. Aber wie lange mochte das dauern?

Die Männer hatten unvorstellbares Glück. Am andern Morgen schon erblickte Altamont am Horizont deutlich ein Segel! Die Männer schleppten sich bis zum Rande des Eisfeldes und winkten. Auf dem Schiff jedoch wurden sie nicht bemerkt, soviel Mühe sie sich auch gaben.

Da kam dem Doktor der rettende Gedanke. Eine Scholle, die von der Strömung getrieben wurde, stieß an das Eisfeld.

»Dort, die Scholle!« rief er und wies zu ihr.

Niemand verstand ihn.

»Auf die Scholle, auf die Scholle, schnell!«

Und nun begriffen sie.

Bell lief mit Altamont zum Schlitten, sie schleppten die Deichsel heran, pflanzten sie wie einen Mast in der Mitte der Scholle auf und banden sie mit Tauen fest, das Zelt wurde zu einem Segel zerrissen, der Wind war günstig, die Männer bestiegen das zerbrechliche Floß und stießen ab.

Zwei Stunden später, nach unerhörten Anstrengungen, wurden die letzten der Mannschaft von der »Vorwärts« an Bord des dänischen Walfängers »Hans Christian«, der zur Davisstraße zurückfuhr, genommen.

Zehn Tage später gingen die Unglücklichen in Korsör auf Seeland an Land, ein Dampfer brachte sie nach Kiel, über Altona und Hamburg fuhren sie nach London, wo sie am 13. Oktober 1861, kaum genesen von den unendlichen Strapazen, anlangten.

Was dem Doktor zuallererst am Herzen lag, war, die Königliche Geographische Gesellschaft von London um die Genehmigung einer Mitteilung zu bitten, die ihm sofort erteilt wurde.

Nie zuvor verbreitete sich eine Nachricht so schnell wie die, welche die Bezwingung des Nordpols verkündete. Die Zeitungen waren voll davon, die Drähte summten und teilten sie aller Welt mit.

Der Doktor wurde zusammen mit seinen Gefährten durch den Lordkanzler zu einer feierlichen Audienz der Königin von England gebeten.

Ganz London war auf den Beinen, als die Kutsche mit den Bezwingern des Nordpols durch die menschenwimmelnden Straßen der Stadt ratterte, hin zum Bukkingham-Palast. Hatteras war noch teilnahmslos wie in den letzten Wochen zuvor mit in die Kutsche gestiegen. Der unaufhörliche Jubel der ungeheuren Menschenmenge jedoch ließ ihn allmählich wieder zu sich kommen. Er blickte um sich, als erwache er allmählich aus tiefem Schlaf, er schüttelte die Alpträume ab, die ihn wochenlang gequält hatten, und er begriff, daß es nicht nur ein Wachtraum war, sondern daß er tatsächlich am Nordpol gestanden hatte und daß er nun, nach all den Mühen und Strapazen, wieder zu Hause war. Der Beifall der Menschen war es, die Begeisterung, die ihm entgegengebracht wurde, der den Schleier zerriß, der über ihm gehangen hatte, seit er auf dem Kraterrand am Pol gestanden hatte.

Er erhob sich von seinem Sitz und winkte den Menschen zu, als sie in den Buckingham-Palast einfuhren, und der Doktor war überglücklich, als er sah, daß Hatteras wieder zu sich selbst gefunden hatte. Er drückte Hatteras kräftig die Hand, und die anderen drei Gefährten taten es ihm gleich.

Wort- und Sacherklärungen

Apokalypse – Offenbarungsgeschichte, in der der Wettlauf und der Untergang der Welt in Bildern und Gesichten geschildert wird
Besanmast – Hinterster Mast eines Segelschiffes, wenn an ihm Gaffelsegel (die Gaffel ist eine schräg nach oben zeigende Spiere, an der das Gaffelsegel befestigt ist) gefahren werden
Besansegel – Segel des Besanmastes, auch Gaffelsegel genannt
Bramrahen – die Rahen, die an der Bramstenge befestigt sind
Bramsegel – Segel der Bramrahen
Bramstenge – oberstes Teilstück eines dreigeteilten rahgetakelten Mastes
Brigg – kleineres Segelschiff mit zwei vollgetakelten (an beiden Masten Rahsegel fahrend) Masten; am Großmast wurden teilweise außerdem Besansegel geführt (dann hieß der Mast Besanmast)
Bugspriet – über den Bug eines Segelschiffes hinausragendes Rundholz, an dem der Klüverbaum befestigt ist
Franklin – Sir John, 1786–1847; engl. Seefahrer; versuchte die nordwestliche Durchfahrt vom Lancaster-Sund zur Beringstraße; sein Schiff wurde vom Eis eingeschlossen, Franklin und seine Besatzung sind dabei umgekommen
Fockrahen – die Rahen des Fockmastes (der Fockmast ist der vorderste Mast eines Segelschiffes)
Gatt – Öffnung im Schanzkleid (Schanzkleid = die über Deckhöhe hochgezogene Weiterführung der Bordwand)
Großsegel – unterstes Segel am Großmast

Handspake – schwere Stange, die dazu dient, u. a. das Ankerspill (mit dem der Anker gehievt wird) zu bewegen

Herbst-Tagundnachtgleiche – der Zeitpunkt, in dem der Mittelpunkt der Sonne bei ihrem scheinbaren Umlauf um die Erde in den Äquator tritt; 23. September; die Frühjahrs-T. ist am 21. März

Kalfatern – die Fugen von Holzdecks oder -bordwänden mit geteertem Werg abdichten

Klüver – dreieckiges Segel, das zwischen Fockmast und Klüverbaum gefahren wird

Knoten – Geschwindigkeitsmaß für Schiffe; 1 Knoten = 1 Seemeile (= 1852 m)

Laufendes Gut – alles zur Takelage gehörende bewegliche Tauwerk

Maelstrom – gefährliche Meeresströmung zwischen den norwegischen Inseln Moskenesö und Varö (Lofoten)

Marssegel – zweites oder zweites und drittes Segel von unten

Rah – Rundholz, drehbar und waagerecht vor dem Mast befestigt; an ihm werden die Rahsegel gefahren

Ross – Sir James; 1800–1862; englischer Seefahrer; unternahm mehrere Polarexpeditionen, fand den magnetischen Nordpol

Sankt-Elms-Feuer – Flämmchen und Funkenbündel an Mastspitzen und oberen Aufbauten, die durch atmosphärische Entladungen entstehen

Skorbut – Krankheit, die durch Mangel an Vitamin C hervorgerufen wird

Takelage – Sammelbezeichnung für alle Masten, Stengen, Rahen, alles Tauwerk und die Segel

Jules Verne

Grandfather of Science Fiction

Ausgewählte Werke in Einzelausgaben

Fünf Wochen im Ballon Band 1

Reise zum Mittelpunkt der Erde Band 2

Von der Erde zum Mond Band 3

Reise um den Mond Band 4

Die Kinder des Kapitäns Grant Band 5

Reise um die Erde in 80 Tagen Band 6

Der Archipel in Flammen Band 7

Die Abenteuer des Kapitäns Hatteras Band 8

20.000 Meilen unter dem Meer Band 9

Ein Kapitän von fünfzehn Jahren Band 10

Der Kurier des Zaren Band 11

Die Erfindung des Verderbens Band 12

Die Schule der Robinsons Band 13

Mrs. Branican Band 14

Claudius Bombarnac Band 15

Alle Bände illustriert, 12×19 cm, gebunden mit Schutzumschlag

VERLAG NEUES LEBEN BERLIN